書下ろし

極夜3 リデンプション

警視庁機動分析捜査官・天《あま》埜《の》唯《ゆい》

沢村 鐵

祥伝社文庫

目次

序――即発《そくはつ》 8
第一章　停頓《ていとん》 23
第二章　枢密《すうみつ》 58
第三章　掩蔽《えんぺい》 107
第四章　顕然《けんぜん》 161
◆針 234
◆黒網 238
第五章　蠢動《しゅんどう》 241
第六章　鳴動《めいどう》 308
◆讐《アダ》 351
◆冥王《めいおう》 353
第七章　報罪《ほうざい》 365
終　章　薄明《はくめい》 437
-Yui's Playlist- 476
主要参考文献 477
解説　野崎六助 480

主要登場人物

隼野《はやの》　一成《かずなり》　警視庁刑事部捜査第一課・第五強行犯捜査殺人犯捜査8係。主任刑事。警部補。35歳

木幡《こわた》　林太郎《りんたろう》　同　第五強行犯捜査殺人犯捜査8係。隼野班所属。巡査部長。26歳

天埜《あまの》　唯《ゆい》　同　捜査支援分析センター《SSBC》機動分析3係。警部補。25歳

津田《つだ》　淳吾《じゅんご》　同　捜査支援分析センター機動分析3係。巡査部長。27歳

尾根《おね》　定郎《さだお》　同　第五強行犯捜査殺人犯捜査9係。主任刑事。警部補。41歳

皐月《さつき》　汐里《しおり》　同　第五強行犯捜査殺人犯捜査9係。尾根班所属。巡査部長。29歳

谷《たに》　美津男《みつお》　同　捜査第一課課長。警視正。56歳

甲斐《かい》　衛《まもる》　同　捜査第一課・第五強行犯捜査殺人犯捜査8係。係長。警部。50歳

花村《はなむら》　正《ただし》　警視庁刑事部部長。警視監。52歳

鮎原《あゆはら》　康三《こうぞう》　警察庁長官官房総括審議官。警視監。49歳

左右田《そうだ》　一郎《いちろう》　警察庁刑事局捜査支援分析管理官。警視。30歳

篁《たかむら》　朋人《ともひと》　警視庁公安部部長。警視監。51歳

津嘉山《つかやま》　忍《しのぶ》　警察OB。隼野の恩師。65歳

川路《かわじ》弦《げん》　フリージャーナリスト。山本功夫の弟子。33歳
山本功夫《やまもといさお》　フリージャーナリスト。70歳
風間《かざま》修弥《しゅうや》　〝ドクちゃん〟事件の被害者遺族。22歳
環《たまき》逸平《いっぺい》　連続殺人者。かつてのカリスマ経営者。東京拘置所に収監中。37歳
長船倫光《おさふねのりみつ》　環逸平の代理人。環のシンパネットワークの代表者。古物商。42歳
蘇我金司《そがきんじ》　筆頭首相秘書官。異名は〝総理の化身〟。58歳
ギュンター・グロスマン　内閣情報調査室・特命班所属。28歳
蜂雀《ほうじゃく》　テロ組織〝クリーナー〟の一員。刃物使い
アルテ　テロ組織〝クリーナー〟のエース。銃使い
アダ　テロ組織〝クリーナー〟の司令塔

極夜（きょくや、英：polar night）とは、日中でも薄明か、太陽が沈んだ状態が続く現象のこと。太陽の光が当たる限界緯度である66・6度を超える南極圏や北極圏で起こる現象のことをいう。対義語は白夜。

（フリー百科事典 Wikipedia より 二〇一九年七月一日参照）

序——即発《そくはつ》

一月二十九日（水）

川路弦《かわじげん》は心配だった。相手と連絡がついたものの、本当に約束を守って現れてくれるのか。決めた時間が近づくほどに不安になった。

「川路さん！」

だが、風間修弥《かざましゅうや》は現れた。快活に顔をほころばせて。

「やっと捕まえた」

川路は思わず呟《つぶや》き、

「わざわざ申し訳ないです」

と頭を下げた。いえいえ、と答える風間の目はよく見ると眠そうだ。少し焦点《しょうてん》が合っていない。昨夜は夜更《よふ》かししたのか。開いた口許《くちもと》も、若者らしい幼さを漂わせている。川路はメニューを手渡した。

「どうぞ、なにか頼んでください」

ここは鄙《ひな》びたカフェ。木造で、照明も妙に暗い。レトロな味わいを狙っているというより、明らかにただ古い店だが、意外に客は入っている。安いランチ目当てだ。昼休み中のサラリーマンと、定年からだいぶ経《た》った老人たちで席は埋まっていた。

自分はともかく、この若者はこの店では場違いに見える。ジャーナリストの川路は、取材相手と待ち合わせるときにはよく、こういう目立たない店を選ぶ。大学生の風間修弥はもっと明るい場所を使っているだろう。友達とわいわい集まるのにこういう店は適さない。

メニューを受け取って同じランチを注文した風間は、川路に向かってにっこり笑った。それを見て川路はいや、と思った。この店は彼に似合っている。笑顔なのに眼差《まなざ》しが暗い。ドキリとするような険《けん》がある。川路は若者の過去に思いを巡らせた。子供の頃、彼の姉は殺されている。あの〝ドク〟に。

「ありがとうございます。おかげで、環逸平《たまきいっぺい》に会えた」

風間は礼を言ってきた。川路の確信が深まる。やはり彼は、同年代の者たちとは全く違っている。いったいどこの大学生が好んで連続殺人犯に会いに行くというのか。

「それが問題なんです」

川路はぶすりと言った。自分の怒りを伝える必要がある。

彼が〝自供〟した通りだ。風間修弥は、日本で最も有名なサイコキラー・環逸平に面会に行った。それを昨日、環本人から知らされたのだ。

「なぜそんな無茶を……僕は後悔してる。あなたに、面会の仕方を教えたことを」

そう。東京拘置所《こうちしょ》の囚人《しゅうじん》に面会する方法を風間に教えたのは、他ならぬ川路だった。

だから風間と会う約束を取りつけた。自責の念もある。だがそれを上回るのは、環になにを言われたか確かめなくてはならない、という切迫した思いだ。

「敬語はやめてください」

風間修弥は笑顔のままで言った。

「俺はあなたを尊敬してる。さん付けもやめてください」

眼差しが真剣だった。川路はしばし黙り、それから頷《うなず》いた。

「……風間君。環に、なにを吹き込まれた」

「なにが心配なんですか？　あんな奴に従うとでも？」

無邪気な笑みが弾《はじ》けた。

「俺は、シリアルキラーは絶対許さない。あいつを侮辱《ぶじょく》するために行ったようなもんです。妙な心配は、時間の無駄ですよ」

「だがあの男は、特別なんだ」

すると風間は頷いた。

「おっしゃる意味は分かります。あそこまで悪知恵が働く奴はいませんね。ほんとに、邪悪だ」

少し安心した。風間の殺人者に対する憎悪《ぞうお》は深い。なんといっても、九歳の時に、十二歳の姉を殺されたのだ。しかも犯人は姉の同級生で、その後、他に何人もの命を奪った。そんな経験をしている若者はそうはいない。

だから彼は、環逸平の口がいかに達者でも、たぶらかされはしないだろう。しかし。

「なにか頼まれなかった？」

訊《き》かれた瞬間の風間の視線の揺らぎを、川路は見逃《みのが》さなかった。

「別になにも。また会いに来て、と頼まれただけです」

「会うのは無理だ」

川路は言ってしまう。

「最高裁の判決公判が、明日。上告が棄却《ききやく》されて、彼の死刑は確定する」

「そうですか」

さすがに風間の顔が固まった。

「じゃあなぜ、また会いに来いなんて」

「君と会った後だと思う。公判日程の通知が来たのは」

「……そういうことですか」

風間は少し表情を緩《ゆる》めた。

「まあ、また会いに行こう、と思ってたわけじゃないんで。ああ、そうか。ついに確定死刑囚か……当然っちゃ当然ですが、会ったばかりだから、ちょっとビミョーですね」

「しかも最高裁に、環本人が出廷することになった」

川路は告げた。今朝《けさ》早く大越磐男《おおごしいわお》というフリー記者が、官邸取材の際にオフレコで聞いた話として教えてくれたのだった。大越は実は、環と最も親しい記者である川路にウラを取りたくて電話してきたのだが、川路が初耳であると知って、

『え、聞いてない？　環本人も言ってなかった？　じゃあ、ガセかな』

と疑い出した。いや、と言ったのは川路の方だった。

「彼ならあり得る。僕にも、あえて言わなかったのかも」

官邸で出た話なら確度が高い。だが川路の確信の理由は、環逸平本人の性格に拠《よ》った。

「前例に従わないのが、彼のモットーですから」

『そうか。しかし、出廷が本当なら、どこまでも規格外な男だよなあ。死刑確定の瞬間を、本人が受け止めるっていうんだから。なに考えてんだか』

大越の軽い口調に、内心苛立《いらだ》ちを覚えた。大越はよく言えば健全で、環に対して一般大衆と同じイメージを抱いている。死刑になって当然の鬼畜。

そう単純に受け止められる人間が羨《うらや》ましい。自分は環を知りすぎてしまった。しみじみ思う。

『その後、捜査一課の刑事たちとはうまくやってる？』

訊かれた。そう。隼野《はやの》との接点を作ったのも、この大越だった。

「うまくっていうか、まあ、いろいろお世話になってますよ」

『ドクを刑事にしてた件で、いま大騒ぎだもんな。なんか聞いてる？』

「いえ」

と、これははっきり嘘《うそ》を言った。ドク本人と話した、などと言ったら逆取材されかねない。穏当《おんとう》に話をおさめて電話を切ると、川路は何人かに連絡をした。法曹《ほうそう》界に詳しい専門誌の記者や、法務副大臣の元秘書に電話取材をして、環が最高裁に出廷することは事実だと確信した。

「……はあ。そうですか」

だが目の前の青年には響いていない。無理もなかった。一般人にはこれがどれほど異常なことかは分からない。説明した。

「死刑を求刑されて最高裁まで争った場合、判決公判に本人が出廷した例は、いままでない」

本当に異例。いや、異常だ。たとえ被告人が強く望んだとしても、前例がないことを楯《たて》に拒否するのが裁判所なのだ。川路はまだ信じられず、ちょっとこめかみが痺《しび》れているほどだった。

へえ、と風間は目をまるくした。川路の表情を見て、事態の異常さを感じてくれたようだ。

「なんで、環は出廷するんですか？　本人の希望ですか？」

「本人が希望したからと言って、認められるものじゃないんだ。今まではね。ところが認められた。ということは……」

特権が発動した。しかも環の特権は、司法にまで影響力を及ぼせるものだった。恐るべき事実だが、口にはしない。説明が面倒すぎる。

「とにかく、なにかウラがある……環は、なにを考えてる？」

「川路さん。会いに行こうとしてるでしょう」

風間が鋭《するど》く言った。

「今日だったら、まだ会えるんでしょう？　判決前だから。いまのうちに聞きたいことをぜんぶ聞き出せばいい」

「いや。もうすぐ夕方だ。今から申し込んだって無理だよ」

「じゃあ、明日の午前中は？」

「無理に決まってる。もう午後には公判なんだから」

うまくあしらえたと思った。相手の求める答えを与えてはならない。聞かれたことに正面から答えるのは、ふだんの人間関係ではいいことだが、取材記者の仕事としては悪手。主導権を取り、こちらの情報は与えず、相手から最大限引き出すのが定石《じょうせき》だ。

「環は言ってた。君を怒らせたと」

だから川路は問い質《ただ》した。風間の真意を確認しておかなくては。

「ああ！　ドクをリスペクトしてるとかなんとか、馬鹿なことを言うから」

顔に怒気《どき》が閃《ひらめ》いた。若者は正直だ。

「君が怒るのは当然だ」

川路は何度も頷いてみせる。

「だけど、それが環の手なんだ。相手の感情を揺さぶって、つけ込む隙《すき》を探す。なにかを植えつけようとする」

川路は指を立てて強調した。

「あるいは挑発《ちょうはつ》することによって、君から情報を引き出して利用しようとした」

「大丈夫ですよ、そんな……」

「甘く見ちゃいけない。あんな男に接近するものじゃない」

風間修弥は鼻白《はなじろ》んだ。これほどの剣幕で言われるとは思わなかったのだろう。

「もう会えないんでしょ？　いいじゃないですか、もう」

呆《あき》れたように両手を挙げる。川路は胸を刺されたような痛みを覚えた。実は自分は、この青年が生涯をかけて捜している〝ドク〟の正体を知っている。それどころか、会って喋《しゃべ》った。そのときはドクとは知らなかったが。

絶対に、目の前の彼にだけは伝えてはならない事実だった。俺は死ぬまで伝えない。心が痛もうと、偉《えら》そうに説教を続ける。風間を暴走させない。恨《うら》みの念のままに行動させない。それが自分の役割だと自分に言い聞かせた。

ところがそこで、川路のスマホが震えた。ニュース速報に反応したのだ。川路は画面に目をやって、心臓が止まるかと思った。

——なぜこのタイミングだ？　なぜ、風間修弥が目の前にいるまさにこの時、こんな見出しが飛び込んでくる。

〝ドクちゃんが刑事に？　警視庁の仰天《ぎょうてん》計画　人道上許されない判断〟

抑《おさ》えようがない。川路の身体は震え出し、額《ひたい》や腋《わき》が発汗《はっかん》し頬《ほお》が痙攣《けいれん》した。たちまち風間修弥に異変を勘《かん》づかれる。

「どうしたんですか？」

「いや、なんでもない」

スマホを裏返して置く。声が自分のものとは思えないほど嗄《か》れている。いったいどこから情報が漏《も》れた？　警察と政府は絶対に表沙汰《おもてざた》にならないように万全《ばんぜん》を期していたはずだ。だがだれかがすっぱ抜いた、無責任に。おそらくは、ただ暴《あば》きたいという欲望のままに。

いや、内部のリークか？　警察か政府の中に、天埜唯《あまのゆい》の存在を快《こころよ》く思わない者がいた。すべてをぶち壊しにし、天埜の社会的生命を絶《た》つためにこんな挙に及んだ……あり得る。ではだれがやった？

まだ速報の段階だ。これから報じられる記事を詳細に読みたい。天埜唯という実名も報じられるだろうか？　そこまでは行かないと思いたい。だが今日日《きょうび》のネット社会ではすぐに実名と素顔が暴かれ、デマという尾ひれまでついてあっという間に拡散する。

不審に思った風間修弥は自分のスマートフォンを手に取った。さすがにそれは遮《さえぎ》れない。タップとスクロールをしているうちに風間修弥の顔つきが変わった。

「ドク……」

そして川路を見た。川路はその場から遁走《とんそう》したくなった。

「どういうことですか、これは」

修羅《しゅら》がそこにいた。背中から炎が立ち上っているように見えた。

「いや、分からない。デマかも知れない」

言ってから、後ろめたさが顔に出た。自分で分かったのに、風間修弥が気取《けど》らないはずがなかった。

「川路さん。あんた、知ってたんですか。ドクの現在を」

川路は目を逸《そ》らしてしまう。

「ドクが刑事だって？　そんな馬鹿な！」

激怒の叫びがカフェ中に響き渡った。落ち着いて、落ち着いてと腰を浮かしてなだめる。真実の前では手も足も出ない。かつての連続殺人者が刑事。被害者にとっては地獄のような事実だ。

「川路さん。知ってて俺に隠してたんだったら、俺は許さない」

「待って」

川路は必死に弁明した。

「確信がなかったんだ……ウラもとれていない」

「でも、知ってた。そのくせ偉そうに、俺に道徳を説《と》く気ですか」

そんなつもりはないよ、と言う声が我ながら弱々しい。店中の客の視線が痛かったが、やがて空気が落ち着いてゆく。風間の剣幕が収まったからだった。

青年は宙を睨《にら》んでいる。自らの思考に集中するように。

いつの間に来たのだろう。二人の頼んだランチメニューがテーブルに並んでいた。パスタは冷め、スープはぬるくなっているに違いなかった。まったく手をつける隙がない。

「まさか、環が言ってたのは」

風間修弥はまだ目の前のランチに気づいてさえいない。

「ドクは自分を作り替えた。環は、そう言ってた」

「………」

やはりだ、と川路は思った。環逸平は呪いの言葉を使わずにおれない。

「かつてのドクも、いまのドクも、どちらも彼女の真の姿だ――だから私は、彼女をリスペクトするのだ。奴はそう言った」

言いながら、風間は思い当たったようだった。

「なんで、環がドクの正体を知ってたんだ？」

川路に答える言葉はない。すると風間の顔に、理解の明かりが灯《とも》った。

「そうか、川路さん。あんたも環から聞いたんだな」

「これが、操られるということだ」

川路はそう抗弁するしかなかった。論点ずらしと言われてもいい。

「環が本当に知っているかどうかは分からない。ただ、そうやって断片的に情報を与えて、暗示して、僕らを誘導する。これが彼の罠《わな》だったら？」

「知るか。俺は、事実を知りたいだけだ」

疑り深い視線を浴びるのはつらい。自分は、相手からの信頼を失ってしまった。

「ドクはどこにいる？」

「それは、僕も知らない」

嘘でない台詞《せりふ》なら堂々と言える。誠実《せいじつ》ではいたい。ただし、絶対に天埜のところへ導いてはならない。

「じゃあ……現在の素性《すじょう》を教えてください。使ってる名前とか、所属してる課とか」

口調を改め、風間修弥は頭を下げてきた。

「お願いします」

いきなり礼儀を取り戻されると動揺する。

「待ってくれ。確証はないんだよ、僕には……」

「いきなり殺したりしません」

風間は川路を安心させにかかる。そこまで本気だということだ。

「俺はどうしても、訊きたいんです。ドクに。なんであんなことをしたのかと」

胸打たれるものを感じた。

「どうして、俺の姉ちゃんを選んで殺したのか。それを知りたい」

ここまで誠実に来られては、川路も正面から返すしかない。

「知りたい。それだけ？」

「答えによっては、俺は」

そこで言葉を呑《の》む。物騒な言葉を吐き出しそうになった。

「やっぱり駄目だ」

川路は毅然《きぜん》と伝えた。

「教えられない。君は、彼女に危害を加える」

風間は否定しない。いきなり両手で、座っているシートを叩《たた》いた。

「ちくしょう。どうしたら分かるんだ」

青年は血走った目で周囲をうかがい、視線を向けてくる客たちを睨んだ。

この若者は危険物だ。殺人者を見つけると起動するように設計された爆弾。

「環に訊くしかない！　あいつなら知ってる……きっと教えてくれる。今日ならまだ、会える。判決公判の前だから」

「だめだ」

川路は中腰になった。できるだけ険《けわ》しい顔をする。絶対に止めなくては。

「いや。止められても行きますよ。他に教えてくれる人がいない」

見上げる風間は眦《まなじり》を決している。覚悟を受け止め、川路は瞬時に考えを巡らせた。

「分かった。僕が」

言いかけて口を閉じる。

「川路さんが？　教えてくれるんですね」

頷かない。だが、首を横にも振れない。ともかく、環に再び会わせるのだけは駄目だ。

あと一日待てば環逸平は確定死刑囚となる。縁もゆかりもない風間修弥は二度と会えなくなる。それまで風間を引き留めておかなくては。どんなにもっともらしいことを言ってでも。

「待ってくれ。ウラを取るから」

スマートフォンを出した。その瞬間はなんのアイディアもなかったが、また隼野一成《かずなり》に電話することを思い立つ。今度こそ彼を捕まえよう。昨日は一切《いっさい》出なかった。修羅場だったのだとしたら当然だ。台場《だいば》で死者や負傷者が大勢出た様子だが、詳細が未《いま》だに分からない。最悪なのは隼野も負傷している可能性だ。だとしたらしばらくは声も聞けない。捜査《S》支援分析センター《SBC》の津田淳吾《つだじゅんご》にも連絡がつかない。相当深刻な事態なのは間違いなかった。このままでは、捜査一課の代表番号に連絡して安否を確かめる必要が出てくる。

反応してくれ、隼野。無事でいてくれ。

第一章　停頓《ていとん》

1

悪夢の中で悪夢を見ているような感覚だった。

〝ドクちゃんが刑事に？　警視庁の仰天計画　人道上許されない判断〟

そのネットニュースの見出しを目にして以来、隼野一成は刻々と苦痛が強まるのを感じる。皮膚の下から無数の棘《とげ》が湧《わ》き出すような、激しくはないが我慢が難しい痛みだ。それでも俺は、口を開かなくてはならないのか……呪わしかった。だが正しいと思う行動があれば逆らえない。自分が自分でなくなることの方が苦痛だ。

「報道が、出た」

だから告げた。

「お前の過去のことが」

相手は、隼野の言葉に衝撃を受けた様子を見せない。少なくとも表情からは。天埜唯はベッドにいる。電動スイッチで上げた背もたれに寄りかかっている。眼差《まなざ》しが遠くに向けられた。感情の微《かす》かな閃《ひらめ》きがあったとしても、たちまち消える。天埜唯の最もスタンダードな状態が保たれる。

右の大腿部《だいたいぶ》に被弾《ひだん》し、入院中の警部補。隼野班とチームを組む捜査支援分析センターの科学捜査官であり、同時に、紛《まぎ》れもなく〝ドク〟だ。なのに報道について反応を見せない。自分事のように捉《とら》えていない。隼野は一瞬現実感を失い、自分が間違っているのではないかと怖くなった。いや——目の前の女こそドクだ。自分で認めている。隼野は改めて自分に言い聞かせる必要があった。

「しかし、なぜだ。だれがマスコミに」

そこまで言って、疑惑が首をもたげた。

「……川路が？」

「あの人ではない」

天埜は否定した。隼野も自分で言った直後に、川路はそんなことをする男ではないと思った。

では、だれだ。天埜潰《つぶ》しを画策《かくさく》する人間は。

妙に頭が働かない。思考がすぐ壁に当たってしまう。

「だれがリークしたか、心当たりがあるのか？」

こんなときは相手に訊いてしまうに限る。

だが天埜は肯定《こうてい》も否定もしない。

「私の息の根を止める気です」

そんな答え方をして寄越《よこ》した。

「実際に止める必要はない。社会的に抹殺《まっさつ》してしまえば、私は刑事として活動できなくなる」

「それどころか、表に出らんなくなるだろ」

隼野は嘲《あざけ》ってみせた。この女が持つ決定的な弱みだ。過去を知られるだけで身の自由が消滅する。

天埜は微かに頷《うなず》いた。社会人としての死を迎えた女が。

「……お偉いさんのだれかか。お前を邪魔だと思う奴は」

直感を口にするが、天埜はじっとしている。

「だが」

と隼野は、自分の口で自分を否定する羽目《はめ》になる。

「警察不信を世の中にばらまくことにもなる。それが、権力側に有利だとも思えないが
……」

「警察に対する制裁でも、あるかも知れません」

天埜は初めて、具体的な答えを寄越した。隼野は戦慄《せんりつ》する。

「てことは、よほど上……官邸か」

天埜は隼野をじっと見上げてきた。その瞳に浮かんでいる、ごくごくわずかな情報を、隼野はすくい取らねばならなかった。微妙すぎて自分の能力を超えている。苦痛を感じた。

だが、浸透してくるものがある。この女は明言を避けているが、リークした張本人を知っている。自分を破滅させた人間を、知りながら名指ししない。かばっている？　忠誠心の故《ゆえ》か？　あまりに強大だからか。

表面上は見えないが、天埜唯は狭間《はざま》で揺れていると隼野は感じた。不信と信頼、忠誠と絶望の間を。

「なぜお前を切り捨てる」

問いを口に出した瞬間、隼野は答えを知った。

「お前が、蜂雀《ほうじゃく》を救おうとしたからだ」

それ以外に正解はないと思った。

「権力側の人間を、次々に殺した奴を、お前は……逮捕しない。殺しもしない。生かしたまま、逃がした」

権力によって戸籍を変え、顔を変え、まったく新しい身分を賜《たまわ》った。なのに政府の敵を潰さなかった。それどころか、

「あの暗殺部隊の邪魔をした。あれはたぶん、政府直轄《ちょっかつ》の連中だ……だからお前は、逆《げき》鱗《りん》に触れた」

天埜は反応しなかった。

つまり、それが真実だった。

「お前はもう、守られない。放り出されたんだ、政府に」

重傷を負った女は頷いた。自分の運命については明確に反応する。結論に迷いがない。

ふいに空気が乱れた。バランスを欠いた動きで、何者かが病室に入ってくる。

2

「あ、隼野さん？」

気の抜けたような声が放たれた。

隼野が警戒したのは一瞬だ。呆《あき》れ声を浴びせた。

「お前、歩けるのか」

台場ではただの腑《ふ》抜《ぬ》けだった。昨夜は立つことさえできなかった男が、ここに乗り込ん

できた。見たところピンピンしている。目の輝きが異様だった。左肩をサポーターや包帯で固定されていなければ入院患者とは思えないような生気。変な薬でも投与されてラリっているのか。

「隼野さん。ご無事でなにより」

「馬鹿野郎」

近づいてくる津田淳吾を隼野は罵倒《ばとう》した。捜査支援分析センターの巡査部長は、天埜唯と同じように被弾したが、足は無事だから自由に歩けてしまう。

「それどころじゃないだろ。天埜の素性がリークされたぞ」

津田はきょとんとし、やがて事態を呑《の》み込んだ。正気を欠く歪《ゆが》んだ笑みが浮かぶ。

「そうですか。やられたな。ちくしょう」

隼野は怖気《おぞけ》を震《ふる》った。銃弾を浴びたことがこの男を変えた。明らかに悪い方に。隼野はあわてて訊いた。

「鮎原《あゆはら》総括審議官は、どこへ行った?」

「鮎原さんが、来てたんですか? ここに?」

津田は、驚愕《きょうがく》に両目を飛び出させた。

「ああ。さっき話した」

「そんな……」

津田は知らなかった。これには隼野も驚いた。あの男は素早く去った。親族の津田ではなく、天埜だけを見舞って消えた。天埜の素性が露見したことを知り、泡を食って去るのは理解できなくはない。だがいかにも情が薄い。天埜と津田の後ろ楯《うしろだて》であり、責任者であるはずだ。部下のメンタルもケアせずに消えるとは。

「あの人に言っとけ。あんたのせいだ、どう落とし前つけるんだって」

「あの暗殺部隊の正体を突き止めれば……敵がだれか分かる」

津田が案外筋の通ったことを言ったので拍子抜《ひょうしぬ》けした。蜂雀を殺しに来て果たせず、木幡《こわた》・津田・天埜と三人の刑事を負傷させたあのアサルトスーツ部隊のことだ。たしかにそうだと隼野は思う。あの連中の正体を特定しなくては始まらない。

「そういえば、篁《たかむら》さんが……」

隼野は思わず口に出した。

「あの、蜘蛛《くも》みたいな男に、心当たりがあると言ってた」

「蜘蛛みたいな男。あの部隊の、リーダー格の男ですね」

「……ああ」

「タカムラさんって、公安部長の篁朋人《ともひと》さんですか？」

津田が馬鹿正直な調子で訊いてきて、隼野は呆れてしまう。台場で会ったではないか。こいつは意識を保っていたのに。だが銃撃されたショックで目に入るものが理解できなかったのかも知れない。あるいは精神の混乱が続いているのか。

「あの人に訊けば……」

隼野は口にして、すぐやめた。期待より不安が勝《まさ》ったせいだ。昨夜は行きがかり上、隼野を助けてくれる恰好《かっこう》になった。だがあの男は常に板挟みだ。下からも上からも圧力を受け、不自由なポジションだと吐露《とろ》していた。自分には向いていないと愚痴《ぐち》っていた。情勢によっては、隼野などあっさり無視されるだろう。

「答えてくれるかどうか、自信はない」

気弱になった隼野に、

「裏を取る意味はあります。僕の推測を裏づけるために」

津田はいきなり偉そうな口を利《き》いた。

「お前の推測？」

「はい。あの蜘蛛男は間違いなく、首相の側近の手先です」

「首相の側近」

ベッドの天井の気配が変わった。眉間《みけん》に微かな歪みが生じている。津田のことを、喋《しゃべ》りすぎと思っている様子だった。

「首相のまわりを固める秘書官や補佐官。その中でも、最も権力を持つ者ではないかと」

「佃《つくだ》さんか？」

「いいえ。たぶん違います」

「じゃあいつか。あの、筆頭秘書官……」

名前が出てこない。顔もおぼろげだ。

「ええ。おそらくは——蘇我金司《そがきんじ》」

「蘇我……」

そうだ、まさに篁からもその名を聞いた。顔もぼんやり浮かんだ。

だが殿上人《てんじょうびと》だ。しかも、常に政治家の陰《かげ》に隠れて表には出てこない。直接目にしたことはもちろんない。だから敵意を燃やすのも難しい。

天埜の反応を確かめる。蠟《ろう》人形のようだった。限りなく生気がない。

「天埜さん。もう、以前とは違います。あなたには自衛する権利がある」

だが津田の忠誠心は変わらない。しかも天埜を焚きつけた。

「仕《つか》えるに値《あたい》する人間と、値しない人間がいます。もしあなたが、蘇我秘書官に恩義を感じているとしたらお門違《かどちが》いです」

この男は本質を突いている。隼野はそう感じて目を離せない。

「感謝の念は美しいですが、そもそもあなたを利用するために、あなたを刑事にした。そんな人間を庇《かば》う必要がありますか？」

津田はふだんのペースを取り戻している。筋の通ったことを言っている、と感じた。

利用し、必要がなくなれば使い捨てる。主人に逆らった犬は放逐《ほうちく》する。そんな飼い主に尻尾を振るいわれはない。正論だ。だがそれと、天埜の存在を認めるかどうかは別。

「津田。この病院で、歩けるのはお前だけだ。木幡を頼んだぞ」

隼野は言い捨てて踵《きびす》を返した。

「えっ、隼野さん？」

「俺は本部に戻る」

「頼んだ、って……」

「俺からの電話にはいつでも出られるようにしとけ。木幡に万が一のことがあったら許さん」

隼野は津田に指を突きつけて脅《おど》すと、病室を飛び出した。廊下を足早に進む。正面出口から外に出た瞬間に気づいた。様子が一変している。マスコミの恐ろしさを思い知った。大通りを一本挟んで、大勢のカメラマンが道端に三脚を立てて並んでいる。バンやバイクも駐まっている。テレビの中継車も。

どうやって調べた？　かつての〝ドク〟がここにいることを。答えはすぐ出た。入院している場所さえリークされたのだ。徹底的な暴露。取材責め。監視対象。

たとえ傷が治っても、天埜はここから出られない。なにもかもが衆目に曝《さら》される。終わった。天埜唯の社会生活は、名実ともに。

なにも感じなかった。自分のことで手一杯だった。俯《うつむ》き、無関係を装って隼野は病院の敷地内から公道に出た。いくつかのカメラのレンズが自分を捉え、記者たちが寄ってくる気配を感じた。間合いを詰められる前に足早に去る。だれとも目を合わせなかった。

3

桜田門《さくらだもん》。警視庁。捜査一課。

ようやく戻ってきた。隼野は事前に許可を得て、出勤を遅らせていた。病院でチームを組む刑事たちの容態《ようだい》を見るためだ。病院に行けなかった上司たちは、隼野の報告を心待ちにしているはずだった。

だが状況は一変。見舞いに行った相手の一人は、かつての殺人鬼だと露見《ろけん》した。どんな顔をして上司に会えばいいのか分からない。正解が見つからないまま一課長室に入ると、甲斐《かい》係長の心配顔が真っ先に目に入った。

「木幡は、大丈夫なんだな？」

8係の末っ子を心配してくれる。隼野は少し救われた。だが芳《かんば》しい答えを返せない。

申し訳ありません、と深く頭を下げる。

「重傷です。顎《あご》が砕《くだ》けてしまって。腹に被弾もしました。命に別状はありませんが、復帰までは何カ月もかかります」

部下を預かる身としては最悪の報告。だが壁際の椅子《いす》に座っている谷美津男《たにみつお》は咎《とが》めない。捜査一課長はちょっとやそっとで揺らいではならない。そう決意しているからか。それとも、突発事が重なりすぎて感情が麻痺《まひ》しているのか。

「天埜は……」

谷の隣に立つ甲斐係長が訊き、すぐに声が途切れた。

気持ちは分かる。甲斐に限った話ではない。いま、多くの刑事が同じ感情に苛《さいな》まれているに違いなかった。同僚が、子供の頃に連続殺人鬼だった。すべてを承知の上で、警察上層部はかつての殺人者を刑事にした。これはいままで絶対に見なかった悪夢だ。

隼野は、知り得た事実の報告をたどたどしく続けた。二人の上司は、本当は耳を塞《ふさ》ぎたいのだろうと思いながら。

「……篁公安部長まで、からんできたか」

谷の声からは感情が失《う》せている。

「あの人は、思っていたよりまともな人でした」

隼野は思い切って言った。少しでも話題を明るくしたい。

谷も甲斐も首は振らない。だが頷きもしなかった。泣く子も黙るポストである公安部のトップに、「まともな人」という感想はどう考えても似合わないからだ。刑事部の人間は公安のリーダーたちに対して、デフォルトで警戒心を抱く。二人は、部下が籠絡《ろうらく》されたと感じているのだろう。実際、俺は騙《だま》されているのかも知れないと思った。だが直接腹を割って話さなければ相手の人格は分からない。

「銃使いの蜂《はち》から俺を助けてくれたのは、事実です。そのあと、台場でも手を借りました。救急を呼び、木幡の応急処置をしてくれたのは、篁さんの部下です」

「石上《いしがみ》が死んだというのは本当か？」

もう一つ、上司たちにとって信じ難《がた》い情報がそれだった。甲斐は目をしばしばさせながら確かめてきた。石上恭司《きょうじ》、公安部第一課課長。あの、公安の闇を象徴するような男は、隼野の目の前で撃ち殺された。空きテナントに現れた蜂に一発で斃《たお》されたのだ。だが一度の説明では信じられないらしい。気持ちはよく分かる。

「死亡の発表は、いまのところないぞ」

「隠蔽《いんぺい》する気か？　ばれたら大事《おおごと》だぞ」

「いまは、天埜の件で持ちきりですからね……他の話題が霞《かす》みます」

隼野が乾いた笑みを浮かべると、上司たちはますます顔色をなくした。これ以上の脱色は無理というレベルだ。

二人は天埜唯が〝ドク〟であったことを知らなかった。それを隼野は肌で実感した。やはり上層部のみが知る極秘事項だったのだ。そもそも現場の刑事が、そんなことを想像するはずもなかった。自《みずか》らが所属する組織が人道を踏み外しているなどと考えたくもない。谷も甲斐も、まだ否定したい気持ちが強いのが見て取れた。

「天埜本人が認めています」

隼野は、言うしかなかった。

谷も甲斐も互いを見ない。さっきから視線を合わせようとしなかった。

隼野の胸が疼《うず》く。だが、真実はここに置いていく。

「天埜は、ドクです」

ようやく、谷と甲斐が互いを見た。

「馬鹿な……なぜ、警察全体が、信頼を失うような真似《まね》を……」

打ちひしがれた甲斐の声が、肌に沁みた。

「だれが、許可したんだ。責任を取らせないと」

「警察は……前から、信頼を失うような真似ばかりしでかしてる」

だが谷一課長の感想は少し違った。

「裏金。冤罪《えんざい》。権力べったりの姿勢。ドクを捜査に使う、という発想はむしろ、警察の信頼を回復するための決断だったのかも知れないと俺は思う。英断、とは、口が裂《さ》けても言わないが」

甲斐も隼野も奇異の目で見たが、最も長く、警察の闇を間近で見てきた男だ。

「信頼を回復するため？」

甲斐はまったく受け入れられない様子だ。隼野はそこに自分を見た。少し前の自分を。

「天埜は……ある意味で有能だった。犬塚脩二《いぬづかしゅうじ》や、蜂雀に迫るやり方は、他の刑事にはできないものだ。そうじゃないか、隼野？」

隼野は谷を見返した。頷きそうになったが、首を縦に振らない。一課長は開き直ろうとしているのか？〝ドク〟を警察に引き入れた勢力の味方をしようとしている。ノンキャリアでありながら体制側につくのか。

「だからと言って、許されませんよ」

甲斐の一言で、谷の試みは破壊された。結局は恥じ入ったように黙ってしまう。捜査一課長にして道を見失っている。長年の経験が役に立っていない。

警察はかつてない迷宮を行きつ戻りつしている。出口はない。

隼野は、病室の天埜唯を思い浮かべた。俺はあの女に命を救われた。その事実が負債のように自分にのしかかっている。素直な感謝もあった。あの女に対する同情も。身の破滅が訪れたのだ。この国のマスコミは巨悪の前には無力だが、一個人には容赦《ようしゃ》がない。たちまち天埜唯という名前を特定し、顔写真を手に入れ、すべてを暴き出すだろう。実名を出すには至らなくとも、個人を特定できるところまでいく。刑事としても社会人としても終わる。

なら少しぐらい、同情してもいいんじゃないか？

だが天埜は、異様な舞いを見せた——夜の海辺で、蜂雀と共に。あの姿を思い浮かべれば違う感情が揺曳《ようえい》する。天性の殺人者と同期して動けるのは限られた者だ。手にしたあの刃を使い、天埜はかつて、だれかの命を奪った。それが事実。

谷が一課長室内のテレビを点《つ》けた。報道に変わりはなかった。台場で起きた騒ぎで負傷した刑事たちが入院している、都内某所《ぼうしょ》の総合病院。そこに、かつての〝ドク〟と目《もく》される女がいる。マスコミはそう断じ、その姿を捉えようと躍起《やっき》になっている。

警察車両がマスコミの列の傍《そば》に駐車していた。制服警官が記者たちを説得し、押しのけようと頑張《がんば》っている様子も映った。だが一般視聴者には悪印象しかないだろう。警視庁が人道から外れた任用を行っていたという疑惑だから、ふだんは権力や警察に対しておとなしい記者たちも色をなして抵抗しているのが見て取れる。カメラマンたちもここぞとばかり、警察の横暴を印象づけようとアップにしたり、激しく詰め寄ったりしている。大衆も今回はマスコミを応援するだろう。

「隼野。だれだ。天埜の正体をリークしたのは？」

甲斐が訊いた。

隼野は口を開けない。ただ甲斐の目を見つめ、谷にも視線を向ける。それぞれが頭に浮かべている容疑者はいる。だが声にならない。口に出しても詮《せん》がないと思っている。権力者の名前を出せば出すほど自分の活力を削るだけ。

「隼野。蜂雀を殺そうとした、その、長身の男だが」

甲斐には、話題を他に振り向ける賢明さがあった。

「篁公安部長は、心当たりがあると言うんだな」

「確かにそう言いました」

隼野は頷く。だが、言を翻《ひるがえ》すかも知れない。そんな不安を隼野が口にする必要はなかった。上司たちも初めから感じている。

「篁さんと話す必要があるな……だが、花村《はなむら》さんに止められるかも知れん」

その通り。まず許可は下りないだろうと思った。あの暗殺部隊はまず、官邸の直轄だ。そして花村刑事部長は官邸の意向しか気にしない。

「俺が乗り込みますよ。公安に」

気づくと隼野は言っていた。

「谷さんたちが動くと角が立つ。俺であれば、傷口が小さくて済む」

「そうか？」

谷は期待を隠さなかった。

「お前に負担をかけすぎだな」

甲斐が心配してくれる。

「いえ。個人的にも、落とし前をつけたいというか……篁さんには、助けてもらった恩義もあります。じっくり話したいんです、あの人とは」

「そうか」

だが、もう一対一では話せない気がする。篁個人の連絡先は知らない。公安部に連絡して取り次いでもらっても、間に入っただれかが止めてしまうだろう。

なら、アポなしで公安部に乗り込む方がいい。おととい訪ねたばかりだから部長室の場所も分かる。扉の前で公安刑事たちに止められる公算大だが、いざとなったら篁の名を叫ぼう。出てきてくれるかも知れない。

訪ねたときにちょうどいなければ、すべては無駄だが。

「待て。花村さんは、台場の事件について意思表示していない」

谷が慎重になった。確かに、号令もかかっていないしご託宣《たくせん》もまだなし。おかげで捜査の態勢を作ることもできない。長官官房でお偉いさん同士が顔を突き合わせつつ官邸の命令を待っているのだろう。

「分かりやすい話ですよね」

隼野は皮肉たっぷりに言ってしまう。

「台場の事件について、記者発表はおろか、まともに公表もできないとしたら。政府がらみの事件だと言ってるようなものじゃないですか」

挑発《ちょうはつ》だという意識はあった。

「どういう意味だ？」

と甲斐は首を傾《かし》げたが、谷は押し黙っている。隼野は思い切り顔を顰《しか》めた。

「考えたんですが、あの、特殊部隊みたいな連中……問答無用で、テロリストを殺そうとしているように見えました。最高権力がバックにないと、そんな任務は認められないでしょう」

「内調か！」

内閣情報調査室。甲斐が正解を言い、谷の顔色がますます悪くなった。だが隼野は思いやっている余裕がない。

「内調は、特命班というきな臭いチームを抱《かか》えてる。津田から聞きました。台場で暴れたあの連中こそ、特命班じゃないかと」

「あんまり、想像でものを言うな」

谷一課長が戒《いまし》めた。だが隼野は従えない。

「警察組織の人間じゃないなら、内調しかない。俺はそう思います」

甲斐は気を遣《つか》うように上司と部下を交互に見たが、ただ振り回されているばかりではない。持ち前の経験を見せてくれた。

「そうなると……いま、裏で折衝《せっしょう》してるのは……当事者同士か。篁公安部長と、内閣情報官の的場《まとば》、かも知れないな」

隼野は頷いた。そうに違いない。内調のトップが事態を収拾《しゅうしゅう》するために、現場に居合わせた公安のトップに取引を持ちかけている。当然、隠蔽要請だ。無理難題をふっかけられた篁朋人が渋面《じゅうめん》を作っている画《え》が浮かぶ。

「花村さんは？　その話し合いに参加してるのか」

甲斐が刑事部長への期待を述べたが、隼野は即時に却下《きゃっか》した。

「あんな人は頼りになりません」

あからさまな侮辱《ぶじょく》だが、撤回《てっかい》する気にはまったくならない。

「あの人は、木幡が死にかけても気にもしてない。俺を呼んで容態《ようだい》を聞こうともしない」

喋っているうちに熱が上がってきた。動くなら今だ。手足を縛られる前にアタックする。

「行きます。公安部に」

「隼野」

谷が声を強めた。

「お前だけにやらせられるか。俺から、篁さんに電話する」

「花村さんに断らずに、ですか？」

「そこは賭《か》けだが、お前のせいだけにはしない」

そしてデスクの電話を取った。公安部に直電してくれる。

隼野はじっと待つしかなかった。有り難い気持ちは強い。だが、ベースには無力感がある。期待してはならない。

そして、予想通りになった。

「篁部長は不在だそうだ」

電話を切り、谷が腕を組む。甲斐から溜息《ため》が洩《も》れた。

「いままさに、密談中か。的場情報官や、花村部長と一緒だろう」

「木幡の仇《かたき》を取ります」

威勢のいい言葉が隼野の口を衝《つ》く。

「お前一人でどうする」

谷も甲斐もあわてた。

「俺しか残ってないんだから、しょうがないでしょう」

「笹倉《ささくら》と話した」

谷が急いで言った。

「9係も非常事態だ。聞いてるだろ？」

「なんですか」

9係の係長がどんな窮状《きゅうじょう》を訴えたというのか。

「尾根《おね》が消息不明だ」

「えっ」

虚を突かれた。

「……本当だったのか」

皐月汐里《さつきしおり》に新宿《しんじゅく》の空きテナントに呼び出されて相談を持ちかけられたとき、聞いた。皐月の上司の尾根定郎《さだお》が行方不明だと。だが皐月と入れ替わるように石上《いしがみ》公安第一課課長が現れたことで、すべてが自分を誘《おび》き出すための嘘だったと判断していた。

ところが皐月は、嘘を言っていなかった。尾根は実際に消えたのか。

では皐月は、石上から被害を受けた人間でもあるのか？　俺への裏切りを強要された？

確かめる必要がある。

「向こうもこっちも人材難だ。臨時に、お前は皐月と組め」

谷は命じた。刑事部としては苦肉の措置《そち》。

「了解しました」

隼野は頷いた。ちょうどいい。問い詰めよう。いったい石上や上層部とどんな取引をして、俺を売り渡そうとしたのかと。ただ、尾根の失踪《しっそう》は事実だった。あの女はどこまで食わせ物だ？　隼野に助けを求めてきたときのしおらしさに、どこまで真実があるか。直接確かめてやる。

4

「申し訳ありませんでした」

隼野がなにか言う前に、皐月汐里は平身低頭した。

８係のシマで隼野を待ち構えていたのだ。隼野は捜査一課の隅に皐月を連れて行った。

無言で椅子をすすめ、自らは正面に座る。厳しい顔つきで事情を話すように促《うなが》した。

「石上課長に、隼野さんを呼び出すように強要されました。申し訳ありません」

思った通りだった。隼野が無言で腕を組むと、皐月は言い訳を重ねる。

「花村刑事部長と、篁公安部長も承知だ。だから協力しろ。そう言われて……」

「疑わなかったのか？」

隼野は呆れたように訊いた。

「疑いましたが、彼は、有無を言わせませんでした」

そうだろう。あの男はそういう奴だった。皐月に同情はする。

「おまけに、取引を持ちかけられたんです。尾根の行き先を知りたいだろう？　と」

「なに？」

尾根失踪の真相を知っている。そういうほのめかしか。

「ハッタリだろ」

隼野はせせら笑った。ここはパーティションで仕切られていて他の刑事からは見えない。

「あんたに言うことを聞かせるために、でまかせを言ったんだ」

「そうかも知れません……でも、藁《わら》にも縋《すが》る思いでした」

皐月の苦悩を知り、それ以上責める気は失《う》せた。この女も追いつめられていたのだ。

「まあいい。石上は死んだ」

「……本当ですか?」

皐月は目をまるくする。知的なメガネがわずかにずれている。この女も我を失うような暗黒の日々だ。隼野は責める調子をやめ、穏《おだ》やかに訊いた。

「あのあと、ビルのそばにいなかったのか?」

「はい。すぐに離れるように言われていたので」

「そうか。まあ、そうだろうな」

隼野は少し迷ってから、情報を小出しにする。

「蜂の面を被《かぶ》った奴が現れた。いきなり、石上を撃ったんだ」

「そんな……」

皐月は衝撃に震えながら、

「隼野さんは？」

と気遣ってきた。

「俺は無事だった。助けが来たから」

「助け……」

どこまで話したものか迷う。とりあえず言葉を濁《にご》しつつ、

「俺より、木幡だ。重傷だ」

話題を大きく変えたことに一瞬、ついてこられずに皐月は目を白黒させた。だがやがて焦点が合ってくる。

「でも、長く休めば、復帰可能なんですよね」

隼野が頷くと、皐月はよかった、と顔をほころばせる。仲間が死ななかったことを素直に喜んだ。それから、眉《まゆ》を顰《ひそ》める。

「だれに襲われたんですか。蜂雀ですか？」

「いや」

隼野はまた説明に詰まった。

「分からないんだ。正体が」

「そうですか……でも、隼野さんが無事でなによりです」

それは本心に聞こえた。実際、お互いの係は人材難になってしまった。おかげで手を組

むしかない。

蜂雀を取り逃がしたこと。天埜唯の素性について大騒ぎになっていることに、皐月は自分からは触れてこなかった。気を遣っているようだ。

「よかったら、でいいんですけど」

いや、違った。この女には、なににも増して気がかりなことがある。

「もし、他に優先するべきことがなかったら、でいいんですけど」

「なんだ？」

「尾根さんを捜したいんです」

意外に思った。隼野は薄情に響くと知りつつ、あえて言った。

「あんたも情が厚いね。はっきり言うけど、尾根さんはあんたに迷惑かけ通しだったんじゃないか」

「正直に言えば、そうです」

皐月は俯《うつむ》く。

「それでも、やっぱり……生きていては欲しい」

胸を打たれる。隼野は頷いた。

「協力はする。手がかりは？」

「ほとんどありません」

皐月は悲しげに頭《かぶり》を振った。

「おとといの夜、自宅に帰る途中でふっつり足取りが途絶《とだ》えました」

「心当たりは、ないのか」

「はい。本当に、前触れもなく、連絡が取れなくなってしまって」

「こう言っちゃあれだけど、あんたらは的外れな捜査をしてたよな」

隼野は率直《そっちょく》に告げた。

「ずっとホストクラブの客ばかり洗ってたから、放火犯から遠ざかるばかりだった。蜂雀たちから狙われる理由もないんだ。じゃあ、たとえば、尾根さん個人を恨《うら》んでる奴にやられたんじゃないか？　情報屋《エス》の類《たぐ》いはどうだ？」

「あり得ると思います。でも尾根さんは、自分が抱えているエスを教えてはくれませんでした」

まったく不思議はない。隼野も自分の情報源を迂闊《うかつ》に他人に洩らしたりはしない。たとえ直近の部下であろうと。

「参ったな。他に手がかりは？　借金があったとか。極道に恨まれてたとか。女関係は……あの人が、もてるとは思わないが」

皐月は虚《むな》しく頭を振った。

「たぶん、ありません。本当にこれといって、思い当たることがないんです」

「そうか……」

「ただ、尾根さんが仕事帰りによく寄っていた店があったのは分かっています。一度行ったんですが、もう一度行ってみようかと」

場所は北区だという。薄い線だが、それしかないのなら仕方ない。

実際に行くとなると身体《からだ》を重く感じた。いますぐ篁に会いたいのに、本部を離れるのか。そこで隼野は動きを止めた。

違和感が記憶に働きかける。玉突き現象が起き、脳細胞があらゆる場面をサーチしクリップしている気がした。デジタルカメラで撮った複数の写真をパソコンにダウンロードしたときのように、一挙に複数の場面が広がる。お互いに関連はなくとも、共通点を見出そうと直感がフルサーチしていた。

瞬《まばた》きを何度かしたあと、隼野は皐月汐里の顔を改めて眺《なが》めた。それから、頷く。

「分かった。行こう」

5

皐月の運転する車で北区の王子《おうじ》に向かう。尾根の行きつけの店はそこにあったという。

隼野は助手席ではなく、後部座席に座った。電話したかったからだ。

ずっと気に懸《か》かっていた。今朝、天埜についてのネット記事を最初に教えてくれたのは津嘉山忍《つかやましのぶ》だった。退官したかつての上司。いや、恩師だ。そもそも、天埜に戸籍がないという噂《うわさ》について教えてくれたのも津嘉山さんだった。だが会いに行く時間はない。コールすると、待っていたかのようにすぐ出てくれた。

「お疲れさまです。すみません、連絡いただいてたのに」

名前は呼ばない。皐月にも聞かせたくない。

『隼野。そっちはいま、大変だろうな』

「はい。正直もう、ひっちゃかめっちゃかです」

声を潜《ひそ》める。本音で喋りたい相手だ。

「だれも、どう対応したらいいか分からない。責任の押し付け合い、吊《つ》るし上げ合い、マスコミとのやり合い。デマだと突っ張ることもできない。ちょっともう、警視庁はしばらく、浮上できないと思います」

しばらくの慈悲《じひ》深い沈黙のあと、津嘉山はこう言った。

『俺には、なにもできないが……また、篁さんに会ってみようと思う』

篁は篁でも、父親の方だ。津嘉山よりも前に退官した、かつての警視庁副総監。

『あの人は天埜のことを知っていた。おそらく、素性もな。だから俺に戸籍のことをほのめかしたんだ。うっかりしたのか、確信犯かは、分からないけどな』

「その息子に俺は助けられました」

言っておかなくては。いくら小声でも、ここで公安部長という役職名は言えない。

『そうか。朋人さんにか？』

「はい。あの人は、まともな人だという気がしました」

『ふむ』

津嘉山は考え込む様子だ。

『あの、篁正助《しょうすけ》さんの子だ。俺もそうだと思いたい』

「でもその後、捕まりません。お偉いさん同士の密談が続いてて、身動きがとれなくなってるんだと思います」

『だろうな。俺からも、お父さんに頼んでおく。捜査一課の隼野を頼むと』

「そんな！　方々に迷惑をかけることになります。どうかお気遣いなく！」

本音だった。すると津嘉山は質問で返してくる。

『お前はこれから？　どうするんだ？』

「考えているところです。本当は、部下を傷つけた連中を追いつめたいんですが。当面は、消えた同僚を捜すことになりそうです」

『そうか。いろいろあるんだな』

津嘉山は気遣ってくれたあと、慎重な声を出した。

『天埜の様子はどうなんだ』

津嘉山は訊きづらそうだった。

『入院していると言うが……相当重い怪我《けが》か？』

「脚を撃たれましたが、落ち着いています。良くも悪くも、落ち着いてるのがあいつという人間です」

まだ津嘉山には、天埜唯という人間を充分に伝えられてはいない。だが、あの女の人となりを説明できる人間などどこにいるのか？　しばし言葉に詰まってしまう。

『その……お前の心持ちの方は、どうだ。真実が分かって』

隼野は感激した。津嘉山は、天埜に対する好奇心より、かつての部下へのケアを優先している。せめて正直に、自分の感情を伝えようと思った。

「複雑です。もちろん、俺はドクの犯罪を認めない。一緒に捜査するなんてとんでもない。だから、チームを組むどころか、顔を見るのも拒否しました。だけどあいつは、そんな俺の命を」

津嘉山は黙って聞いている。

隼野は先を続けられない。一度運転席の様子を確かめた。皐月は淡々《たんたん》と運転している。しかし聞き耳を立てているだろう。

「……ともかく、俺のメンタルなんか問題じゃありません。報道のおかげで、あいつはもう表に出られなくなった。社会的に死にました。あいつのことは考えないようにして、いま、できることをします」

『テロリストも、追うんだろ』

「はい。蜂雀を確保します。いずれ必ず」

反政府テロ組織〝クリーナー〟と蜂雀の名はすでに世間に流布《るふ》している。大衆に対し〝敵〟を認知させるための意図的なリークだった。政府や警察の上層部は、クリーナーを国民の脅威《きょうい》として印象づけるために報道機関を利用する。ネットニュースの論調を見ると、情報に飢《う》えたマスコミはまんまと政府の思惑通りのイメージで報じていた。

『気をつけろよ』

心のこもった声にはい、と返し、通話を終えた。スマホを仕舞《しま》いながら隼野は前を向く。

このまま尾根なんか探してる場合だろうか。木幡の仇を探したい。正体を突き止めたい。だが打つ手がないから、いまは皐月のナビに任せている。隼野は皐月の形のいいショートカットの頭をじっと眺めた。遠回りに思えて、案外そうではないことが捜査ではよく起こる。今回もそれに類するか。望み薄だ……そこでスマホが震えた。メールが届いたのだ。確かめると、ジャーナリストの川路弦だった。昨夜から何度も連絡をもらっている。だが応じられなかった。こちらの安否を気遣うような連絡ばかりだったので、相手に甘えて放置していた。

だがこのメールは様子伺《うかが》いではない。タイトルは〝緊急です〟。急いでメールの本文を開いた。


いま、風間修弥と一緒にいます。

彼はドクが刑事になっていたことを知り、見境《みさかい》を失っています。

どうか力を貸してください。


「なんだって」

思わず言ってしまう。別方面から難題が噴出した。風間修弥とは、ドクの被害者遺族。メディアに対して積極的に発言する若者だ。

彼も、ドクが刑事になったことを知ってしまった。

たまらずに電話する。盗聴されている危険性を加味しても、状況を把握《はあく》しておかなくては先へ進めない。通話が繋《つな》がるや否《いな》や訊いた。

「隼野です。いま、風間と一緒ですか？」

『はい。引き留めていますが、いつまでも引き留めることはできません』

切羽詰《せっぱつ》まった声が返ってくる。いま川路には大役が課せられていた。第三者、一介のジャーナリストなのに。助けなくてはならない。風間という青年の暴発を防ぎたい。だが、最良の策はなんだ？　ドクとチームを組んでいた刑事当人が、のこのこ会いに行く。それが正解か？

『隼野さん。しかも彼は昨日、東京拘置所で環逸平と面会しました』

「なに？」

眩暈《めまい》で視界が歪む。

「そんなこと……いま喋って大丈夫か？　そばに風間がいるんでしょう」

『いま、離れています。店の出口のところで通話してるので……隼野さん。風間は環から、なにか重大な情報を授《さず》けられたようです』

「重大な情報……なんですかそれは」

『言ってくれません。交換条件を出されています。ドクの居場所を教えてくれれば、教えると。でないと、大惨事が起こるとほのめかしています』

「車を止めてくれ。近くの駅で」

隼野は運転する女に告げた。これはもう尾根どころの騒ぎではない。

「すまん。行くところができた。別行動にしよう」

「えっ。一緒に来てくださらないんですか？」

「ちょっと、緊急なんだ。また戻ってくるから」

つれない返事をしてから、川路に向かって現在地を確かめる。神田《かんだ》だという。皐月に上野《うえの》で降ろしてもらった。山手《やまのて》線に乗ればすぐ着ける。

第二章　枢密《すうみつ》

1

上野駅の改札をくぐる前に、隼野は思い立って津田淳吾に連絡した。いつでも電話に出られるようにしておけと命じてある。マスコミに囲まれたあの病院内で、チームの人員と連絡を取る場合は津田に連絡する以外にない。

『はいっ、隼野さん』

津田は命令に忠実だった。だが入院中だ。やることもないのだろうと思う。

「どうだそっちは？　マスコミは、相変わらずか」

『はい。さっき一人、暴漢みたいなのが、病院に押し入ろうとして取り押さえられました。報道を見て、怒りに駆られたらしくて』

「怒りに駆られてるのは、川路のところにもいる。風間修弥だ」

『なんですって？』

津田はすぐに事態を呑《の》み込んだ。

『そうか、よりによって……彼はいま、東京にいるんでしたね』

さすがドクの世話係。ドクを目の敵《かたき》にしている若者のこともよく知っている。

「俺は川路のところへ向かってる。風間に会って、どんな嘘《うそ》で丸め込もうか考えてるところだ。説得に失敗したらそっちに殴《なぐ》り込みに行くかも知れん。気をつけろよ」

『……ありがとうございます』

津田は素直に感謝していた。

『天埜さんを心配してくださって』

「そうじゃねえ。これ以上の騒ぎになったら病院に迷惑がかかんだろ。木幡も、まわりがうるさいと療養できない」

『なるほど……でも、できるなら、こっちに来ないようにしていただけると、助かりますね』

「もちろん、絶対そっちに行かせる気はないけどな。にしても、風間は、環逸平に面会に行ったそうだぞ。驚くだろ」

『えっ。あの男に……』

津田も呆然《ぼうぜん》としている。

「しかも、なにかろくでもないことを吹き込まれたらしい。川路は困ってる」

『穏《おだ》やかじゃないですね』

津田は目が覚めたように口調を変えた。

『隼野さん。天埜さんは以前から、風間修弥のことを知っていました』

「ほう」

意外ではない。自分を恨《うら》んでいる人間の動向には敏感《びんかん》にもなるだろう。

「マスコミが風間のことを取り上げてたから、耳に入ったのか。ドク、出てこいなんて言われて、気にならないはずがないな」

隼野の混ぜっ返しに、津田は憮然《ぶぜん》たる調子になった。

『そういう気にし方じゃありません』

「じゃあ、どういう気にし方だ?」

『……ともかく、風間に、天埜さんのことを洩《も》らさないでくださいね』

「当たり前だ。こちとら素人《しろうと》じゃねえんだ」

乱暴に電話を切った。あの落ち着きのない男は、カメラに囲まれた病院に閉じ込められて心細い思いをしているだろう。その上に風間の脅威《きょうい》が加わった。優しくしてやるべきだった、と少し後悔する。

上野から神田までの三駅をひどく長く感じた。二人がいるというカフェに駆け込むと、目を輝かせた青年にすぐ気づいた。川路が振り返って手を上げる。

「へえ。あなたが、あのビル火災の犯人を捕まえたんですか! 凄《すご》い」

川路の紹介の仕方が分かった。隼野を〝やり手の刑事〟ということにしてマウンティングする気だ。すぐボロが出る気がして良策とは思えないが、すでに走り出している。

「君が風間修弥君か」

隼野は川路の隣、風間の正面に座りながら言った。

「落ち着いてくれ。報道に躍《おど》らされないで欲しい」

居丈高《いたけだか》になっても逆効果だという判断だった。風間の顔は、見るからに危うい感情に覆《おお》われている。この青年はいざとなれば感情のままに突っ走る。メディアを通じて持っていた印象が肉眼で確かめられた。

「よく言いますね。マスコミの誤報だとでも言うんですか」

やはり喧嘩腰《けんかごし》だ。罪を問い続けてきた連続殺人女児が、法的に無罪になっただけではない。ただ社会復帰しただけでもない。なんと警察に所属していた。絶対に許せない、という感情は分かる。

「完全な誤報だと言うつもりはない」

隼野は駆け引きを開始した。自分でも着地点は読めない。

「だが、鵜《う》呑みにするのは間違いだ。まず、彼女は社会的には、完全に死んだ。もう行き場がないんだ。これだけ暴かれたら、もうどこにも顔をさらせない。もう一つ。彼女は被弾した。瀕死《ひんし》の重傷だ」

ギリギリの勝負だった。虚実《きょじつ》の皮膜《ひまく》の絶妙なライン。だが、相手の感情を鎮《しず》めるためならどんな言動でも自分に許す。

隣をちらと見ると、川路も目を皿のようにしている。昨夜台場で何があったのか、この記者も心底《しんそこ》知りたがっていたのだ。

「だからどうしたってんですか。死にかけなんだったらちょうどいい。俺がとどめを刺してやる」

風間修弥は曲がらない。どこまでも直進する破砕槌《はさいつい》だ。これは心してかからねばならない。

「だめだ。君が彼女に危害を加えたら、俺は君を逮捕する」

「どうぞ。望むところだ」

風間修弥はまったく動じない。本気で復讐《ふくしゆう》を誓っている。

「教えてください。ドクの居場所を。どこの病院ですか？　あの、マスコミが群がっているのは。虎ノ門《とらのもん》ですか？　それとも赤坂《あかさか》？　品川《しながわ》かな？」

「………………」

「いまのところ、ニュースを検索しても〝都内〟としか出ないんですよね。マスコミって変なところで律儀《りちぎ》ですよね。紳士協定でもあるのかな」

「個人情報だからだ。俺も、言えない」

「……よくも平気で刑事なんかやってられるな」

いきなり凄んできた。隼野はぐっと耐える。この若者には、警視庁の非常識な任用と隠《いん》蔽《ぺい》を非難する資格が確かにある。

「恥知らずにも程があるだろ。人殺しが、正義の味方のふりをして人殺しを逮捕すんのかよ」

「だが君も、別の殺人鬼と取引したんだろ？」

隼野は返す刀で切り込んだ。我ながら卑劣《ひれつ》だと思った。

「環逸平になにか入れ知恵されたそうじゃないか。それをネタに脅《おど》すんだろ？　結局君も、殺人鬼と手を組んだってことだ」

「違う！」

風間は色をなして抗弁した。

2

「俺は取引したんじゃない！……あいつの方から、一方的に……」

カフェの店員がこちらの方を振り返ったのが見えた。風間修弥の大声のせいだ。隼野の挑発《ちょうはつ》が効き過ぎた。隼野は腰を浮かし、風間ではなく店員の方を向いた。素早く頭を下げる。

「すみません。静かにします。大声は出しません。そうだな?」

隼野は風間を睨《にら》みながら念を押した。渋々頷《うなず》くのを待って、また頭を下げる。

店員は心配そうなまま奥へ消えた。

「風間君。落ち着いて話そう」

川路がなだめてくれる。

「まわりに迷惑をかけるのは、大人として恥ずかしいよな」

隼野はしたり顔で言った。風間にまた火をつけないように、目を覗《のぞ》き込んで説得する。

「環の口車に乗るな。あの男は、だれよりも悪いんだ」

まるでよく知る間柄のように言う。これもハッタリだ。

「ふん。俺を馬鹿だと思ってるのか」

風間はまたへそを曲げた。

「あいつがでまかせを言ってるなら、俺だって聞き流すよ。だけど、凄い説得力があった。あの男は、恐ろしいことを企《たくら》んでる。ほっとけば大勢の人が死ぬ。そう確信した」

「ほう」

隼野は本心から興味を覚えた。だが、正直に話を聞きたがるのは馬鹿だ。

「いいよ。それが真実だとしよう。それを君は取引材料にするんだろ。よく、そんなことができるな」

川路が心配げに見ている。また風間が取り乱したら厄介《やっかい》だからだ。だがギリギリを攻めなくては意味がない。

「俺たちは、ドクの居場所を明かすことはできない。すると、君も、環からなにを聞いたのか言わない。その結果、大惨事《だいさんじ》が起きる。これで間違いない？」

風間は固まった。罠《わな》にかかったような顔だ。

「君が言わないなら、だれかが犠牲《ぎせい》になる。そういうことだろ？　ひどいな、君は。犯罪もしくはその明確な予兆があれば、市民は警察に知らせる道義的な義務がある。それを破るのか？」

もっともらしい理屈で相手を責《せ》めた。風間は少しのけぞり、恨むように川路弦を見つめる。

「やっぱり、警察は信用できない」

川路はあたふたした。この記者のメンツを潰《つぶ》す気はなかったが、隼野にも譲《ゆず》れないラインがある。一触即発だ。

「いいよ。もう頼まない。他の記者に連絡する。で、ドクの居場所を教えてもらう」

川路が泣きそうな顔で隼野を見た。恐れていた事態だが、隼野は妙に落ち着いた気分だった。風間修弥の未熟さと危うさが、自分に余裕を与えている。そう感じた。

「ちょっと待って」

自分でもなにを言い出すか、その時点では分からなかった。闇の中を手探りするように、一言一言言葉を投げる。

「君は、なにがあっても、ドクを許さない。やっぱりそうか?」

「当たり前だ」

憤然たる答え。隼野も大きく頷く。

「だが、ドクが完全に、変わったとしたら?」

「はあ?」

「いまは、人の命を救う人間に変わったとしたらどうだ」

「そんな」

風間は両目をぐるぐる回す。言葉の意味を理解するのが難しいのだ。

「……馬鹿なことがあるか」

「馬鹿なこと。そうだよな、俺もそう思う」

隼野は相手の懐《ふところ》に入りたかった。真情を伝えたい。君と俺はまったく同じなんだと。

「だが、本当なんだ。困ったことに。俺も、命を救われた一人だ」

「そうなんですか?」

訊《き》いたのは川路だった。隼野は強く頷く。

「参ったことに、事実です。あいつは、俺の代わりに銃弾を浴びた。身を挺《てい》してくれたおかげで、いま、俺は生きてる」

口にすると改めて、自分にのしかかる難題がトン数を増した気がした。

「……それだけじゃない。あいつは、蜂雀の殺人も止める気だ」

苦笑いが浮かぶ。俺はドクの広報担当か？

「信じられないと思うけど……俺もまだ、いまいち信じられないけど……あの女はいま、人の命を守るために、命を張ってる。それを俺は、この目で」

「くだらねえ」

風間は遮《さえぎ》った。

「与太話《よたばなし》はやめろ。俺には関係ない。あんたがなにを見聞きしようと、俺の姉ちゃんは殺された。もう遅いんだよ。いまさらなにをしようと！」

「君は正しい」

隼野は即答した。

「俺だって、ドクの罪が消えるとは思ってない。あいつは許されない」

自分は風間の側に立っている。それを強調したかった。

「それに、刑事の俺が言うのもなんだけど、警察がやったことの肩を持つ気もない。ドクを刑事にするべきじゃなかった。絶対駄目だ」

「隼野さん。いちばん悩んだのは、あなただ」

川路が肩入れしてくれた。

「あなたは彼女に会うのも拒絶した。それぐらい、彼女がドクだと知ってショックを受けていた……そうなんだよ、風間君。この人は、捜査一課でずっと殺人犯を追っかけてきたんだ。同じチームの刑事がドクと知って、いちばんショックを受けた人なんだ」

風間の顔がわずかに変化したのに気づいた。隼野の顔をじろりと見る。川路の言葉は若者の心に楔《くさび》を入れてくれた。

「いちばん、ドクを許さないような人だ。チームに津田さんがいなかったら……」

そこで川路は口を噤《つぐ》んだ。個人名を出してしまったからだ。少しばつが悪そうにする。だが隼野は笑ってみせた。あんな奴の名前ならいくらでも口に出していい。天埜唯という名前さえ出さなければ。

「彼も、隼野さんの部下も、無事なんですよね」

気になっていたらしく、川路は訊いてくれた。隼野は笑う。

「みんな仲良く入院してる。命に別状はないよ」

「でも、あんたは結局、ドクの肩を持つ気なんだろ」

風間修弥は警戒を解かない。鋭い目つきで問い質《ただ》してくる。

「いいや」

隼野は静かに首を振った。どんな言葉を届けよう。

「……いいことを教えてやろう。あいつは、幸せそうには見えない。ぜんぜん」

なんのお為《ため》ごかしにもならないことは分かっている。痛みを伴《ともな》う笑いが顔に貼りついていた。俺はだれのために喋《しゃべ》ってる？

「一度も笑ったところを見てない。たぶん死ぬまで、笑うという感情は持たないだろう。俺はあいつを、サイコキラーと罵倒した。あいつは受け入れたよ。自分で分かってることだけは確かだ」

「なにを？」

「自分の罪」

だが、恐ろしく間違ったことを言った気分になった。

「言い過ぎかも知れん。ただ、とにかくあいつは……自分がドクだっていう事実から、逃げてない」

「だからなんだよ」

口を尖《とが》らせる風間に深い同情を感じた。

「あいつは不幸だ。断言する」

だめだ。通じない。こんな言いぐさではだれも癒《い》やせない。

「あいつは、幸せになる気もないし、心の平穏《へいおん》も求めてない。あいつがいまやってることは、一つだけだ」

「なんですか？」

川路弦が訊いた。答えが分かっているのに訊いてきたのは、風間修弥に刻みつけたいからだ。だが隼野は、口にしかけて言わなかった。あいつは殺人を止めるために刑事になった。そんな綺麗事《きれいごと》はもう言いたくない。

風間の様子が変わっているのに気づいた。表情が少し、大人びて見える。

「ドクを殺さないと約束したら、会わせてくれますか？」

川路も驚いて風間に見入っている。隼野は迷った。

「……本気で約束してくれるなら、考えないでもない」

他に答えようがなかった。自分の権限は脇に置く。人対人として、相手の言うことを信用できるか。その勝負だと思った。

「かつてのドクはもう、無力だ。怪我を負って動けないし、刑事になったことも暴かれて、どこにも行けない。それを憐《あわ》れんでくれるなら……」

隼野は風間の目の奥を覗き込む。

「だが俺は、まだ君を信じられない。君は、あいつに会ったら逆上するだろ？」

「いや……あいつに会えさえすれば、俺は」

強烈に揺らいでいる魂《たましい》がそこにあった。真実と嘘を同時に尊《とうと》ぶ若き意志が惑《まど》っている。見定めたい。目を逸《そ》らしたくなかったが、ポケットのスマホが震えている。俺を呼んでいる。隼野は習性だけで取り出し、タイトルをちらりと見た。

緊急　尾根さんが死亡

さすがに動揺した。送り主は皐月汐里。あのあと一人で探索し、死体を見つけたということか？

同僚が死んだ。急行しなくてはならない。隼野は瞬《まばた》きを繰り返し、事態を脳に浸透《しんとう》させようとした。そして言葉を引っ張り出す。

「この話は保留だ」

隼野は宣言した。風間も川路も呆気《あっけ》にとられている。いや、と拒絶しようとする風間に、隼野は押しつけるように言った。

「ドクは逃げない。重傷で動けないと言っただろ？　信じろ！」

勢いで青年を圧倒することに成功する。

「頼む。俺は君を信じたい」

強引だという自覚はある。せめて誠実であろうとした。

「俺も努力する。だから、君は軽挙妄動《けいきょもうどう》を慎《つつし》んで、忍耐してくれ。約束だぞ」

青年から微《かす》かな頷きを獲得する。それで充分だった。

「どこへ行くんですか？」

川路の問いに、隼野は一瞬迷った。これから本当に大変なのは彼だ。この若者を一人で抑《おさ》えなくてはならないのだから。せめて真実を言おう。

「捜査一課の刑事が死んだ。行方不明になっていた男だ」

「なんですって？」

川路は色めき立つ。風間もぽかんとした。

「風間君。君の復讐の思いも分かる」

もう一度若者の瞳を見つめる。念押しだ。

「だが俺は、仲間の刑事を失ったばかりだ。少しぐらい時間をくれてもいいだろ。それと、環の件だ」

すると川路が、自分に言われたかのように背筋を伸ばした。

「手遅れになる前に、川路さんに打ち明けろ。この人は信頼できる。言わなかったら、後悔するのは君だぞ。だれかを犠牲にするな」

踵《きびす》を返しながら、上出来だと思った。いまはこれ以上なにもできない。

3

残された二人は、顔を見合わせた。今までになく同じ気持ちで。

「隼野さんは、大変ななか駆けつけてくれた」

川路は説得してしまいたかった。風間が毒気を抜かれている間に。

「あの人だって犠牲者なんだ。知らないうちに、かつてのドクとチームを組まされていたんだから……風間君。隼野さんの言う通りだ。環が、君になにを告げたのか。教えてくれないか」

「……そうですね」

生じた風間の笑みは、乾きすぎていた。

「ほんとはね。ぜんぜん言っても構わなかった。俺だって信じてないんでね。こんな突拍子《とっぴょうし》もない話。ドクのことを聞き出すために、思わせぶりに言っただけです」

「か、風間君」

「だから、いいんですよホント。環が、自分のシンパを使って、全国の子供を扇動《せんどう》してるなんてふかしは」

「え？　そ、それはどういうこと？」

「十代の子が人を襲う事件が続いてるでしょう。あれって、ぜんぶ自分がやらせてるんだと豪語したわけですよ。環は」

「それは、無理だ！」

川路は叫んでしまった。どうしても否定したいからだ。

「拘置所から、そんなこと……」

だが、環シンパのネットワークがある。彼らを使って大掛かりな悪だくみを遂行《すいこう》する。

それは実は、心の底で懸念《けねん》していたことではなかったか。

「その話……どこまで具体的なことを聞いたの？」

「いや、ほとんど。だから俺も信じなかった」

ところが、風間の顔には罪悪感が射している。疑っているのだ、自分の判断を。

「ただの冗談じゃ片づけられないな」

川路はあえて断言した。だがすぐ頭を抱《かか》える。

「でも……どうやって検証したらいいかな。結局、全国の県警に依頼して、個別に当たってもらう他ないか。僕が地方を回って、一つ一つ検証したとして……確証を得るのは難しい。十代の子が起こしたすべての事件の背後に、環の影を見つけるのは……」

風間は興味深そうに聞いている。自分自身が半信半疑だから、環と何度も会っている川路の意見が知りたいのだろう。

「武器を提供した証拠だとか、嘘の情報で殺人を唆《そそのか》した、という証明ができれば、別かも知れないけど……どこも対応は鈍《にぶ》いだろうな。そんな不確かな話では警察は動かない。クソ、これは環のペースだ。こっちを不安にさせるんだよ、いつもこうやって」

「恐ろしい男ですね。環逸平ってのは」

改めて実感してくれたらしい。川路は嬉《うれ》しかった。

「本当だよ。歴史的な存在だ。あれほどの悪意の化身《けしん》はいない」

そう言った瞬間、環が風間に言ったことは真実だと直感した。少なくとも、ある程度は。風間には言わない。これ以上この青年の心をかき乱したくない。だが自分一人で抱え込むのはいい加減きつい。重すぎる。

時間が経《た》つごとに、恐ろしい予感が身体を這《は》い上ってくる。確かめなくては。〝子供たちの叛乱《はんらん》〟の背後に環逸平がいないか。だがそんなことをどこの英雄がやるのか？　なぜ自分なのか。もうすぐ縁が切れると思うから保《も》っていた。確定死刑囚になって会えなくなれば、あの男の呪いから逃《のが》れられると。

だがあの男は、娑婆《しゃば》に山ほど置き土産《みやげ》を残していく気だ。

「そう言えば俺、シンパの居場所を聞きましたよ」

風間が何気なく言い、川路は呆然とした。

「なんだって？　環は君に、そんなことまで……」

「教えてくる意味が分からなかったから、いままで、思い出さなかったけど……たしかに聞いた」

風間はその事実自体に、いまさら驚いているように見えた。実際、拘置所の面会室ではあり得ない情報伝達だ。だがこれも環の特権。刑務官は問題視しなかった。

「なんて聞いたの？」

「……いつも拘置所に来て、シンパとの連絡係を務めてくれてる男が、亀戸《かめいど》で店をやってるって。古物店、って言ってたかな？」

「店の名前は、覚えてるんだね」

「はい」

これは罠だろうか。それともからかっているだけか。いずれ環のシンパに取材しなくては、とは考えていた。渡りに船と思えばいいのかも知れないが、どうにも不気味だ。環本人がシンパを紹介してくれる？　風間から川路に、この話が伝わることまで計算している。それは間違いないと思えた。

自分は行くべきだろうか。そんな店は実在しないことも考えられた。どんな悪意でも発揮できる男だ。最後の悪戯《いたずら》心に過ぎないかも知れない。それでも、気になる。

「教えてくれ。店の名前を」

4

カフェを出るなり、隼野はメールを開いて読んだ。そしてすぐ電話する。

「皐月。間違いないのか。尾根さんが死んだ？」

『はい。隼野さん』

皐月汐里の声は震えていた。

『遺体を確認しました。場所は、十条《じゅうじょう》です。まだ……本部に連絡は入れていません』

「どうしてだ？　早く鑑識と検視官を呼んで、現場を保全しないと」

『状況が、異常すぎるんです。隼野さんが来てからじゃないと……』

「異常？　なにが異常だ」

『銃で撃たれています』

「……それがどうした」

『一発じゃありません。私は、途中で……数えるのをやめました』

「なに？」

『すごく……多くの、弾を……』

「分かった」

これ以上言わせるのが忍びなかった。たしかに異常な殺され方だ。銃というだけで穏やかでないのに、それが何発もとなると相当レアなケース。それを皐月は一人で発見した。気丈《きじょう》とはいえ、女だ。

「すぐ行く。待ってろ。正確な場所は？」

『位置情報を送ります。お待ちしています』

そして矢印付きの地図が送られてきた。

さあ、えらいことになった。タクシーに乗り込みながら、隼野は落ち着きなく爪を噛《か》んだ。知っている人間の遺骸《いがい》に向き合わなくてはならない。心構えなどできるはずもなかった。たちまち北区に着き、目的の建物から道一つずれた場所で降りてから、走った。

そこは古い洋館。というより、典型的な廃墟《はいきょ》だった。相続する人間がいなくて宙に浮いている家屋《かおく》が都内にはあちこちにある。刑事はそれに詳しい。いざというときに利用できるからだ。

正面玄関の前に皐月汐里が佇《たたず》んでいた。俯《うつむ》いて肩を落としている。

「大丈夫か？」

隼野が声をかけると皐月は頷いたが、顔は強張《こわば》りきっている。

「尾根さんは、中か」

はい、と頷く。だが率先《そっせん》して入ろうとはしない。隼野は古めかしい鉄製の扉に手をかけ、中に入った。一瞬で、それと分かる血の臭いが立ちこめている。まだ死体は見えないのに。どうやら奥の部屋にある。すでに臭うということはよほどの出血量だということ。玄関口を土足で上がり、廊下を進んでいくと、皐月が目配せした突き当たりの部屋の前で立ち止まる。ドアは開いていた。中を覗き込むと、暗い。目を凝《こ》らして、見つけた。死体を。というより、ボロボロになった肉袋を。

ここは廃屋《はいおく》だから明かりがない。曇《くも》った冬の陽射《ひざ》しでは、窓枠から充分な光を取り込めない。ただ、見慣れた背広姿と、仰向《あおむ》けになった顔のおかげで、尾根定郎に違いないことは確認できた。被弾した傷のせいで身体のあちこちが黒ずんだ色になっているのも分かる。だがすぐに、塵埃《じんあい》と血の臭いが入り交じって我慢が利《き》かなくなる。隼野は皐月を伴っていったん退却し、玄関口の方まで来て、扉から流れ込んでくる空気を吸い込んだ。それから皐月を振り返る。

「よく見つけたな。どうやって、ここが分かった？」

「尾根さんの、行きつけの店のママが、この場所のことを聞いていたんです」

隼野が苦労して風間の相手をしている間に、皐月は成果をつかんだ。そしてここに赴《おもむ》き、中を覗いてみた。

「ここでよく、人と待ち合わせすると。尾根さんが酔っ払ったときに、ふと洩らした話を、ママはよく憶《おぼ》えていました」

「エスとここで落ち合って、情報を買ってたんだな」

すぐに察した。刑事ならだれでも情報屋を抱えている。尾根が情報を仕入れ、報酬を払う場所がここだったということ。ただし尾根が報酬をケチることは、情報屋界隈《かいわい》では有名だった。相手に難癖《なんくせ》をつけて報酬を踏み倒すこともあったかも知れない。その結果がこれか。

「尾根さんは恨みを買って、殺《や》られたか」

「……おそらく」

皐月が神妙に頷く。隼野は鼻と口を押さえつつ言った。

「気は向かねえが、もう一度見ておくか」

「本部には、連絡は……」

「もうちょっと待て。なにかおかしい。違和感がある」

「なんですか？」

皐月に訊かれたが、隼野は黙って奥に戻った。どうしても今すぐ確かめたいことがある。再び暗い部屋に入ると、明かり代わりにスマホを翳《かざ》す。おかげで、部屋の詳しい様子が初めて分かった。壁には大きな空っぽの本棚がある。その前には卓と肘掛《ひじか》け椅子《いす》がることから、以前は書斎として使われていたと知れた。部屋の内部にも扉があり、隣の部屋と行き来できるようになっている。

隼野は覚悟を決めてしゃがみ込み、まず死体の顔に光を当てた。続けて胸、肩、腕を見ていく。手首のところでいったん手を止めて見入った。

さらに腹、腰、脚。足首のところまで見ると、隼野は少し咳《せ》き込んだ。鼻をつまみ、顔を上げる。

「やっぱりおかしい」

喘《あえ》ぐような声で言う。

「これだけ連続発射できる拳銃……ロシアの安物や、改造拳銃じゃ無理だ」

「はい。それに、連射には技術が要《い》る」

皐月は指摘した。隼野は頷く。

ただの情報屋が、これほど鮮やかな射殺をやってのけるとは考えづらい。

「撃った奴は、どこに立ってた？　逃走ルートはどこだ」

隼野は立ち上がり、壁にスマホの明かりを向けた。皐月も隼野の真似《まね》をする。

「見ろ。流れ弾が当たってない」

恐るべき事実だった。銃殺犯は、撃った弾を全部尾根に当てた。暗い部屋で誤射をしないのはプロとしか考えられない。

「皐月……ちょっと、窓の外を見てくれ。逃げた形跡がないか？」

隼野が指示し、皐月が窓へ向かった。洋館にふさわしく、洒落《しゃれ》た装飾を施《ほどこ》した五角形の窓枠だが、硝子はない。何十年も前に割れて落ち、ずっと吹きさらしになっているのだろう。人が飛び出すには格好の大きさだった。それは、外から銃撃する場合も同じ。狙い放題だ。

窓枠に恐る恐る手をかけた皐月汐里は、窓から外に顔を出し、何者かの逃走の形跡を探している。だがすぐ首を振った。なにも見つからないらしい。

そして隼野の方を振り返った。その顔が衝撃で硬直する。

隼野が構えた銃に気づいたのだった。

「おい。手を上げろ」

5

同僚に銃を向ける日が来るとは思わなかった。だが、選択の余地はなかった。

「尾根さんを殺したのはお前だ。その辺りから撃ったんだろ。部屋の外か、中かは知らん。だがその辺りからだ」

死体の倒れた向きからして、間違いなかった。

「隼野さん。なにを言ってるんですか?」

皐月は心底心配そうな声を出した。

「なぜ私が尾根さんを……」

「教えてやろうか」

隼野は吐き捨てた。

「殺したかったからだ。まあ、俺をおびき出す理由にしたかったのかもしれん。だが単純に殺しが好きなんだ」

「そんな。まるで私が、シリアルキラーみたいな……」

「お前、あの日の蜂だろう」

言い切る。伝わるはずだ。すると皐月汐里の肩が笑った。

「手を上げろと言ってるんだ！」

皐月はようやく両手を上げた。上がるセンチ数ごとに、顔に浮かんだ笑みが妖《あや》しくなる。隼野は内心怖気《おそけ》を震《ふる》う。

「いつから、疑っていたんですか」

警視庁や捜査本部ではちらりとも見せない、警察官にあるまじきその顔。人間離れしている。異類。蜂の眷属《けんぞく》だ。仮面は必要ない。

「ふん。いつからと言えば、初めからだ」

隼野は平静を装って言う。

「初めというと？」

「新宿の空きテナントだよ」

隼野は手にしたシグ・ザウエルを握《にぎ》り直した。汗で滑《すべ》る。ぎゅっと握っていなくては狙いを外しそうだ。

「お前がいなくなってから、石上を挟んで、蜂が現れた。あの蜂は身体《からだ》の線が出ないようにしてたし、声もボイスチェンジャーを使ってた。だが、ちょっと前まで対峙《たいじ》してた奴だぞ。背丈。動き方。なんとなく、感じるものがあった」

「なるほど。さすがですね」

そう言うことで、相手は認めた。

皐月汐里こそが蜂雀と行動を共にする、もう一匹の蜂だった。

「さすがじゃねえ。確信はできなかった。だけどいま、尾根さんの遺体を見て確信した。あの時の蜂だってな」

「どうしてですか？」

「尾根さんは、殺されたばかりだ」

隼野は無念を嚙み締める。止められたかも知れない殺人だ。

「傷を見りゃだれでも分かる。一方で、手首や足首に、長いこと縛られていた痕《あと》があった。尾根さんは生きている間、ここに転がされてたんだろう」

思わず、隼野の人差し指が引き金に触れる。

「で、お前が来て、殺した。それから……縄を解《ほど》いたんだ」

「私が怖くないんですか？」

その台詞で、ばれるのを承知だったことを知らされた。偽装する気がそもそもないのだ。相手の異常さが証明された。石上を容赦《ようしゃ》なく葬《ほうむ》ったときと同じだ。

ただし、皐月がいま殺したのは、短くない間上司だった男だ。知っている人間を捕縛し監禁して苦しめた挙《あ》げ句《く》、射撃の練習台のようにボロボロにして殺す。

相手は、極めつきのサイコキラーであると肝《きも》に銘《めい》じなくてはならなかった。命に対して一抹《いちまつ》の敬意も抱かない女だ。それが同僚だったとは。刑事をやっていたとは。

「怖いさ。お前は石上も一発で撃ち殺した」

喋るだけで頰《ほお》がぴくぴく震えた。

「まるで容赦なかったな。足利富雄《あしかがとみお》も同じ。狩野《かのう》を襲った場面も見た。刺すのは蜂雀にやらせて、お前は余裕だったな。空に一発撃って、悠々と逃げた……恐ろしい奴だ」

「全員が死ぬに値《あたい》した」

皐月汐里は嬉しそうに言った。

「掃除されるべき人間ばかり。それにも、同意するでしょう？　隼野さん」

「あのときの繰り返しか」

隼野は聞こえるように溜息《ためいき》をつく。新宿の空きテナントで、ボイスチェンジャーを使って届けられた奇妙な講釈が甦《よみがえ》る。クリーナーは正義を主張した。

「だから駄目なんだ、お前らサイコパスってのは」

一言で相手を全否定してしまった。ぶわっと嫌な汗が出たが、もう引き返せない。

「そうですか？」

相手に響いている様子は微塵《みじん》もない。隼野は今度は、徒労感に襲われた。

「巻き添えになった人はどうなるんだ。テロリストは、常に粗《あら》い……人の命を軽んじてる。だから共感を得られないんだよ」

「巨悪を取り除くのが第一義でしょう」

やはり皐月はまったく揺らがない。

「放っておけば、もっと大勢が死ぬ」

「うるせえ」

乱暴に遮った。

「人殺しはなんだかんだと理由をつけるが、みんな同じだ。人を殺せば、同じ穴の狢《むじな》だ」

「では、天埜唯もそうですね」

とろけるような笑みに吸い込まれる。罠に填《は》まった気分だった。目を白黒させながら隼野は銃を取り直した。目の前のクールな秘書顔こそが仮面に見える。人間の皮を被《かぶ》った昆虫類だ。

「別に俺は、あいつを庇《かば》う気はない。あいつとチームを組んでたのは、あいつの正体を知らなかったからだ」

「では、彼女を差し出してください」

意外な角度から来た。隼野は目を回す。

「なんでだ。なんであいつを狙う」

「裏切り者だからです」

皐月の目が吊り上がった。

「裏切り者？　どういう意味だ。あいつはクリーナーじゃないだろ」

言ってから、全てが不確かに思えてくる。

「お前らの仲間だったっていうのか？　まさかそんな」

皐月はそれには答えなかった。一計を案じるように抜け目なく隼野を見ている。

「だが、そうか……あいつは、蜂雀を救おうとしてた」

「あれこそが裏切りです！」

皐月の怒りが隼野を貫いた。

「天埜唯は、蜂雀を転ばせようとした。彼女の持つ針を抜こうとした。それは、蜂雀を殺すことより罪深い」

皐月の言いたいことが、隼野の胸にも浸透してきた。天埜唯はサイコキラーを骨抜きにする力を持っている。実際に持っているかどうかは別にして、蜂雀に対しては効いたように見える。それがこの女の逆鱗《げきりん》に触れた。

「蜂雀はどこだ?」

ふいに警戒して訊く。隼野は、こんな廃屋にのこのこ入り込んでしまった自分の浅はかさを呪った。仲間が潜んでいたら終わりだ。

皐月は首を傾《かし》げた。口元に微かな笑みが戻る。隼野は不安になったが、だれかが現れる様子はなかった。少し安心して訊く。

「お前がクリーナーのリーダーか?」

「いいえ」

明快な答えが返ってきた。

「アダがいる限り、クリーナーは続く」

「アダ? なんだそれは」

「私たちの司令塔。私たちの種族に、福音《ふくいん》をもたらす者」

意味不明だ。隼野は無視して言った。

「もう、天埜は放っておけよ。どうせ表に出られない。社会はもう一度、あいつを殺すんだ。お前らがリークしたんじゃないのか?」

「私たちではありません」

9係の巡査部長の顔に戻った。変わり身の早さに戦《おのの》きながらも、訊く。

「じゃあ、だれだ」

「知りたい？」

皐月はいきなりコケティッシュになった。気まぐれな女優だ。複数の仮面を使い分けるのがサイコパスの特徴。知っていても、隼野はぞくりとした。

「あなたが私たちに加わるなら、教えます」

相手の表情と調子から、隼野は冗談と見なした。そっちがそう来るならこっちも軽薄になる。

「分かった。俺も、いまの官邸まわりの連中は大嫌いだ。死んだほうが、この国のためだと思う」

皐月は嬉しそうに笑った。

「その調子です」

隼野は一瞬だけ笑い、すぐに首を振った。

「お前らに加わらないと言ったら、俺を殺すんだろ？　口止めのために。だったら、加わるしかないじゃないか」

「いいえ。あなたはいま優位な立場にいる。その引き金を引けば、私が死ぬ。こんな辺鄙《へんぴ》な場所です。死体は見つからない。あなたはもう、私に煩《わずら》わされることはなくなる」

そんなことを笑顔で言われるとは。横隔膜《おうかくまく》の震えとともに、悪魔は実在すると実感した。これが相手の狙いだったのか。俺を闇の世界に引き込むためだ。

「……だれが、お前を殺すか。そんな、ぞっとしねえこと」

「では、これからあなたは、我々に協力する。いいですね？」

「いい加減黙れ」

銃を盾《たて》に沈黙を強要する以外にできなかった。

「でも、どのみちあなたは、我々に協力するしかないのでは？」

そして女は沈黙を守らない。

「お母さんがお一人で大変でしょう」

「……ふん。脅しか。卑劣だな」

かえって冷静になれた。やはりこいつらには情がない。こいつらと手を結ぶとは、蛇蝎《だかつ》と一緒に寝るようなものだ。それをわきまえておけば正気を失わない。

「俺に協力してほしいんなら、まず教えろ。天埜のことをリークしたのは？」

「それは、簡単です。蘇我金司」

皐月はあっさり答えを告げた。

「……やっぱりそうか」

「それと、台場を襲った蜘蛛《くも》。あれは、蘇我付きのボディガードです」

「ボディガード……そうなのか」

意外だった。思ったよりずっと蘇我に近しい存在だ。

「名前はギュンター・グロスマン。内閣情報調査室所属ですから、立派な国家公務員ですよ」

「特命班か。そうだろ？」

「おっしゃるとおりです」

「やっぱりな。あいつは、ダブルか。ドイツ人？」

「父がドイツ人。母親が日本人です。日本名は太田利通《おおたとしみち》。蘇我がかつてドイツ大使館に出向していたとき、ドイツで出会い、スカウトして内閣府で雇った。詳しい経歴は伏せられていますが、戦闘のプロです。ハイデルベルクで起きた連続殺人に関与していた疑いがある」

「なんだと」

さすがに開いた口が塞《ふさ》がらない。

「……シリアルキラーを、自分の側近に？」

「真相までは分かりません。ただ、あなたは自分の目で確かめたでしょう。ギュンターは生粋《きっすい》のマンハンターだと」

「お前と同類だ」

隼野は言い放った。

「その通りです」

皐月はまったく悪びれない。

「蜂雀も、天埜も、同じ種族です」

反論しかけた自分に驚く。天埜は違うぞ、と言いそうになったのだ。おい、いつの間に俺はそんなことを信じた？

「蘇我金司は、我々の究極のターゲットです」

皐月が明言し、急速に対立構造が見えてくる。

「お前らと同族なのに？」

「驕《おご》り高ぶった権力者は、屠《ほふ》る。それがクリーナーの役割です」

「情《じょう》のない奴らが殺し合ってる。自滅すれば、万々歳《ばんばんざい》だ」

隼野は本音を言い放ったが、皐月は怒らなかった。

「蘇我に比べれば、どんな連中も可愛《かわい》いものです」

いやに淡々《たんたん》と言う。

「私など、どうひっくり返っても追いつけない。奴は大量殺人者ですから」

「は……」

合いの手が入れられなくなる。

「蘇我は、経産省の守護神たる存在です。原発事故でどれほどの人間が苦しもうと、鉄面《てつめん》皮《ぴ》で再稼働し海外輸出を推し進める。他にも、秋嶋《あきしま》政権が掲《かか》げる看板政策にことごとく関わっています。実質賃金は下がっているのに、平気で増税したばかりでしょう？　企業と富裕層優遇の経済政策で格差が開き、貧困層がますます苦しもうと、〝総理の化身〟はむしろ加速度的に非人道路線を推し進めている。高齢者が働くことを推奨する一方で、社会保障のセーフティネットは外してゆく。生活保護費もどんどん切り下げる。そうやって、ありとあらゆる手で何千万単位の人間を苦しめても、夜はぐっすり寝ているわけです。これこそ、究極のサイコキラーではないですか？」

なるほど、と頷かずにいられなかった。蘇我は明確に、人民の敵だ。クリーナーたちに理がある。そう思わされるのが恐ろしい。

だがそれをこの〝銃使い〟、冷酷無比な暗殺者が口にする違和感。確かめずにいられない。

「お前らの本音は？　そんな蘇我に、なんでくっつかないんだ？」

「馬鹿なことを言わないでください。奴が極右国家主義者どもをとことん利用してることを知らないんですか？」

即答。憎しみが溢《あふ》れ出した。

「マイノリティは邪魔。外国籍はぜんぶ不純物。同じ国民として扱わず、弾圧する男です。私のような中国籍には容赦がない」

「……お前、そうだったのか」

皐月の中国語の能力は、あとから身につけたのではない。元から備わっていた。組織犯罪対策部時代には外国人マフィアを相手にしていた。経歴上、適任だったのだ。

「特例措置《そち》で日本国籍を取得しましたが、関係ありません。極右国家主義者には、引いている血こそが重要。どれほど国家に貢献《こうけん》しようと、私が受け入れられることはない」

この底冷えするような憎悪《ぞうお》。なだめる術《すべ》はない、と隼野は感じた。秋嶋政権が根底に差別的な体質を持つ限り、報《むく》われない人々も存在し続ける。

「えこひいき。身内優遇。批判者は弾圧し排除する。一貫してそうですし、声の小さい庶《しょ》民《みん》たちはぜんぶ連中の道具です。自分に靡《なび》かなければ敵——そんな奴に忠誠を誓う馬鹿はいない」

「てことは、お前らのリーダーはそうじゃないってことか」

隼野は渇《かわ》くような興味を覚えた。

「権力側から弾かれた者たちにも、理解がある。お前らのような人間にも公正で、居場所を提供する人間だってことだな。だれだ？　教えてくれ」

ふっ、と皐月は笑った。

「リーダーは、ここにいますよ。さっきからずっと」

6

言われた瞬間に総毛立った。やっぱりそうだ。この廃墟は蜂の巣箱のようなもの。俺は罠にかかった。とっくに毒壺《どくつぼ》に落ちているのだ。

気配とは言えない気配が、微かに空気を乱している。なぜ感じなかったのだろう？　このとてつもない異物感を。人ならぬ生き物の息遣いを。

部屋の一角がガタリと鳴る。ハッと視線を向けて、隣の部屋に続く扉の枠が動いていることに気づいた。ふいに扉がずれ、こちら側に向かって開く。

奥には深い闇が見える。その向こうに微かに、蠢《うごめ》くものがある。

やがて闇の奥からぬう、と現れたのは――蜂。

「動くな！　手を上げろ」

銃口を向けて命じる。異形《いぎょう》はゆっくり両手を上げた。

書斎の窓枠から入り込む弱い光のおかげで、隼野は気づいた。仮面の造形が粗い。なんと未完成な蜂だろう。拍子抜けした。蜂雀のつけていた精巧な仮面とは比べものにならない。試作品か、製造の途中で放棄された失敗作か。色も塗られていない。

「急な出番だからな。こんな物しかなかったよ」

妙に気さくな声が響いた。男の声だ。聞き覚えはない。

「まあ、私にはぴったりだがね。人と蜂の混血だから」

「そのマスクを取れ」

隼野は銃を突きつけて命じた。

「取るってば。あわてるな」

相手は余裕たっぷりに、出来損ないのマスクを取ってみせた。

機嫌《きげん》のよさそうな若い顔が現れる。見覚えがあった。だが声を聞くのは初めてだ。

「捜査支援……分析管理官」

まず、役職名から出てくる。そして名前は。

「……左右田一郎《そうだいちろう》」

「ありがとう。知っててくれて」

左右田一郎は礼をした。いやに優雅な動きだった。育ちの良さがふっと匂い立つ。

「あんたは……エリートなのに。これから偉くなるってときに、なにを……」

「まあね。でも、天埜の管理責任者だからね。まんまと更迭《こうてつ》されたよ。ちくしょうめ」

底なしに明るい笑顔。隼野は本能的な嫌悪《けんお》を覚えた。爽《さわ》やかすぎる。

その愚痴《ぐち》は事実に違いない。ＳＳＢＣという部署の直接の責任者が、天埜の過去を知らないということはあり得ないのだから。それは、その上に位置する鮎原総括審議官についても言える。あの津田淳吾の伯父《おじ》もただではすまない。

「クソどもめ」

左右田はいきなり罵った。

「政権の奴隷《どれい》に成り下がった警察官僚のトップたちが、私を更迭したり左遷《させん》するだと？　そんな好き放題が許されるものかね。いったいどっちが天誅《てんちゅう》を受けるべきかぐらい、分かるだろう？　隼野一成警部補。君がクリーナーに加われば、晴れて巻き返しの時だ」

「な……」

話が強引すぎる。頭が異次元にある類《たぐ》いの男だ。

「世界を変えるためだぞ。革命は男の本能じゃないか」

「戯言《ざれごと》を言うな」

ようやく怒りを差し込めた。

「テロリストが、刑事をスカウトするとか、正気じゃねえ」

「テロリストは政府の方だ。そうだろう？」

口調の軽さが不安を誘う。隼野は、痺《しび》れをすら感じた。悪魔がいるならこういう男だ。いや、政府という悪魔に挑む悪魔か。獣同士の食い合いだ。

「我々は、目に余る政府の悪行に対抗するレジスタンスを結成した」

いきなり表情が引き締まり、声を張る。

「隼野警部補。我々の方がマシだ。より正義に近い。そうだろう？」

隼野は首を固定し、頷くことをかろうじて止める。代わりに訊いた。

「あんたは——だれなんだ」

「私か。いい質問だ」

左右田一郎は喜んだ。直感で発した問いだが、左右田にとっては答えたい類いのものだったようだ。

「私をアダと呼ぶ者がいる」

「あだ？」

さっき皐月も口にした。不吉《ふきつ》な印象しかない。

「コードネームみたいなものさ。私は、レジスタンスの闘士たちにそう呼ばれる。一応、部隊長みたいな役割かな」

得意げに胸を張った。隼野は外国語を聞いている気分だ。

「全員にコードネームがある。蜂雀はもちろんそうだ。ちなみに皐月君はアルテ。さて、君にはなんと名づけよう。希望はある？」

「バカな」

隼野は鼻で笑ってみせた。

「決めるのは君だ。私は何も強制しない」

静かな諦念《ていねん》を感じた。この不気味な変わり身がこの連中の生態だ。

「戦後、これほど権力者が腐敗した時代はなかった。君も日々、刑事として実感しているだろう。ならば、対抗するには通常の手段では無理。劇薬が必要なのだ。私自身、生きている間に、暴力革命を肯定《こうてい》する時が来るとは思いもしなかったが」

いま、笑みは一切《いっさい》なかった。隼野は訊く。

「暴力革命。本気か？」

「私はアナーキストではない。権力内の癌《がん》を排除できればそれでいい」

笑みが戻ったが、渋い笑みだった。この男は覚悟しているらしい。必要なら自分の命を捧《ささ》げると。隼野は相手の両目から顔を背《そむ》けた。とにかく相手のステージには乗りたくない。

「どうしてここに、蜂雀がいない？」

訊くと、左右田はいきなり顔を緩《ゆる》めた。

「それこそが目下《もっか》、最大の問題なのだよ」

「天埜が、蜂雀を狂わせてしまった！」

皐月汐里が叫んだ。この件については黙っていられないらしい。

「そういうことだ」

左右田が肩を竦《すく》めてみせた。

「嘆《なげ》かわしいことに、蜂雀が連絡に応じなくなったのだ」

「あんたら、逃げられたのか？」

「取り戻す努力はしているけどね」

左右田は眉根《まゆね》を寄せ、分かりやすい困り顔を作る。

「そもそも彼女は、自由の羽を持っているからね、大きな羽をね。大事なときには、戻ってきてくれると信じているが」

冗談めかすほどに、左右田が真剣に困っていると分かった。

「あの子には、お灸《きゆう》をすえなくては」

皐月はもっと直情的だ。クールなイメージはどこかに消えた。

「今後もし、蜂雀の針が鈍《にぶ》ったら――私は、天埜を殺します」

そうか、と納得した。蜂雀が、自分ではなく天埜によろめいたことが気に食わないのだ。

「蜂雀の取り合い。メンツの問題か」

侮辱《ぶじよく》と知りながら、隼野は言ってしまう。

「蜂雀は、ドクに憧れていた！　だからつけ込まれた。たぶらかされた」

皐月の負《ま》け惜《お》しみ。いや、いまは〝アルテ〟と呼ぶべきか。

「お台場で見た。蜂雀も、女だな。蜂雀は、天埜に、自分を重ねてるってわけか」

皐月は肯定も否定もしない。隼野の中で、急速に疑問が膨《ふく》らんだ。今度は左右田に向かって訊く。

「あんたらにとって、天埜はなんなんだ？　裏切り者、ってどういう意味だ」

すると左右田は首を捻《ひね》った。

「なかなか、説明が難しいね。皐月君はつい、裏切り者と言ったが……私は、敵とは見なしたくない。かといって味方ではない。微妙なところだね」

誤魔化《ごまか》しか。だが、案外正直に喋っている気もした。改めて天埜の立ち位置が気になるが、これ以上訊いても左右田から筋の通った説明はなさそうだ。質問の趣意を変える。

「蜂雀は、どこの人間だ？　本名は？」

「そんなことは、篁に訊いたらいい。あいつは詳しいんだから」

左右田は警察官僚の大先輩をあいつ呼ばわりした。公安部長のことは嫌いらしい。

「……俺は帰る」

少し考えてから、隼野は宣言した。もう、この連中と話していても調子が狂うだけだ。

銃を構えたまま後ずさる。

「答えを聞いてないけど？」

左右田がおどけたように訊いた。

「俺はお前らとは違う」

隼野は言い放った。

「殺しは許さない。相手がだれだろうと」

「やっぱりね」

皐月汐里が分かりやすく溜息をついた。

「あなたは煮え切らない人。そうしている間にも、政府は大勢を殺し続けている。裏で糸を引いてるのは蘇我。殺さなくちゃいけないのに！」

隼野はじろりと皐月を見た。

「お前が言うな。人殺しめ」

皐月の目つきが変わった。殺意のこもった視線を隼野に向ける。

「分かった。君は帰る」

仲裁《ちゆうさい》するように左右田が両手を広げる。

「だが君は、我々のことを明るみに出したりしない」

不気味な予言を口にした。隼野は目を剝《む》く。

「だれにも言わない。クリーナーの正体を」

「……なんでだ」

「我々にシンパシーを抱いているからだ」

人差し指をピタリ、と突きつけてくる。自信満々のその表情。滑らかな手と指の動き。

売れっ子のマジシャンに見えた。いかがわしさの塊《かたまり》だ。

「君は天秤《てんびん》にかけてる。政府と、反政府組織。どちらがマシか？　そして君は、我々に傾いている」

「馬鹿を言うな――」

「我々に加わる勇気はないかもしれない。だが、蘇我たちは死んだ方がいい。そう強く思っている」

断言された。

「だから口外しないのさ。我々を放っておく」

否定できない自分がいる。自分では殺せない。だが、こいつらが殺してくれるなら――

「つまり君は、もう立派に、クリーナーの一員なのだ」

やはり罠だったと思った。最も恐ろしい罠だ。口外しない限り、確かに俺は共犯者になってしまう。

「嬉しいよ、隼野警部補。共通の敵、秋嶋政権を叩くためにこれからも、互いを尊重しよう！　手は組めなくても、せめて邪魔をしない。大人の関係だね！」

隼野は眩暈《めまい》を覚えながら床を見下ろした。ボロボロの遺体が目に入る。

「尾根さんを、殺す必要はなかっただろ……」

無念が呻《うめ》き声になる。

「こんな扱い……非道《ひど》すぎる」

「死体だから、あなたは来たんです。生きて見つかったら、来なかったでしょう?」

皐月は悪びれた様子が微塵《みじん》もない。隼野は呆れ返った。

「お前、それだけのために……」

隼野の絶望した様子を見かねたのか、左右田が口を挟んだ。

「彼は必要のない人間だ。死んでも、だれも悲しまない。家族も喜んでいるかもしれないよ? 厄介者がいなくなって」

「その発想が、最悪だ」

声が激情に震えた。

「政府が言ってることと同じだろうが! 要らない人間は死んでもいい、なんて」

「では、こう言おう。彼は有害だった」

左右田はあっさり言い直した。

「ライバルの足を引っ張るためにデマを流したりしてた。たとえば、君の足を引っ張るために。なあ?」

隣の皐月が何度も頷き、隼野は口籠《くちご》もった。

「尾根は、情報屋に報酬を出し渋ってただけじゃない。まさにここで暴力も振るっていたんだ。一人、入院しているよ。おまけに、皐月君にセクハラ行為まで」

皐月は肩を竦めた。

「これほど明白な悪徳刑事もいないだろう？　捜査一課の面汚《つらよご》しだ」

皐月の顔をじっと見ても、本当のことかどうか確信は持てない。台本通りに演じている女優に見える。念の入った殺し方を見れば、堪忍袋《かんにんぶくろ》の緒が切れてやってしまった証明にも思える。だがやはり真実は分からない。尾根側の言い分を聞いていないからだ。

「君は、尾根死亡の件についても黙っている」

左右田は自《みずか》らの予言を重ねた。

「せいぜい、匿名《とくめい》の通報をするぐらいだろうね。ま、君がしなかったら我々がやるが」

我慢の限界だった。そのまま後退すると隼野は廊下に出て玄関に向かった。もはや銃で狙い続ける気力もない。最後は背中さえ見せた。

玄関を出るときに一度振り返る。クリーナーたちの姿は見えない。

「また会おう！　隼野君」

晴れやかな声だけが響いてきた。怖気を震《ふる》いながら表に出ると、すっかり夕暮れ。なおさら途方に暮れる思いだった。左右田の予言が取《と》り憑《つ》いている。俺はどうする？　落ち着いて考えさせてくれ。身体が冷え切って強張っている。逆に頭が熱い。どこかで一服……身体を温め、頭を冷やしてからもう一度……クリーナーよ俺に近づくな金輪際《こんりんざい》。蜂雀よどこに消えた……そして、天埜唯。俺を救った殺人女児。

勃然《ぼつぜん》と思いが突き上げてきた。

あいつと話さなくては。明らかにしなくてはならない。すべてを聞き出さねばならない。あのクリーナーたちとどういう関係だ？　なぜそこまで蜂雀にこだわる？　行方《ゆくえ》を知らないのか？

向き合わなくては。真実を知らなくてはならない。

刑事としてのすべての義務を差し置いて、隼野の命が必要としていた。

あの女の罪と罰をこの手に摑《つか》むことを。

第三章　掩蔽《えんぺい》

1

昼食時に摂《と》った薬が効いているのか、左肩の銃創の痛みはそれほど気にならなかった。それよりも、病室で時間を無為《むい》に過ごしていることが精神的にきつい。津田淳吾の病室の窓のブラインドの隙間《すきま》からも、道路端にずらりと並んだカメラの列が見える。なんという悪意だろう。人の過去をほじくり出すためにこれだけの人材を投入する。これが大手マスコミの意識の持ち方だ。これほどの情熱が、権力者たちに向けられることは決してない。本当の悪とは何か考えたことがないのだろう。そしていつの間にか共犯者となり、一緒に奈落《ならく》へ落ちてゆく。

気持ちのやり場がなかった。自らのスマートフォンで情報を集める限り、天埜唯の実名報道にまでは至っていない。だが所属が〝警視庁刑事部〟とまでは明らかにされており、そこから捜査支援分析センターまで報じられれば範囲が狭《せば》まる。特定されるのは時間の問題だ。メディア側はすでにつかんでいて、どこかが禁を破るのを待っている状態かも知れない。人権侵害の責を問われないために様子を見ている。

「だめだ」

津田は思わず口に出した。迷っていたが、いまできることをするしかない。

意を決して、スマホに登録してある番号を表示した。コールする前に天埜唯の個室に行って相談しようか迷ったが、結局そのままコールした。ノンキャリアの刑事が知るはずもない高官の直通番号に。

いまや最悪の窮地《きゆうち》に陥《おちい》った親族に、連絡しない理由はない。

電話が通じないことを恐れた。各方面への説明と、事態への対処に忙殺《ぼうさつ》されているに違いないからだ。それでも、一刻も早く話したい。なんといっても自分は当事者。正体を暴《ばく》露《ろ》された天埜唯の、最も傍《そば》にいる人間だ。

果たして、電話は繋《つな》がった。あっさりすぎるほどに。津田はあわてて言った。

「鮎原さん。いま、話せますか?」

『ああ。話そう』

二つ返事。意外だった。

「すみません、大変なところに」

『いや。お前とは話さなくてはと思っていた』

鮎原康三《こうぞう》総括審議官の声はふだんと変わらない。それが驚異だった。

『天埜にはちょっと会ったが、容態《ようだい》は安定しているようだから、一安心した。お前とは話す時間がなかった。すまない』

そう。数時間前、彼はこの病院にいたのだ。だが天埜を見舞っているまさにそのとき、天埜の過去が露見《ろけん》した。

「いま、鮎原さんの立場は……」

『電話より、会って話そう』

意表をつかれる。

「えっ？　でも、どこで会いましょうか？」

『すまん。そっちには行けない』

それはそうだ。カメラに囲まれた中を警察官僚がくぐり抜けられるわけがない。

『こっちに来てくれないか』

「いま、どちらに？」

『自宅だ。更迭《こうてつ》されたからな。出勤停止だ』

予想された展開ではあったが、かける言葉がない。

「……お時間は、大丈夫ですか？」

『時間はたっぷりある。それよりお前は、動けるのか？　痛みは？』

「大丈夫です」

津田は即答する。

『分かった。病院にハイヤーをやる。マスコミに気をつけろ』

そして十五分後。病院の裏門から素早くハイヤーに乗り込み、津田は病院を離脱した。

天埜に伝えてから出るかは、少し迷った。結局病室まで行って告げることはせず、ハイヤーに乗ってから手短なメールを打った。もし、津田の不在が病院の人々に騒がれ、天埜に伝わっても落ち着いていられるように。

記者が二、三人、ハイヤーに気づいて追ってきたが、運転手の機転でどうにか撒《ま》くことができた。さすが鮎原の御用達《ごようたし》だ。浜松町《はままつちょう》にある鮎原の自宅に向かった。セキュリティがしっかりしているタワーマンションの上層階なので、万が一マスコミに嗅《か》ぎつけられても被害は少ないと判断した。鮎原に外に出てきてもらう方がリスクが高い。

マンションに着き、入場を許可された津田は、エレベーターで目的の階まで上り、鮎原の部屋のドアを開けた。出迎えてくれた住人を一目見た瞬間、見た覚えがないほど憔悴《しょうすい》しているのが分かった。電話では一切《いっさい》感じさせなかったが、さすがに堪《こた》えている。津田は挨拶《あいさつ》の言葉さえうまく言えない。リビングのソファーに向かい合って座る。久しぶりに顔を間近に見て、津田は改めて感じた。鮎原の常人との違いを。

言葉で表現するのは難しい。親族の自分でさえ鮎原という男を捉《とら》え切れていない。親しくした時期も長くはない。最も密接だったのは、十代をアメリカで過ごしていた津田と、在米日本大使館に赴任《ふにん》した鮎原が、近所で暮らしたコロンビア特別区時代だが、当時津田淳吾は気楽な学生でしかなかった。上司と部下ではない。故《ゆえ》に伯父が就《つ》く警察官僚の仕事の内容も、警察や国が抱《かか》える闇についても深く考える機会がなかった。

津田が両親とともに日本に移住したとき、真っ先に連絡して会いに行ったのが鮎原だった。津田より先に日本に戻り、当時、警察庁生活安全局で犯罪抑止《よくし》対策室室長を務めていた鮎原の仕事ぶりを本人から聞き、津田は強い影響を受けた。それが法務教官を志《こころざ》すことにつながった。大学で心理学を専攻し、若年層《じゃくねんそう》の犯罪と精神構造、社会との関わりについて学んだ。国家試験に合格して晴れて法務教官になったとき、津田はまだ、天埜唯と出会う運命を知る由《よし》もなかった。

改めて振り返り、そして今や職を更迭された鮎原を目の前にしてみると、なんと疾風怒濤《しっぷうどとう》の日々だったろうと感慨《かんがい》を深くする。自分も大きく変わった。人々の心の闇と、この国の闇に身をもって直面した。自らも命の危機に瀕《ひん》した。

自分はいい。若いし、これからやり直しも利《き》く。そもそも警察に未練はない。天埜の存在がなければ、そして目の前の伯父《おじ》に要請されなければ警察には入らなかった。

だが鮎原康三は違う。警察に生涯をかけてきた。そもそも入庁したときから注目されていたという。国家試験を首席で突破しながら、財務省ではなく警察庁を希望した。かつてはメンサにも所属したという知能の高さ。メンサ内でさえ型破りの頭脳と畏怖《いふ》されたそうだ。嫉妬《しっと》もされただろう。だが、鮎原のパーソナリティからくる得体の知れなさに、攻撃を手控える輩《やから》が多かったとも聞いている。津田には納得のいく話だった。警察官僚には珍しく妻帯していないことも、津田には不思議ではない。一家団欒《だんらん》、などという表現から最も遠い男に思えた。

鮎原は己の能力を恃《たの》んできたはずだ。絶対の自負心を、甥《おい》の津田もことあるごとに感じてきた。順調に出世を重ね、先輩さえ追い抜いて総括審議官まで上り詰めた。まもなく官房長となり、その後の警察庁長官就任は確実視されていた。政治家の覚えもめでたかったのだ。警備局の外事情報部時代、海外の捜査機関と諜報《ちょうほう》組織から引っ張りだこになったことが大きい。博覧強記《はくらんきょうき》と並外れた語学力が海外の要人たちを魅了した。地位を上げた鮎原はさっそく、無駄の多かった渉外《しょうがい》部署を大幅に改革。アメリカのNSAやイギリスのMI6など、世界中の諜報組織とのパイプを強固にしてみせたのだった。

成果を上げることによって彼の提案するプロジェクトはことごとく注目され、フリーパスに近い状態になった。実務能力が恐ろしく高い一方で、表だって政治家に逆らうことは一度もなかった。

だがついに道を踏み外した。それも決定的な形で。

「淳吾。笑っていいんだぞ」

かえって鮎原の方が見かねたようだ。

「偉そうにしていた男が、一瞬で転落した。禁断の方策に手を出し、暴露され、一巻の終わりだ。実に儚《はかな》いな。我ながら」

「康三さん」

下の名で呼んだのは何年ぶりか。じわりと血の繋がりを感じた。

「お前も、安心しているんじゃないぞ。しっかり自分を守ることだ」

伯父は甥の心配を優先した。強ささえ感じる物言いに、津田は救われた気持ちだった。覇気がある。逆転を諦《あきら》めていないようにも見える。そもそもが人とは違う情緒《じょうちょ》の持ち主だ。

「お前が末端の捜査員で、怪我をして離脱中だからといって油断するな。私から下も追及される。SSBCの責任者の左右田は当然だが、常に天埜とセットだったお前にも間違いなく、累《るい》が及ぶ。私は、お前に何一つ責任はないと言い通すつもりだが、お前本人が持ちこたえないと意味がない」

「康三さん。僕は、この期《ご》に及んで、警察に未練はありません」

これを言うためにここへ来た。そんな気がした。

「天埜のためにこそ、僕も刑事になりました。だが、それが終わった今となっては、僕だけが捜査官でいても意味がありません」

「そうか……もったいないな」

鮎原は静かに頭《かぶり》を振る。

「私の衣鉢《いはつ》を継いでくれるのは、お前しかいないと思っていた」

「なんの冗談ですか?」

ふやけたような笑みを見せてしまう。

「僕はノンキャリアですよ。今から警察官僚になれるはずもない。警察に残っても、どんなに頑張《がんば》っても本庁の課長か、所轄の署長で終わりです。そんな僕に、なにを継げと?」

するとと鮎原は、キッチンから瓶《びん》を何本か持ってきた。グラスも二人分置いて瓶の中身を注ぐ。一瞬ワインかと思ったが、高価なフルーツジュースだった。そういえば鮎原は酒を好まない。

「知っていたかな? 淳吾。私の野望を。警察官僚としての本懐《ほんかい》を」

津田は少し考えてから答えた。

「アメリカ時代に、冗談めかしておっしゃっていたことは覚えていますが……」

「私は、なんと言っていた?」

「犯罪の減少と、治安の向上」

「ふん。クソ面白《おもしろ》くもない答えだな」

昔の自分を切って捨てた。

「確かに、検挙率を上げて歴史に名を残す気だった。腹案もあった。ところがな、淳吾。

犯罪は市井《しせい》に潜んでいるのでも、外国から流入してくるのでもない。権力に近づくほどに重犯罪が見つかる」

はい、と津田は頷く。このテーマで話すのは初めてではない。

「分かってるな？　これは一般論ではない。いまの秋嶋政権の話だ」

「もちろんです」

「国の中枢《ちゆうすう》こそが最も腐食している。想像を遥《はる》かに上回って深刻だった。極右思想に染め抜かれた与党の強権支配。それを煽《あお》り立てる、腐りきった時代錯誤《さくご》の議員団体の存在を知った時、俺は初めて、自分の本懐を知った気がした」

そこで鮎原は、分かりやすく口の端を吊り上げた。あえて作る笑み。

「警察官僚ではなく、人としての本懐だ」

津田は思わず身を乗り出した。ここまで核心に迫る話をするのは初めてだ。

「俺らしくない物言いだと思うだろう？」

「はい。正直に言えば、そうです」

鮎原はハハハ、と声に出して笑ってみせた。津田は調子を合わせない。真剣に続けた。

「でも、感じていました。康三さんの秘めた志《こころざし》は、並外れているに違いないと」

「買い被るな」

鮎原はぞんざいに自己否定した。

「俺らしくない物言いを突き詰めようか。俺の目的はいつしか、人民の敵を斃《たお》すことに変わったのだ」

津田はまた強く頷いてみせる。部下ではなく親族として。

「あなたが声高《こわだか》に叫ばなくとも、実は熱いものをお持ちだと信じていました。でなければ、天埜を刑事にしたりしません。あなたは血の通った、いえ、情に厚い人だ」

「そこまでいうとデマになる」

鮎原が冗談めかしたので、津田は嬉しくなった。この人は変わった。これだけ様々なものをくぐり抜けて、冷徹の極みのような人格も揺さぶられて形が変わったのだと思った。

そもそも、打ち明け話をするような人間ではない。

互いにいま置かれている状況は厳しい。だが、こんなふうに腹を割って話せる日が来たことが津田は嬉しかった。

「淳吾。私を切り捨てた者がだれか、知っているな？」

「……蘇我金司ですね」

「私が、彼と進めてきたプロジェクトも知っているな」

「もちろんです。若年層の犯罪対策チーム。天埜も僕も、初めはそこに雇われました」

「とんだ年代記だな」

鮎原は掌《てのひら》の底で自分の額《ひたい》を押さえた。

津田もその仕草を真似る。なんと昔に感じられるのか。まだSSBCに所属する前。刑事として現場を知る前の話だ。鮎原の下で、津田は天埜と共に全国の子供たちの犯罪を調査研究していた。刑事というより、社会学者か犯罪心理学者の仕事だ。津田はやり甲斐《がい》を感じていた。法務教官時代と仕事のベクトルは大きく変わらなかった。この国の若年犯罪に正面から対峙《たいじ》し、解決策を考えるのは同じ。ただし、犯罪を犯した若者に個別に面突《つら》き合わせて更生を図《はか》るのとは違う。全体の傾向を把握《はあく》し原因を探ること。できうることなら犯罪を減らすこと。少年少女たちの心の闇の根本に迫ること。天埜唯と時には全国で実地調査しながら、子供たちの暴発を未然に防ぐ方策にも取り組んだ。

だが、天埜にとっては飽き足らなかった。彼女は繰り返し、刑事として現場に臨場《りんじよう》することを申し出た。やがて鮎原は折れた。チームからの離脱を認め、捜査支援分析センター に機動分析3係をさえ設立した。そして甥に、天埜に対する変わらぬサポートを要請したのだった。津田に異存はなかった。天埜の望む仕事をさせてやりたい。彼女にしかできない仕事がある。そう信じた。

「天埜とお前が離脱したあと、対策チームがどう変質したか。お前には、話していなかった。いや、そもそもチームが、どのような経緯《けいい》で成立したかも、充分伝えていなかったな」

はい、と津田は頷く。上意下達の組織の中で、余計なことは詮索《せんさく》しないのが下々《しもじも》の務めだ。知りたくはあったが、その本質を知らぬままに津田はチームを離れたのだった。

「年寄りの繰り言みたいになるかも知れん。だが、聞いてくれるか」

「はい。あの……」

「蘇我がどうやって、私をたらしこんだか、の話だ」

津田は口を閉じる。断る選択肢はない。むしろ前のめりの姿勢を取った。直接喋ったことのない、蘇我金司という男を知るいい機会だ。

「児童による重犯罪が、たった数年のうちに急増した。それによって、私たちの活動が始まったことは、よく憶《おぼ》えているだろう」

その通りだった。官邸と警察がマスメディアに統制をかけているおかげで、なかなか点が線にはならない。嗅《か》ぎつけた一部の雑誌やネットメディアが騒ぎ立てても、マスメディアさえ抑《おさ》えれば、大衆から真実を隠すのは容易《ようい》なことだ。秋嶋政権になってからずっと行われてきたやり口。隠蔽《いんぺい》やデマの成功例が経験値として積み重なっていて、実際にどんな不祥事や社会不安が報道されても、政権支持率が大きく下がることはなくなった。どんな不正も「またか」で片づくようになったのだ。「野党という選択肢はない」とことあるごとに印象づけているから、政権交代の可能性が大衆の脳から消滅してしまった。

モラルハザードに気づき、深刻な社会の退廃を警告する声も徐々に増えてはいる。心ある識者や少数のメディアも叫び続けている。だが逼迫《ひっぱく》した庶民《しょみん》は自分たちの生活に追われ、難しいことを考える余裕も、声を上げる気力も奪われている。なにより投票率が上がらない。こうなると既得権益《きとくけんえき》を持つ者が絶対的に有利。事実上の一党独裁状態だ。

その中枢で政治家たちを操る、筆頭首相秘書官の蘇我金司。

「ここからは、お前に言っていないことだ」

鮎原はグラスを傾けて喉《のど》を潤《うるお》してから、言い直した。

「言っていないというより、お前に知られたくなかったことだ」

2

こんなに早く病院に舞い戻ることになるとは。

だがいま、これ以上に必要なことはないと隼野は知っていた。

病院の周りにはマスコミ連中がまだ群がっている。まったく去る様子がない。警視庁本部も規制に失敗した。お手上げ状態だ。

隼野はうつむき加減で正面玄関をくぐった。まだ面会客もいる時間だから、精いっぱい無関係を装う。マスコミには隼野の顔を知る者もいる。気取《けど》られたら厄介《やっかい》だったが、背に腹は代えられない。いまどうしてもあの女と話す必要があるのだ。

受付に警察手帳を提示することで、面倒な手続きは省略する。一直線に天埜のいる病室に向かった。おざなりにドアをノックし、返事も聞かずドアを開けて中に入る。

天埜は昼間と同じ姿勢でそこにいた。イヤホンも耳に塡《は》めていない。自分のスマートフォンを手にし、画面を覗《のぞ》き込んでいることだけが違っていた。

「天埜。左右田一郎に会ったぞ」

警視を呼び捨てにする。

「あいつはクリーナーのリーダーだ。で、９係の皐月がメンバー。敵は警察内部にいた……もう一方の敵は、政府だしな。信じられん。俺たちは、生きてるだけマシかも知れん」

「気をつけてください」

なにもかもわきまえているかのように天埜は言った。スマホを静かに、脇のキャビネットの上に置く。ここにも化け物がいる、と隼野は痺《しび》れるように実感する。

「人殺しだらけだな。どこもかしこも。あいつらは……尾根さんまで殺した」

さすがに驚いたように、天埜は両目を見開いた。

「隼野さん。よく、ご無事で……」

「あいつら、俺を勧誘しやがった！」

怒りを唾《つば》のように床に向かって吐き捨てる。

「なめやがって……政府とクリーナー、どっちの味方をするかって訊いてきやがった。そんなもん選べるか！　どっちの毒を飲むか訊かれてるようなもんだ。どっちも地獄だ」

　怪我人の前で叫ぶ内容ではなかった。肩で息をし、しばらく床を見つめる。どうにか落ち着きを取り戻し、天埜の顔に目を当てた。

「お前は、どうなんだ。あいつらの仲間じゃないのか？　それを、お前の口から聞きたい」

　天埜は一度目を見開き、それから俯《うつむ》いた。

「仲間ではありません」

　胸の中に安堵《あんど》が流れる。隼野は不思議に、相手の言葉を信じていた。

「左右田さんや、皐月さんがクリーナーだということも、知りませんでした」

「本当か？」

「疑ってはいました」

　天埜はそう認めた。

「左右田さん。それから、鮎原さん。彼らは、警察の中では傑出した存在です。官邸に対して、ただ従順なだけではないと思っていました。でも、テロリズムに走るとは——信じたくなかった」

　途切れ途切れの言葉に、隼野は相手の苦悩を感じ取った。そんな自分が意外で、訊く声がかえってきつくなる。

「疑ってたんなら、どうして何もしなかった。未然に防げたんじゃないのか」

「確証がありませんでした」

天埜はぽつりと言った。

「しかも、私と津田さんが機動分析3係に移ってから、彼らと会う回数が減りました。左右田さんとはまだしも、鮎原さんとは全く顔を合わせていません」

隼野の勢いがしぼんだ。天埜に何ができただろう。これ以上責《せ》めるのはフェアではない。質問を変えた。

「じゃあ、お前ならどうする。俺と同じことを訊かれたら？　どっちの味方をする」

政府と、反政府組織。究極の選択。

「どちらの味方も、しません」

それは隼野の聞きたい答えだった。思わずむうと唸《うな》る。

「俺もだ。どっちも、なんの罪もない人間を殺してる」

この答えは、天埜に対する匕首《あいくち》になっていることに気づく。

そうだ——問《と》い質《ただ》しておかなくてはならない。どうしても。そのために俺は来た。

「なぜ殺した」

訊く。互いの心が痛くても、引き裂かれそうでも、訊かねば先へ進めない。

「それを、お前の口から聞かないうちは……俺は、なにもできない」

この言い方で伝わるだろうか。俺の心を刺し貫く痛みを、この女は理解できるか？

天埜唯は、無生物を思わせる静止した瞳で隼野を見つめる。その非人間的なまでに透き通った光に、隼野は震えた。

「話します」

そして瞬《まばた》きを二度。

「うまく話せるかどうかは、分かりませんが」

隼野は頷いた。充分だ。そもそも口数が少なく、自分の感情表現を一切《いっさい》して来なかった女。それが、自分のことを語る。

かつてない時間が流れようとしている。とてつもなく重たい時間が。

「私は――」

女は語り出した。

3

「この国は大問題を抱えてる。俺はそれを解決したいんだ。鮎原。お前もまったく同じ考えだろう」

思い返せば、蘇我金司のあの言葉からすべては始まった。

鮎原康三は甥に向かい、その時点からのことを時系列順に語ることを選んだ。すべてに蘇我金司が関わっていた。裏でこの国を牛耳《ぎゅうじ》る、戦後最大のフィクサーが。

「そうだろう、鮎原？　いますぐ手を打たねばならない。この国家的危機を解決するのだ」

まだ自分は青かった。たった数年前のことなのに、鮎原は自分の未熟さをただ憐《あわ》れむ。当時の鮎原は、目を開かされる思いだった。やはり蘇我金司は傑物だと感じた。

児童犯罪対策チームの設立は、蘇我の号令により始まったのだ。被害者となり加害者となる〝子供たちの叛乱《はんらん》〟は明らかに異常な領域に達していた。蘇我から絶大な信頼を得ていた鮎原は、直々《じきじき》に命を賜《たまわ》り、対策プロジェクトチームのリーダーとして切り盛りすることになった。

「だが鮎原、聞いてくれ。これは事態の片側でしかない。もう片方に、とても重要な副案を私は持っている」

チーム設立の裏側に、もう一つの目的があることを、蘇我はプロジェクトのごく初期に打ち明けた。鮎原だけに。

これこそが蘇我の真骨頂であったと、いまの鮎原は痛感する。己の不明を恥じるしかない。あの時点ではまったく予測することができなかったからだ。蘇我の深謀遠慮《しんぼうえんりょ》を。それがどのようにこの男を利し、どれほど権力の強化に益《えき》するか。鮎原ほどの天才にして、見抜けなかった。

　それは、かつてない社会実験だった。

「天埜唯を教化し、社会に戻すほどのことを成《な》し遂《と》げたお前だ。私は本当に評価している。だからこそ、お前に喋るのだ。お前以外に適任者はいない」

　自尊心をくすぐり、豚を木に登らせる甘言《かんげん》だったといまさらながらに痛感する。蘇我は鮎原のツボを見抜いて突いた。

「お前もよく知る、いわゆるサイコパス。それは、そんなに有害なものだろうか？」

　蘇我はそんな風に切り出した。

「むろん、かつての天埜――ドクのようなサイコキラーは有害だ。無為に人口を減らし、秩序《ちつじょ》を乱し、人心を荒廃《こうはい》させるからな。だが、サイコパシー傾向の高い一群。それを大きな視野で見たとき、社会にとって有害だろうか？　お前の意見を聞きたい」

「いえ。一概にサイコパスとはいっても、成立要件はいくつもあります」

　鮎原はここぞとばかりに持論を展開した。

「だれにでもサイコパスの素質はある。数多《あまた》の要素との相互作用によって、いわゆる〝人格〟が形成されていると考えれば、サイコパシー傾向が一定程度高いものがサイコパスと呼ばれます。しかしそれは、いささか乱暴な、便宜的《べんぎてき》なものにすぎません」

「そうだよな。俺もお前もサイコパスだ。サイコキラーかどうかは知らないが」

首相秘書官のどぎついジョークを受け流し、鮎原は続けた。

「サイコパスこそが、常人を超えたリーダーシップや冒険心を発揮するという研究もあります。会社や組織のトップの多くにサイコパシー傾向の高い人物が収まっているというのは、いまや定説です」

「そこだ。問題にしたいのは、リーダーシップなのだ」

蘇我が手を打つ。

「と、おっしゃいますと？」

「理想的な権力者についての考察だよ。私も興味があって、いくつもの論考に目を通した。それは、私の経験則と完全に一致する。彼らのような種族にこそ、私は人間の極限の姿を見るのだ」

サイコパス自身が、自らの評価を高めたがっている。鮎原は内心大きく頷いていた。鮎原の見立てでは、蘇我こそ純度の高いサイコパス。巧みに政治家を操縦し、容赦《ようしゃ》なくライバルを叩き、野望を遂行《すいこう》してきたその行動力こそが証明している。歴史を分析すれば、優《すぐ》れたリーダーや英雄と呼ばれる人々はサイコパスの要件を満たしている。平常心。危険を前に動じない胆力《たんりょく》。情に惑わされない決断力。

「突出しているからこそ、加害者となってしまう場合もある。最も先鋭化したものがサイコキラーだな。究極の反社会的存在だ。だが一方で、傑出したリーダーもサイコパス群から出現する。俺はそこに着目する」

慧眼《けいがん》だ。蘇我は己を知っているということ。様々な権力者のために働いてきた男の実存哲学だ。

鮎原は大きく頷いてみせ、相手の説明を待つ。

「人材育成の話だよ。鮎原」

蘇我は上機嫌《じょうきげん》で続けた。相手が理解していることに満足している様子だった。

「我々は、優れた後継者を必要としている。そうだな？　だが政《まつりごと》を行う際、最たる危機は、引き継ぐ相手がいなくなること。我が党が権力を握り続けるためには、ふさわしい人材が豊富でなくてはならない。だが現状はどうだ？」

鮎原は遠慮なく首を傾げた。

「どうしようもない凡才《ぼんさい》や俗物《ぞくぶつ》が溢《あふ》れている。彼らには信念がない。歪《ゆが》んだ国家観と卑《いや》しい欲望が入り混じった有害な輩だ。権力に惹《ひ》かれた欲ボケどもだ。強い権力はクズを引き寄せる。強すぎる力の副産物だ」

蘇我の寸評は的確にして容赦がない。

「民主主義は多数派が権力を握る。数の力こそ最も重要だから、寄ってくる者たちは受け入れる。だが必然的に質の低下が生じる。いまいる、中堅以下の議員は全員、理想もヴィジョンもなにひとつない。名誉と利権と金に取り憑《つ》かれているだけだ。いまは強いリーダーがいるからいいが、いなくなれば統制がとれなくなる」

彼の観測は正しい。鮎原も全くの同感だった。

「だから、リーダーの育成こそが大切なのだ。長い目で育てる」

蘇我金司はグランドデザインを描いている。さすがこの政権をここまで強くした張本人だ。エリート中のエリートを、国家が肝《きも》いりで育てようというのだ。ここまで国家の大計を考えて行動する者がいたか？　蘇我の先を読む力と実行力には舌を巻くしかない。あらゆる物事がこの男の思い通りに進んでゆく。それだけの洞察力と、尽きぬモチベーションがあるからこそだ。

「全く同意します。人材育成まで、考えておられるとは」

鮎原の感嘆《かんたん》に、蘇我は笑み一つ見せなかった。

「王朝を維持するためには、当然だ」

鮎原の腰の辺りが震えた。この男は〝王朝〟と口にした。この政権を維持し、与党が権力を握り続けるためにあらゆる手を打つという意思の表れだ。この男ならやる。自らの野望を遂げるためにすべての権限と人脈と影響力を行使する。

屈服《くつぷく》してしまう自分がいる。この男の傍にいれば、常に勝者の側でいられる。それは確実に思われた。

だが、人材育成には具体的な方策が要《い》る。いったいだれが、この鉄壁の牙城《がじよう》を崩せるというのだ？

「では、どうやってやりましょう」

鮎原は訊いた。天才と言われてきた自分が、この男の前では無防備に答えを求めている。

「洗い出すんだよ。リーダーの卵を、全国から」

蘇我は口の両端を上げてみせた。

「な……」

鮎原は率直《そっちょく》に、呆気《あっけ》にとられた。

「そんなことは無理だ。そう思うか？」

試されている、と思った。自分の想像力の限界を。創意、発想のレベルを。官僚としての器の大きさを。

「忘れるな、鮎原。我々に無理なことなどない」

やはり蘇我の自意識はとことん高い。

「高位の官僚は実質、国のあらゆる官庁を動かせる。頼むから、警察の狭い視野に留まるなよ？　お前も将の器。警察庁長官程度で満足か？　だとしたら、俺はお前を見損なったのだ」

なんとも返せずに、鮎原は蘇我の目を見た。

「お前はいずれ、官邸入りして俺のような仕事をするようになる。俺が道をつけるからだ」

これは――後継者指名か？

早い段階から蘇我に認められ、寵愛《ちょうあい》を受けてきた鮎原だが、ここまで評価されているとは。俄然《がぜん》、自分の中に隆起《りゅうき》する野望がある。まさにこの蘇我の指導力と改革力は憧れだ。滅多《めった》に人に憧れたりしない鮎原が、自分のロールモデルとしていつしか仰《あお》ぎ見ているのがこの稀代《きだい》の強腕宰相《さいしょう》。いずれ自分がこの位置に立てたとしたら、どんなグランドデザインを描く？　国の形を、どう変えてやろうか。お前を世界の王にしてやろう、とサタンに誘惑されるキリストを思い浮かべた。

だがその手前にすべき仕事が山ほどある。蘇我のヴィジョンを実現するためにどうすればいいか。すぐに具体策立案に取りかかった。

国中の若年層から、生来のサイコパスを選別する。そして英才教育を施す。そのための具体策を練り上げると、蘇我に上げた。蘇我のアイディアがそこに加味され、さっそく実行へ動き出した。

鮎原も警察の中では大きな影響力を持つが、他の省庁に力を及ぼすのは簡単ではない。だが首相秘書官は〝総理の化身《けしん》〟。すべての官僚の上に立ち権勢を振るえる。当面は文部科学省だった。鮎原が大枠を決め、密かに招聘《しょうへい》した専門家たちの意見を盛り込んだまったく新しいテストが作成された。それを蘇我が、全国規模で行われている学力テストに組み込むことを省に承認させた。

「これぞ新時代の、国家的な帝王学だ」

蘇我は自画自賛した。時代を先取りする〝サイコパス・チェック〟が学力テストのスタンダードに取り入れられたのだ。メンタルテストという名目で行うそれは、主に生徒のサイコパシー傾向を限りなく正確に数値化する。集計結果は文科省から内閣府を通じて、極秘プロジェクトチームの実行委員長たる鮎原の元へ届けられる。真の目的は徹底的に極秘にされた。内閣府、文部科学省、警察庁のトップだけが情報を共有し、実質は蘇我と鮎原が取り仕切る形だ。

独自の基準に照らして、ローティーンの児童たちのランクづけを開始した。水準以上のサイコパシー傾向が見出された者たちを、純粋な知能テスト・学力テストと合わせて総合評価する。必要なら現地の担任教師にまで電話取材をし、材料が揃《そろ》った時点で格付けする。生まれながらに知能が優秀で、リーダーシップがあり、権力志向が強い児童たちをAランクに位置づける。Bランクはリーダーの補佐役や、優れた事務能力を発揮するカテゴリーにあたる。AとBのカテゴリーを兼ねるような懐《ふところ》の広い性格の者もいる。その場合はさらに高い評価を与え、枠に押し込めることはしない。そうやって時間をかけて、興味深い児童を絞り込んでゆく。

Cランク以下は傑出した児童ではないので、エリートとして抜擢《ばってき》はしない。英才教育の機会は得られない。ただし、あらゆる基準をすり抜ける特異な児童もわずかにおり、Xランクとしてフォローを続けることになっている。

なお、最不適合者には〝Z〟が与えられた。

暴力衝動が強い児童たち。破滅的傾向や、性格に攻撃性などの異常が認められるもの。冷酷に過ぎ、まさにシリアルキラーになり得ると懸念《けねん》される児童たちが、ごくわずかだが炙《あぶ》り出された。

「〝Z〟ランクの児童たちに対して、独自に警戒網を作ろうと思います」

鮎原が上申すると、蘇我は関心なさそうに返した。

「処遇は任せる」

蘇我の反応は意外だったが、鮎原は文句は言わなかった。白紙委任状を得たも同然だからだ。

仮にZランクの児童にエリート教育を施したらどうなる？　想像するだに恐ろしい。史上稀《まれ》なる暴君が誕生するかも知れない。そんなリスクを生み出すわけにはいかなかった。

鮎原は真っ先に絞り込みの対象から外し、ブラックリストに入れた。

だが実を言えば、鮎原は当初、戦《おのの》きを感じていた。思いがけなく手に入れた日本全国の子供たちの心の地図を持て余す思いだった。危険性は思いついても、国家の利益につなげられる気がしない。蘇我の望むようなエリート選抜教育がうまくいくという確信も持てなかった。

「マニュアルを作ります。どんどんバージョンアップしていきましょう」

だが、左右田一郎という有能な部下に恵まれた。この男こそ、サイコパステストにかけたとしたら明らかにXランクに相当する度しがたい男だった。ＩＱが天才レベルであることは鮎原と通底しており、上司と部下になった瞬間から妙に通じ合うものがあった。プロジェクトチームの現場の長として、蘇我に推薦することに躊躇《ためら》いはなかった。事実、蘇我も左右田を気に入ったらしく、二つ返事で極秘事項を共有することを許された。

だがこの左右田はあまりに様々な要素を抱え込んでおり、一つの物差しでは測れない。正義を求め熱烈に警察官僚を志して入ってきたと思いきや、サイコパスの中でも特Ａランクをたたき出すのではないかと思われるほどに魅力的な名優タイプにも見えた。

なによりも本人にその自覚があった。一を聞けば十を知るタイプの左右田一郎は、サイコパシー傾向においてトップランクの子供たちの教化プログラムをまとめ上げてたちまち実践を始めたのだ。水を得た魚どころではない。心底からこの仕事を楽しんでいることがうかがえた。

実際に全国に足を運び、国家が特別に指定した奨学生になれるという触れ込みで子供たちと、その親を籠絡《ろうらく》。特に有望と判断した子供は中央に呼び寄せ、鮎原や蘇我に面談する機会を作った。絞りに絞り込んだ十人に満たない子供たちはいまも特待生扱いを受け、国費で様々な活動をしている。いずれも進学校に進み、まずは官僚への道を歩ませる予定だ。

「鮎原さん。〝Z〟ランクの児童たちは、ただ危険なのではない」

ある日、左右田はそんな風に切り出した。鮎原と二人きりのときを狙ってだ。

「もしかすると、宝の山かも知れませんよ」

4

「私は……」

ベッドの上から、細い声が届く。

「生命とは、幻《まぼろし》——と思っていました」

「なに？」

隼野の問いは貧しい。言葉の尽きる先で紡《つむ》がれる言葉の列。

「生きる、という意味が分からなかったのです」

対して天埜唯は、丁寧《ていねい》な物言いで、ひどく細い声で、訥々《とつとつ》と言葉を繋いだ。

「すべての人間が、絡《から》繰《く》り人形に見えました。どの人も、意志を持って、独自に動いている。うわべは、そう見える。でもそれは見せかけで、すべては虚《うつ》ろな、自動機械。そう感じていました」

「なんだそれは……不感症か？　そういう症状の、名前があるのか？」

「解離性障害の一種に分類されます」

医療施設にいた時代の天埜が垣間見《かいまみ》えた。だがこの女は、患者の方。医療スタッフではない。

「現実感消失障害、あるいは、離人症《りじんしょう》と呼ばれたりします。時代が時代なら、離魂病《りこんびょう》と呼ばれたかも知れません」

魂が離れる。まさに言い得て妙だ、と隼野は感じる。

「なんだって……いつからだ？」

「物心ついた時から」

「そんな奴がいるのか！」

隼野の乱暴な問いに、天埜唯はあくまで丁寧に答えた。

「私の世界観は一つでした。生まれたときからそうなので、疑問に思うこともありませんでした。生命とは、幻。もし、実体があるとしても、偶然無目的に生まれてきた冗談のようなもの。そう感じていました。だから、だれかに同情するということも、悲しいと思うことも、心が痛むこともなかった。だれが傷ついても、血が流れようとも、関係がない。私には殺す理由がないので、実際に殺しはしなかった。それでも、必要があれば、だれだって、いつだって、殺せる。それが分かっていました」

隼野は言葉をなくした。理解を絶している。だが残酷《ざんこく》なのは、同時に、相手が掛け値なしの真実を語っていると感じることだった。

天埜は真実しか語らない。

「その頃、私は、音楽も聴きませんでした」

ふと天埜が言い、隼野はハッとした。

「音楽の意味が分からなかったので」

そう言う天埜の耳に、いまもイヤホンはない。

裸の耳が無防備に、病室の空調が起こす微風にさらされている。

大丈夫なのか、と思った。どうしてこんなにいたわる気持ちになる。

「私には友達がいなかった」

だが、昨夜被弾したばかりの女は淡々《たんたん》と前に進む。

「当然です。全員が、絡繰り人形ですから。自分自身も、同じです。虚ろな器のようなもの。空洞です。なにもかもに、意味が感じられない。そんな私に、だれも親しみを感じるはずもない」

想像はできた。この顔をそのまま幼くすればいい。目に浮かぶ。表情のない少女。

「私は、ロボットと呼ばれたり、虫と呼ばれたりもしました。顔が変わらないからでしょう。笑いも泣きもしない。木や石みたいだと言われたこともあります。いてもいなくても、同じような存在だったのでしょう。なんと呼ばれようが、構いませんでした。その通りなのですから」

合いの手も見つからない。空調の風音が救いに感じられるほどだった。

「でも、私からすれば、みんな同じです。全員が、風景。なにもない空間でした。生きて動いているように見えながら、地面を這《は》う蟻《あり》の群れよりも偽物で、取るに足らない。それが私にとって、学校の人たち。街の人たちだったのです」

理解できる、とは言わない。だがまったく分からないとは思わなかった。俺だってそんな感覚に陥《おちい》ることがある。捕まえても捕まえても、あとから湧《わ》いて出てくる犯罪者たち。考えもつかなかった非情な手口。取り調べても、相手からはまるで罪悪感が見えない。悔い改める言葉など聞こえない。あれこそ虚ろな人形だ。人間の醜《みにく》さには底がない。刑事というのは、ただただ人間に絶望するだけの仕事だと思い知る。

だが、この女にとってはそれが日常だった。生き物の気配のない虚ろな世界を生きてきた。それを地獄とも気づかない地獄に。

「無意味な夢のような、なにもない生活が、死ぬまで続くものと私は思っていた。ところが、そんな日常が少し、破れる日が来ました」

風向きが変わった。そんな気がして思わず天井の方を確かめる。だが空調が切り替わった様子はない。

「そんな私を放っておかず、何度もちょっかいを出してくる子が、いたのです」

隼野は臆《おく》する。天埜は踏み入ろうとしている。恐ろしい瞬間に。なぜだ？

俺が求めたから。真実を知りたがったからだ。

なぜそんなことを求めた？　ここから先は惨劇《さんげき》が、悪夢が待っているだけだ。

だが訊いたのは自分。いまさら逃げることはできない。

「その子は、私のことが気になって、仕方がないようでした」

その子。それがだれだと訊けない。

「乱暴に、でも、時には優しく、私に構った。私は無視しました。変わった絡繰り人形がいるものだ。そう思っただけで、心は動かなかった。ただ……彼女は私を叩《たた》いてきた」

彼女。女の子だ。

やはり、と思った。隼野の目の前で天埜唯は二の腕を、それから腹の辺りを、そっと押さえた。叩かれた感触を思い出すように。

「肉体的苦痛は本物でした」

天埜は目を閉じた。

「無視できなかった。それは、初めての感触でした。叩かれたことがなかったのです。両親は私にまったく関心がなく、虐待《ぎゃくたい》もしない代わりに話しかけもしてこなかったので、肉体的苦痛というもの自体初めて。私には、耐性がありませんでした」

破滅の匂いが忍び寄っている。

「その子は、私がそうであることを、あらかじめ知っていたかのように――或《あ》るいは、私の反応や表情から、見抜いたのでしょうか。私に苦痛を与えるため、反応や表情を見るために、ますます、ちょっかいを出してきました。しつこく、間を空けずに。それで私は、苦痛を回避するために行動を開始したのです」

この先を聞きたくない。

だがここからが肝《きも》だ。隼野は自分の腿《もも》を押さえつける。

「私は、彼女に、なぜ叩くのか訊きました。彼女は答えなかった。私の声を抗議ととったのか、しばらくは叩かなくなりました。でも何日か経《た》つと、また叩くようになる。その子は、自分の情緒を制御できないタイプに見えました。成績は良く、友だちも多いのですが、斑気《むらぎ》だった。発達障害の要素を持っていたのかも知れません。もう、定かではありません。死んでしまったので」

先に結論を言った。あっさりと。隼野は息が詰まる。

「耐えかねた私は、決意しました。放課後遅く、音楽室にその子を呼び出したのです。そして改めて訊いた。どうして叩くのと」

静かだった。この病室はこの世から隔離された。

「答えはありませんでした」

静寂《せいじゃく》を破るのは、この細い声だけ。着実に語られる、かつて起きた出来事のみ。

「彼女は、ばつが悪そうに笑ったり、口を尖《とが》らせたり、また叩く素振《そぶ》りを見せたりしました。私は頼んだ。叩かないで。私に構わないで、と。するとその子は、近寄ってきた」

隼野は一瞬目を閉じてしまった。無意識の防御姿勢だと自分で気づく。

「また、叩かれるのかと思いました。ところが――彼女は、私を抱きしめました」

なに、と隼野の喉からくぐもった音が出る。

「私は、訳が分からなくなりました」

天埜唯。いや、違う名前で、違う街で生きていた少女は恐慌《きょうこう》状態に陥った。

その気持ちが分かる気がする。

「どうすることもできず、じっとしていました。ただ、時間が流れていきました。やがて、その子は――なにか呟《つぶや》いた」

なんだ？　その子はなにを呟いた？

「私の中に激しい恐怖が生まれました。生まれてから感じたことのない恐怖でした。その場で死んでしまうかと思ったほどでした」

だが天埜は、その子がなにを言ったのかを言わない。ただ先を続ける。

「私は、持ってきたカッターナイフを手にしていました」

　世界が崩壊する音が聞こえる。

「恐怖の源に突きつけました。この、すべての元凶《げんきょう》を、滅ぼしてしまわなければ。そんな思いだけがありました」

　淡々とした物言いに震撼《しんかん》する。だが――この女は常にそうではなかったか？　この声、この温度、この眼差《まなざ》し。全てに違和感を覚えてきた。いわば悪夢が人の形を取った存在であり、俺は目が覚めない。そばにいる限り。

　ならば開き直る。

「なぜ、カッターなんか持っていった」

　意地を張れ。ただ呆然、では情けなさすぎる。

「音楽室に向かう前、ポケットに入れておきました」

「なんのために」

「なんのためか。それは」

　天埜は記憶を辿《たど》り、自分に問うた。

「……身を守るため。相手を脅《おど》すため。いえ……憎しみ？　そのすべてでしょうか。正解は、自分でも断言できません。ただ言えるのは、殺意、というほど大それたものではなかった、ということです」

　口を開きかけた隼野に向かって、天埜は自分で逃げ道を塞《ふさ》いだ。

「これは、自己弁護ではありません。いざとなれば、自分はそれを使うだろう。そう知っていました」

隼野は唸《うな》るのみだった。しばらく、静寂より音のない沈黙が満ちる。

「お前、それは……殺意だ」

隼野が絞り出す声に、天埜はすぐに頷いたのだった。

「隼野さんが言うなら、そうなのだと思います」

相手を騙《だま》した気分になった。それから隼野の心がぐにゃりと曲がる。なんだこの会話は？　現実か。

「言葉が通じないならば、力を使う。私には、とても単純な理屈だけがありました。私にとって、彼女は、言葉では解決できない脅威《きょうい》だったのです」

「待てよ」

自分の声は乾き切っている。

「その子は、お前を……抱きしめたんだろ？」

訊かねばならない。どんな瞬間を導くことになろうとも。

「叩いたわけじゃない。痛くしていない。むしろ」

「叩くより、痛かったんです」

それが天埜唯の答えだった。

「とても恐ろしかった。おぞましい、という表現を当時は知らなかった。知っていたら、使っていたでしょう」

「なにがおぞましいんだ」

隼野は問い返しながら、正解が見えたと思った。俺は理解しかけている。自信はない。

「それは……愛情表現じゃないか？　嫌いな相手を、抱きしめたりしないだろう」

天埜はふっと口を噤《つぐ》み、宙を見つめた。

瞳に宿る虚無《きょむ》。

「私は、抱きしめられるのも初めてでした」

淡々と、痛みを伴う事実が放り出されてくる。天埜の小さな口から。か弱い声が瞬時に石と化し、目の前をごろごろと転がってくる。

「人と触れることが、そもそも、ありませんでした。私の皮膚全体が、とても敏感《びんかん》で、ほとんどのものに、拒絶反応を起こしていた」

天埜は嘘を言っていない。それだけは分かった。

「だから、彼女に、あんなふうにされて——発作《ほっさ》のような、激しい反応が起きました。私の身体は震え出し、弾《はじ》けそうでした。恐怖で狂うと確信しました。自分の形を維持するためには、目の前の生き物を止める。動かなくする。それだけを考えて、私はカッターナイフをポケットから出していました」

「馬鹿な！」

隼野は遮《さえぎ》った。だが、できたのは遮ることだけだった。言葉は続かない。

「馬鹿だと、私も思います」

天埜唯は深く頷いた。

「私は、なにも知らなかった。ただただ、嫌悪感《けんおかん》がありました。痛み。侵略されたような恐怖も。そして私は、カッターナイフを振るいました」

ドクが誕生した。

呪われし刻《とき》。永遠に向き合えない瞬間。

5

「特定の児童を選抜するシステムの存在は、感じていました」

伯父の話を黙って聞いていた津田淳吾は、ようやく口を挟んだ。

「実際、僕が質問したこともありましたよね。そのときは答えてもらえませんでしたが」

「……そうだったかな」

鮎原は答えたが、心ここにあらずに見えた。

「左右田さんの優秀さはもちろん知っています。しかし、個人的には、あまり信用していません」

津田は思い切って伝えた。二人きりになって初めて伝えられる心情だった。

「最近は、まともに連絡にも応じてくれなかった」

「左右田一郎は同時に、あまりに優秀なスカウトマンだった」

鮎原は、甥の苦言など聞こえていないかのように続けた。だがすぐに黙る。

津田淳吾は得体の知れない予感に囲繞《いにょう》された。ここから先だ。鮎原が本当に伝えたいのは。そして、容易に伝えられないのは。

「すみません。左右田さんは有能すぎて、僕らには理解できないところがあるというか……さぞ、鮎原さんを強力にサポートしてきたことでしょうね」

いい合いの手を入れたかった。だが鮎原の硬さは変わらない。どうやら間違っているらしい。では、どう言えばいい？

「最近は、天埜の要請にさえ応じませんでした。捜査に必要な情報や機材を、求めても渋られる。それに、康三さんにも取り次いでくれない」

天埜に代わって自分が連絡しても同じだった。児童犯罪対策チームを抜けた二人は、やはり見捨てられるのか。もはや一切のバックアップを期待するなということか。機動分析3係を作ってやったのだ。暗に、あとは勝手にやれと突き放されている。そう諦めるべきかと考えていた。

「左右田は、全国リストに取り憑かれていた」

鮎原から返ってきた答えは示唆《しさ》に満ちている。受け取り損ねてはいけない。

「子供たちのランキングに……そこに秘められた可能性に興奮し続けていた。おそらく、蘇我以上に」

「AランクやBランクの子供たちは、蘇我の肝いりでバックアップしているんですよね」

鮎原は頷く。

「他の……Xランクや、Zランクの子供たちは……」

鮎原の反応は顕著《けんちょ》だった。頬《ほお》をピクリと引《ひ》き攣《つ》らせたのだ。

ふいに津田の腕にざわわと鳥肌が立つ。同時に、弾丸を抜いたばかりの左肩がミシミシと痛んだ。黒い予感が胸の底から浮上してくる。

「康三さん……左右田さんは、Zランクの子供たちを、どうしたんですか」

すると鮎原は、瞬きを繰り返しながら津田を食い入るように見た。心構えをしろ、と津田は自分に命じたが、どんな防御も無意味だった。

「左右田が〝クリーナー〟を発足《ほっそく》させた」

身体《からだ》がソファーに沈み込んでいく感覚に、津田は耐えた。

「冗談……ではないんですね」

受け入れるしかない。鮎原は冗談が苦手で、言われるのも嫌う。

「むろん私が後《うし》ろ楯《だて》だ。責任逃れする気はない」

これほど重大なことを事務的に明かしてしまうのも、まさに鮎原康三だった。ためも余《よ》韻《いん》もなにもない。

クリーナーは、警察の内部から発した組織だった。

これは大変だ。ドクどころの騒ぎではない。ドクは過去の連続殺人者だが、クリーナーは現在進行形で大勢を殺すテロ組織なのだから。

「まさか……あなたが」

衝撃を超え、親族を憂《うれ》う気持ちが先に立つ。

「なんて、思い切ったことを」

「驚かせてすまん」

驚くなんてレベルじゃない。そう言おうとしたが、感情を口にしても詮《せん》がない。

「警察内に内通者がいることはもちろん、疑っていました。でもまさか、首謀者が警察官僚だなんて」

「淳吾。さすがの私も、辛抱《しんぼう》ならなかったのだ」

津田は目が覚める思いだった。

「左右田さんが発案して、あなたを引き入れたということですか？　それとも」

「どちらでも同じだ」

虚ろな視線が津田を突き抜ける。

「気がつくと発足し、活動を始めていた。振り返ると夢のようだ。無責任な言いぐさになるが、止めようがなかった。自然の摂理《せつり》だ」

確かにこの言いぐさは鮎原には似つかわしくない。すべてを自分でコントロールしたがる。突発事を嫌う。流れに身を任せるのでなく、流れを作ることこそ鮎原のモットーだった。だが、運命を感じさせるこの調子。この男にして、抗しがたい流れに曝《さら》されたということ。

「動機は、いったい……」

「いまさら言うのは、口幅《くちはば》ったいが」

鮎原の顔がゆるんだ。虚ろな印象を強めただけだった。

「それはもう、この国の状況すべてだ。なにもかもが腐り果てて、虐《しいた》げられた人々が壊れてゆく。それを黙って見ていられるか。目が開いている自分たちが、真実を知る私たちが、ただ手をこまねいて、ますます腐っていく状況を放っておけるのか」

これほど血の通った、人道的な言葉を聞いたのは初めてだと思った。感情の部分で、津田は震えた。生じた結果は悲惨《ひさん》だ。だが伯父は人としての選択をした。常にドライで冷徹だった男にも人の情があり、一見見えづらかったそれが、権力という巨悪に直面したときに目覚めたのだ。

「Zランクに目をつけたのは左右田だった。まず必要なのはなにより、危険性の除去だ。テストで際立った数値が出たり、異常行動が見られる生徒のいる地域の学校や児童相談所に働きかけ、異変を察知したら速やかに対処する態勢を整えた。ただ、実効は地域の態勢によってばらつきがあるので、更なる対策を打つという報告を上げていた。それを蘇我にきっちり報告することで、Zランクの子供たちのケアは万全だと見せかけた。表向きは」

「表向き……」

「裏では、強力な破壊分子を探していた。見つけたら抜擢し、育成に着手した」

どうにも、伯父の説明はあっさりしすぎている。それが異常さを際立たせた。

「その手腕において、左右田は優秀すぎた。やがて彼らに武器と機会を与え、ポテンシャルを解放してやった」

「康三さん！」

一度話を止めなければ到底《とうてい》飲み込めない。なんという話だ。

蘇我は将来のエリートを養成したがった。だが、部下の鮎原と左右田は、密《ひそ》かにそれをぶち壊しにする人材を育てていたのか。サイコパステストによって最も危険な人材を効率よく徴用《ちょうよう》できるシステムを手に入れた。それを有効活用した。ターゲットは権力者と、権力者に群がる者たち。いわゆる〝上級国民〟だ。

「分かりやすい意趣返しだろう。私は官僚として国を変えたいと願ってきた。だが、気づいたらテロリストになっていたのだ。まったく、人間万事塞翁《ばんじさいおう》が馬だ」

そんな慣用句で表現できる問題か？　津田は憐れみを覚えた。天才ゆえのズレ。知性と感情のアンバランス。権力者とテロリストは表裏一体だという事実。

「だが淳吾。聞いてくれ。信じるかどうかは、お前が決めろ」

従来の冷静な物言いに聞こえる。それでも津田は、そこにこの人なりの感情が盛られているのを感じた。珍しいほどの熱を。

「俺は、指示した。無辜《むこ》の市民の犠牲《ぎせい》は避けろと」

それを聞きたかった、と思った。鮎原の告白を受け止められるかどうかは、伯父への態度を一変させるかどうかは、そこにかかっている。

果たして人命を重視したのか。

「暗殺者ではあっても、テロリストにはなるな。正義の一端を握っていよう。破壊者でなく義賊《ぎぞく》であれ。俺はそう、論理的に、しつこく説明したつもりだった。だが……蜂雀、そして犬塚修二《いぬづかしゅうじ》は、火を放った。それも念入りに。大勢が死んだ。俺は左右田に詰問《きつもん》した。いったいなにをやっているのかと」

当然だ。だが手遅れ。正義は毀損《きそん》し、大量殺人という取り返しのつかない罪を負った。

傷だらけになった気分で津田は訊く。

「左右田さんの答えは？　どうだったんですか？」

「居直られた」

部下に裏切られた、無力な中年の男がそこにいた。

「奴は、確信犯だった。義賊になる気などさらさらなかった」

「そんな……」

「テロリストグループこそ、奴の望むものだった。最初から大量の犠牲者を出して恥じなかった。その上、私は罵倒《ばとう》された。あなたのやり方では生ぬるい。圧倒的な攻勢を仕掛けなければ負けるだけだと諭《さと》された」

「――左右田さん」

その名を呼ぶ舌と唇《くちびる》が、痺れた。

「そこまで、反社会的なパーソナリティの持ち主だったとは」

津田自身も不明を恥じた。桁外《けたはず》れの狂気を秘めた人間だと看破《かんぱ》できなかった。

「奴は自らをアダと称し、Zランクの子供たちから絶対の信頼を得ている。奴だからこそ、蜂雀やセラフを操縦できたのは確かだ。おそらく、同じ匂いのする人間だからだろう」

その分析は正しい。正しいだけに悲しかった。なぜ鮎原は無力に成り下がった？　部下の暴走をあっさり許してしまった。この男にしてサイコパス群は御《ぎょ》すのが不可能。それほどの圧倒的な危険物だ、と諦めるべきなのか。

だが鮎原は、全ての力を失ったわけではない。まだできることをしようとしている。

「捜査一課9係の皐月汐里。あの女が、クリーナーのエースだ」

「あっ……」

「あの女は、中国出身だ。国家安全部のエージェントだった。共産党政府を裏切って日本人になった。左右田は、皐月の経歴と人格に興味を持ち、まんまとスカウトした。そしてクリーナーの柱に据《す》えたのだ」

残酷な真実を次から次へとねじ込まれて、津田はまた杯が溢れるのを感じる。受け止めるにはどれほど大きな器が必要なのか。

「鮎原さん……彼らを、放っておくんですか」

だが訊く。いま最もはっきりさせるべきことを。

「お前ならどうする？」

逆に訊かれた。常に教えられる立場だったこの男に。

「放っておけば、ますます腐った支配階級を殺してくれるんだぞ」

伯父は自《みずか》らに問うているのだ。自分の道徳観の極限を。

「無実の人々も死にます」

津田は強い声で答えたつもりだが、伯父には通じた様子がない。

「淳吾よ」

「どっちが正しい？」

　それは、腹の底からの問いに聞こえた。

「癌《がん》の手術は、必然的に、癌細胞の周辺にある正常な細胞も一緒に切除する。外科手術と考えれば、放っておくべきではないか？」

「伯父さん。情けないことを言わないでください」

　これほど辛辣《しんらつ》に言ったことはない。だが親族として捨て置けなかった。

「それは、愚かな権力者の発言のテンプレートです。人を人と見なさない、という典型的な過《あやま》ちです。人は細胞ではない。一人一人に尊厳が認められている。がっかりです。あなたほどの人が、こんな初歩的なミスをするとは。正誤の区別もつかないとは」

「そうか。お前には区別がつくんだな」

　鮎原が面白そうに言い、気づけば津田は腰を浮かせてまくし立てていた。

「左右田さんに引きずられないでください！　そんな子供だましの論理なんかには。無辜《むこ》の市民を守るのが、警察の第一義だ」

「私はいま、警察官として訊いているんじゃない」

　鮎原は不当な弾圧に遭《あ》ったような顔をした。

「堕《お》ちるところまで堕ちた、この国の政治状況を変えるには、革命という思い切った手段が必要じゃないのか。クリーナーは悪かも知れない。だが必要悪だ。すべての革命には犠牲が伴う」

「自己正当化です」

津田は右手の拳《こぶし》を握って言い切った。そして、自らの左肩に手をやる。

「汚れた手段を使えば、汚れた種子がばらまかれる。それがのちに禍根《かこん》となって芽を吹き、また社会を退廃させるのです」

「ほう」

鮎原は感心したような顔をした。

「それがお前の信仰か?」

「いいえ。信仰ではない。論理的な帰結だと、僕は信じています」

「だが、聖者に革命は起こせない」

そう言う鮎原は、実験室で試験管を見つめる研究者に見えた。

「富も、地位もない庶民は、社会に蔓延《はびこ》る悪と、どう闘えばいいのだ? 手段がない」

「それに答えるのは、難しいです。確かに」

苦悩と共に言葉を絞り出す。

「それでも……無辜の市民を守る。それが至上命題です」

自分が鮎原に道理を説《と》くとは。だが必然だと思った。これは自分が喋っているのではない。自分が修《おさ》めてきた規範に、自ら語らせているのだ。

「お前がそこまで悟《さと》っているとは！」

鮎原は満面の笑みを見せた。本当に珍しいことだと津田は思う。だが嬉しがっている場合ではない。

「悟っているわけではありません。僕はただ、原則について語っている」

「いや、あっぱれだ。お前の不動のモラルが羨《うらや》ましい」

それが皮肉でなく本気であることを確かめて、津田は噛《か》み締《し》めるように言った。

「アメリカ時代のおかげです」

気楽な伯父と甥に過ぎなかったあの時代を思い出してほしい。そんな祈りを込めながら、津田は語った。

「民主主義の盟主を自任しながら、あそこまで矛盾《むじゅん》に満ちた国はない。格差と分断が制度化されている。軍産複合体と拝金主義が社会を支配している。内外を含め、あれほど大勢を犠牲にする欲深い国を知りませんが、日本もまた、アメリカを見習ってどんどん非人道化している。情が消滅してゆく」

「お前の宗教も、アメリカから得たものではないのか？」

「それは関係ありません」

真正面から反論する必要があった。伯父には正しく理解していてほしい。

「確かに僕は洗礼を受けています。両親の影響です。しかし僕は、宗教的信念によって動いているわけではない。よく誤解されますが」

隼野を思い浮かべた。いろんな人間に博愛主義者だとか、頭でっかちのリベラルだとか、お人好《ひとよ》しの宗教狂いと見なされることがある。不本意だった。自分は、自分が積み重ねてきた人生観のもとに行動しているだけだ。もちろん常に悩んでいる。天埜のために自分も警察官となる、と決めるまでに相当の葛藤《かっとう》があった。だが一度決意すると揺るがなかった。

鮎原にぜひにと頼まれたからだけではない。天埜唯の贖罪《しょくざい》の意志を信じたからだった。彼女は過去を克服した。新しい人間になった、と信じればこそ、自分も身を投じられた。すべてを見届けたいと思えた。

いまも同じだ。自分の中の理《ことわり》は揺らぎがない。むしろ強固になる。テロリストは、どんな大義を掲《かか》げようと人殺しに過ぎない。だれかが死ぬなら、革命など呪わしき大罪だ。

善と悪の板挟みになる。それは法務教官のときからそうだった。警察官になってから桁違いに増えた。究極の選択を迫られる。だがそれを、津田淳吾は嫌いではなかった。

正義の一部になりたい。警察官は常に善悪のエッジに立つ仕事だ。極限の瞬間瞬間で選択を間違えず、常に光の側に立ちたかった。いままではかろうじて、迷わずに済んでいる。自分が続けてきたのはそれだけのこと。それが伯父には、眩《まぶ》しく見えるらしい。

「康三さん。いままで、左右田さんを放っておいたのは……やむを得ず、ですか。それとも、あなたが彼のレベルに堕《お》ちたのですか」

はっきりさせなくてはならなかった。いかに傲慢《ごうまん》な問いに響いたとしても。

「致し方なかった」

返す口調は淡々としていた。この男も、どこまでも鮎原康三を貫く。

「できることなら避けたかった。だが、左右田の言うことももっともだと思った。目的が切迫していること。ミッションがあまりに難しいこと。そして、任務を実行する〝恐るべき子供たち〟がそもそも、人の命に対して思い入れがないこと」

そんなこと、あらかじめ分かっていたはずだ。Ｚランクに手を出すとはそういうこと。

「すべての状況から、私は……純粋な暗殺部隊とすることを諦めた」

実にドライな告白だった。鮎原らしい、と感じてしまうところが悲しい。

「本当に予想できなかったのですか？　確かに左右田さんは、初めはあなたを騙したのかもしれない。だが、彼らの資質や犯行計画を聞けば、結果は予測がついたはずです」

我が親族ながら、やはりなにかに欠けている。津田は痛感する。能力に溢れていながら、人間として最も大事な部分に欠損がある。変わったと思えたのは、ただの願望だったのか。

「テロ活動に身を窶《やつ》すということは、無辜の市民も巻き込むということです。あなたはそれを、致し方ない、と言うのですか？　だとしたら、あなたは有罪だ」

明らかな糾弾《きゅうだん》にも、鮎原は反論する気がなさそうだった。

「天埜を切り捨てるべきではなかったのです」

津田は、伯父に後悔して欲しかった。悔恨《かいこん》の表情を見たかった。

「あなたと左右田さんは、天埜を制御不能と見なして放置した。天埜がどれほど精力的に働いていたかご存じなかった？　僕が報告を上げたくても、連絡に応じてくださらなかったですよね。あなた方に欠けているものはいままさに、天埜が持っています。人命第一。そのためには身を挺《てい》することも厭《いと》いません。ご覧になったでしょう、病院での様子を」

鮎原は頷かない。津田の生意気な物言いに憤慨《ふんがい》しているのではない。深く考え込んでいる。

「蜂雀のテロ活動を止めるために全力を注いだ結果です。それだけではない。蜂雀の魂に訴えた。あの少女を変えるためです。おまけに、隼野刑事や木幡刑事の命も救った」

津田は、目が潤むのを感じた。いったいだれに生き方を教わっている。いつ世界はひっくり返った。だが自分がどれだけ熱弁してもだれも理解しないだろう。自分の涙や震える声は通用しない。下々の感情に全く動じないのが権力者の要件だ。

「私たちと逆へ進んだか」

どこか呆然たる調子で鮎原は言った。

「皮肉だな。我々が庇護《ひご》しなければ、自分の足で歩くこともできなかったあの少女が……

一人で歩いているか。我が道を」

津田はふいに希望を感じる。伯父の言葉に、また人間を感じた。

「そうです。彼女だけが歩ける茨《いばら》の道です」

長い沈黙が降りてきた。

彼は不意にソーニャの言葉を思い出したのである。《十字路へ行って、みんなにお辞儀をして、大地に接吻《せっぷん》しなさい。だってあなたは大地に対しても罪を犯したんですもの、それから世間の人々に向かって大声で、〈わたしは人殺しです！〉と言いなさい》彼はこの言葉を思い出すと、わなわなとふるえだした。

『罪と罰』ドストエフスキー（工藤精一郎訳）新潮文庫

第四章　顕然《けんぜん》

1

同級生に向かってカッターナイフを振るった。

その瞬間、ドクが誕生した。

天埜唯はそれを、自《みずか》らの言葉で明らかにした。

――待て。ドクの事件についてはよく調べてきた。だから隼野は知っている。初犯のときから、ドクの犯行は異様に冷静に行われたことを。相手の命を絶つために無駄がない。特に最初は、手順として最短距離を走った――俺の記憶に間違いがなければ。

だが、いま目の前の女は、パニックに襲われて闇雲に刃を振るった。そんな意味合いの説明をした。

「人体の急所は調べていきました」

いや。目の前で本人が齟齬《そご》を埋めてくれる。

「最も早く成果を出せる部位。それでいて相手の悲鳴も聞かず、出血も少なく済む場所」

隼野の中ですとんと落ちる。これがドクだ。パニックと冷静さは矛盾《むじゅん》していなかった。同じ身体《からだ》の中で同居していた。

「刺した。というより、突いたのは、三カ所です。上から順に」

いま、目の前で起きているなら止めたかった。力尽《ちからづ》くで。あるいは身体を投げ出して。

だがこれは、十年以上前に起きたこと。この女はまだ小学生だった。

カッターナイフの刃の先にいたのも小学生だった。

「どこを刺したかについて、続けますか？　隼野さん」

天埜が首を傾《かし》げ、隼野の目を覗《のぞ》き込む。

気を遣《つか》った。この殺人鬼が、俺に。

「続けなくていい」

隼野は言った。白旗を揚《あ》げることに恥は感じなかった。

「そのあとの、話をします」

天埜は小さく断り、続けた。

「私は、その子が静かになると、一顧《いっこ》だにせず音楽室を去りました。カッターナイフは帰宅途中の橋の上から川に投げ捨てました」

どんな精神構造なら、自分の血塗られた記憶を淡々《たんたん》と披瀝《ひれき》できるのか。改めて脅威《きょうい》に感じた。隼野の両耳内の小さな空間が歪《ゆが》みきっているのか、天埜の声が異様に虚《うつ》ろなエコーを伴って響く。

「私はだれにも見られなかった。帰宅したこと自体、親も気づかなかった。私の帰りが遅かったことはだれにも気づかれず、だれにも疑問を持たれませんでした。でもそれは、意図したことではありません。私は、完全犯罪を望んだわけではなかった」

どうしてこんなに素直な声なんだ？　繊細で丁寧《ていねい》な語り口なのだ？　おかしい。口調と話の内容が全く釣り合っていない。

「気づかれるなら、それでもよかった。でも、気づかれなかった」

「待て」

隼野は目の前に手を翳《かざ》し、天埜を制した。昔語りが中断する。

一時停止に過ぎなかった。まだ回想の半分も終わっていないのだ。なぜならあと三人いる。

数度深呼吸し、自分の中に力を充填《じゅうてん》する。

「その子のケースは、分かった」

自分の中に使命感がある。そのおかげだった。隼野は問い続ける。

「分からんのは、その後だ。なんでお前は、知り合いでもない人たちを……」

同級生同士の事件に終わっていれば、そこに同情の余地は、まったくないわけではない。些細《ささい》な出来事であっても、相手に不快感を抱《いだ》いたのであれば動機にはなる。そこにはまだ、人間らしさを見出せる。

その後の殺人はまったく別だ。

「動機がないだろう。恨《うら》みがない。知り合いでさえない。なのに……なんでだ？」

天埜唯は目を伏せた。翳《かげ》った瞳の中に、暗い暗い空洞が湛《たた》えられている。

「うまく説明できるとは、思いません」

そう前置きした。その声には、どれほどに、底なしの諦《あきら》めが含まれていたことだろうか。

話せ、天埜。俺は聞く。

声には出さず、目で伝えた。

「このまま、だれにも、私が殺したことを、気づかれなければ」

天埜は続けた。目を伏せたまま。

「……私の日常は続いていく。たぶん、そうなる。そう思っていました。すべては元通り」

隼野は拳《こぶし》を握《にぎ》りしめる。

「ところが、そうではなかった」

天埜の様子が、ふいに変わった。目を上げる。

「予想もしないことが、起こり始めました」

耳の中の虚ろなエコーは維持されている。隼野はそこに、悲鳴のようなものが混じっているのに気づいた。軋《きし》むような、遠い呼び声のようななにか。正体は分からない。探る気力もない。ただ浴びるしかない。

「身体の震え。ときには、悪寒《おかん》や、眩暈《めまい》が襲いました。どうしたんだろう。私には分からなかった。風邪《かぜ》や、病気とは違う。それだけは分かりました。それから、あからさまな変化が起きました」

声を切る。隼野が問うように見つめると、天埜はゆっくり、だがはっきり言った。

「フラッシュバックです」

聞いた瞬間に納得した。自らの心のエコーが殺人少女を襲ったのだ。

「私が手にかけたあの子が、何度も、何度も、脳裏《のうり》に浮かぶ。そんなこと、予想もしませんでした。彼女の身体から流れた血の色が、ふとしたときに目の前に広がります。私の瞼《まぶた》に、まだ貼りついているのかと思ったほどです」

気づくと、隼野の中で大量の言葉が蠢《うごめ》いている。そのどれを取り出して喋《しやべ》ればいいのか分からない。耳だけが懸命《けんめい》に天埜の言葉を拾っている。生じるエコーを打ち消す。

「それでも私は、一切《いっさい》の罪悪感を覚えませんでした」

天埜は隼野の目を見て言った。いったいなんだこの誠実さは？

「身体に異変が生じた。精神に変調が出た。だからと言って、だれかに相談することもありませんでした。私にとって、すべての人間は、虚ろな人形ですから」

隼野はそれを聞いて、悔しさを覚えた。自分でも奇妙だと思うほどの悔しさを。天埜から見て、生きた人間は町に存在しなかった。テレビの中にも、本の中にも存在しなかった。

病気だった。なぜそんなことがありうるのか。

それが真実か？　そして、それに気づく大人はまわりにだれもいなかった。

「変調は日に日にエスカレートしました。放っておくことができなくなった。明確に、苦痛が増してきました。閉校している間は、まだよかった。翌週に再開した学校の授業を受けているうちに、震えが出てきました。昼休みには食欲がないことに気づいた。給食も残しました。家に帰っても同じでした。肉や魚が一切食べられなくなりました。口に入れても、嘔吐《えず》いてしまって、結局吐き出してしまうのです。だから、汁物ばかり啜《すす》っていました」

「親は？　心配してくれなかったのか？」

天埜は頭《かぶり》を振った。

「そういう親では、なかったのです」

言葉が少ない。それ以上訊くのは難しかった。

「この変調を止めるには、どうしたらいいか？　私は図書室に行き、いろんな本を読みました。子供向けながら、医学や心理学の本もあったので。読んでみると、答えらしきものが書いてあるものもありました。それから、犯罪者を主人公にした小説にも惹《ひ》かれるようになりました。いつしか、凄《すご》い勢いで読んでいました。この苦痛をなくす鍵を見つけるために。身体を元の状態に戻すために。そこには、罪悪感の概念が描かれていた。それは私にはないものだったので、興味深く読みました。それから、罪悪について正面から取り上げる、哲学や宗教の本にも手を伸ばしました。でも、答えそのものは、見つけられなかった」

ほっ、と半《なか》ば息のような相槌《あいづち》を打ってしまう。だが天埜は頷《うなず》いた。ひどく素直に。

「なにを、何冊読んでも、私にとって、罪悪感は幻《まぼろし》でした。決して抱くことのできない感情だった。ならば——実験してみよう」

天埜の声が耳鳴りを起こした。それはエコーというレベルではない、不協和音そのものの。

「まさか」

声が相手に届いた。天埜唯は、存在を確かめるように隼野を見つめた。会話が成立していること自体を不思議に感じているように見えた。

「罪悪感を捜しに行こう」

少女の声が聞こえた。この世で最も少女らしからぬ少女の声が。

「感じることで、私の中にも、感情というものが芽生えるかもしれない。空洞が満たされ、全ての絡繰《からく》り人形が人間に変わるかもしれない。そんな夢を見ました。そして夜に飛び立ったのです。でもそれは初めから、勝算のない旅でした」

怒り。恐怖。悔しさ。どれともつかない感情の嵐が暴れる。隼野の胸の中を、出て行く場所もないまま。

「私はなにも感じない。別の人間の命を絶っても同じ。何人手にかけようと、変わらないだろう。そう、分かっていました。それでも私は」

やめろ。という声はついに音にならない。

「新しいカッターナイフと、もっと大きくて、もっと深く切れる刃物も持って、外へ出たのです」

2

鮎原康三は我が身を振り返り、なぜこんなにも天埜唯に肩入れしてきたのだろうと不思議に感じた。

短くない警察官僚生活の中で、個人として鮎原を最も刺激したのが〝ドクちゃん〟と呼ばれる女児だった。出会いは運命的だ。そもそもが、ドクによる連続殺人事件が発生した県の若き県警本部長として矢面《やおもて》に立ち、連続殺人女児の処遇を任された。初めは知的好奇心で女児の治療・更正を統括管理する立場を楽しんでいた。

結論から言うなら、女児は鮎原の人間観を変えた。生来の性質から、これほど別の存在に化生《けしょう》する生き物が実在するとは想像したこともなかったし、事実を詳《つまび》らかにしても信じる人間はいないと諦めていた。当事者でさえ信じられないのだ。

女児が獲得したのは、天埜唯という名前だけではない。人間性、としか呼びようのないもの。それ以上に、贖罪《しょくざい》と正義への渇望《かつぼう》だった。

そう見えるだけか？　人間にロマンを求めすぎだろうか？　鮎原は何度も自問した。

だが鮎原は結局、天埜唯に警察官としての身分を与え、異常犯罪担当の捜査官にした。天埜本人との対話を重ね、熟慮の末に決断した。未曾有《みぞう》の計画の妥当性《だとうせい》を文書にまとめ、権力者たちに売り込んだ。児童犯罪対策チームのブレーンとして、裏方に徹すると断って安心させようとした。

だが前代未聞《ぜんだいみもん》の起案に警察庁長官も官房長も猛反対した。当時は参事官で、警察庁の生活安全局で犯罪抑止《よくし》対策室室長だったとはいえ、階級は警視長にすぎなかった鮎原は、自らが左遷《させん》されるリスクを充分考えに入れつつ、粘り強い根回しを続けた。不可能と思われた計画を押し通せたのは、筆頭首相秘書官の歓心を買えたからに他ならなかった。

「毒をもって毒を制す。これが最も成果を上げられると、君は踏んでいるんだな」

て、蘇我とは、警備局外事情報部時代から関係がいい。たびたび便宜《べんぎ》を図ってくれた。そして、蘇我ならこの試みも必ず受け入れてくれると確信していた。常識に反することには寛容《かんよう》。というより、覇を唱えるためには常道を蔑視《べっし》するタイプだからだ。それは鮎原とも共通する性格だった。

「ただ一つ、絶対に守るべき条件がある」

当初から蘇我は釘《くぎ》だけは刺していた。しつこいほどに。

「それさえ守るなら私は賛成に回る。各所も説得させてもらう」

「素性《すじょう》が露見《ろけん》しないこと、ですね。当然です。厳重にも厳重な対策を取ります」

鮎原は自分から宣言し、徹底した。ドクの戸籍だけでなく容貌《ようぼう》も少し変えた。顔にメスが入っている。大掛かりではないが、かつての家族や旧知の人間に出会っても、確信を持てない程度には印象を変えた。

当初は天埜もおとなしかった。極秘チームのブレーンの役割を黙々とこなした。その間、鮎原も順調に昇進し警視監となり、総括審議官のポストを得た。だが不測の事態が起き、プロジェクトを揺さぶった。天埜が事件現場に出ることを主張し始めたのだ。刑事として連続殺人犯と直接対峙《たいじ》することを望んだ。

「遅れた反抗期が来たのか？」

困り果てた鮎原が上申すると、蘇我はそう評した。ある意味でそれは正しいと鮎原は感じていた。情動の面ではたしかに未発達だ。ドクとして事件を起こしたとき、彼女の感情はすっかり欠落していた。医療チームの並外れた努力のおかげで生まれ変わり、名実ともに〝天埜唯〟となったものの、それから長い時間は経《た》っていない。感情の発達がまだ五歳児レベルと考えれば、親に対して刃向かうこともあるだろう。

内閣府のお歴々も警察庁の幹部たちも再び大反対。〝ドク〟が警察組織の一員となっただけで神経質になっているのに、裏方をやめて現場に出たらどうなる。なにかの拍子《ひょうし》に彼女の過去が露見すれば、責任を取る者が五人や十人では済まない。恐れるのは当然だった。

鮎原が警察官僚となって三十年ほど。これほど苦慮した覚えはなかった。だが天埜は頑《がん》として主張を変えない。人格の変化と成長を全て見てきた鮎原には、ある種の感動さえあった。あえて文学的な表現を使うなら〝命が燃えている〟と感じた。天埜が生まれて初めて発した情熱に当てられ、鮎原は望みを叶えてやりたいと感じている自分に気づいた。これは親心か？　子供のいない鮎原には判別がつけられなかった。

「いいじゃないか。彼女が一番活きる場所で使ってやれ」

板挟みになった鮎原を救ったのは、またもや蘇我金司だった。彼の意向はたちまち官僚たちに伝わり、一気に風向きが変わった。蘇我の厚意に応えるべく鮎原も万全の態勢を取った。天埜に監視役をつけ、野放しにしないこと。捜査一課や機動捜査隊などの最前線、花形部署ではなく、一歩退《ひ》いた位置に配属することを天埜に呑《の》ませた。捜査支援分析センターに新部署を増設、そこへ共に配属したのは、天埜と強い紐帯《ちゅうたい》を形成している元法務教官だ。しかも鮎原の甥《おい》。これで天埜の統制は万全だ、とアピールすることができた。

最後まで反対し続けた者もいた。警察庁長官官房長の浪岡悠紀男《なみおかゆきお》だ。鮎原のすぐ上の地位にあり、かつて呉《くれ》官房長官の秘書だった男。むろんいまも呉の腹心だ。

この反対は、呉と蘇我の暗闘を象徴《しょうちょう》していた。呉官房長官は表だって苦言は呈《てい》さないが、無言の意志を明確に示すことがある。次期総理候補として名前が挙がることもある呉は、秋嶋首相から全幅《ぜんぷく》の信頼を得ている蘇我の専横《せんおう》を苦々しく思っているに違いなかった。首相の横で強大な力を持ってしまった蘇我を憎んでいる者は多い。呉はその筆頭だ。いまは秋嶋政権を盛り立てるという目的で一致しているから不協和音は目立たない。だが、秋嶋が任期満了を迎え、後継者争いが勃発《ぼっぱつ》したとき、血で血を洗う可能性は高い。もし呉が実権を握れば、蘇我は血祭りに上げられる。官邸外に放逐《ほうちく》されるかも知れない。

だが蘇我が勝つことを鮎原は疑わない。呉は老練な政治家であり、やはりサイコパシー傾向の高い非情な男であることに変わりはないが、蘇我の狡猾《こうかつ》さに一日《いちじつ》の長《ちょう》がある。いずれ必ず訪れる闘いを思うと鮎原は震えを抑《おさ》えられない。権力の頂上にいる者たちの争いに比べれば、警察庁内など瓶《びん》の中の嵐のようなもの。結局浪岡は蘇我の意向に逆らえず、かつてのドクを現場に出すことを認めた。

天埜唯はついに警視庁刑事部所属の刑事となった。警部補という地位まで与えられた。その代わり鮎原は警察庁内で、常に浪岡の不機嫌《ふきげん》な視線に曝《さら》されることになった。首相秘書官のお気に入りである歳下のエリートが邪魔で仕方ないのだった。自分の地位を脅《おびや》かされるという不安もある。警察のトップの地位まであと少しなのに、この後輩に追い越されるのではないかと恐怖していた。

鮎原は地位に執着《しゅうちゃく》してはいなかった。だが追い越すことなど児戯《じぎ》だと思っていた。実力差がある。浪岡は呉官房長官の威光を笠に着てここまでのし上がってきた。後ろ楯《うしだて》がいなければたいした男ではない。

事ここに至り、全ての警察官僚が共犯者となった。秘密を守り抜かねばならない。まるで義兄弟の契《ちぎ》りだと思って鮎原は笑った。天埜唯は全員の封印だ。解かれれば道連れで奈《な》落《らく》へ落ちる。

「天埜を理解できたと思った。だが」

自室にいる甥に向かって、鮎原は吐露《とろ》した。こんなことは人に言ったことがない。言う日が来るとも想像しなかった。

「いつしか、理解を絶していることに気づいた。振り返れば、プロジェクトチームに引き入れたときから、天埜の様子は芳《かんば》しくなかった。チームからの離脱を申し出たとき、左右田はすぐ、見限るべきだと俺に進言した」

「そうでしょうね。左右田さんは、自分がコントロールできる人間にしか興味がない」

甥はここぞとばかりに言った。ふだんから腹に据《す》えかねていたようだ。

「初めから事務的でしたよ。天埜とはそもそも相容《あいい》れなかったのでしょう。プロジェクトチームを去り、機動分析3係に行ってから初めて、天埜にも僕にも愛想《あいそ》良くした。支援するから、困ったらなんでも言ってくれと。でも言うこととやることは逆でした。突き放す、と決めていたんだと思います」

「だれも、天埜があれほどコントロールが難しいとは思わなかったのだ……梃子《てこ》でも動かないとはな」

鮎原は、自分の声が妙に弾《はず》んでいることに気づく。自分が天埜に対して怒りを抱いていないことにも。

「康三さん。天埜にはどうしても必要でした。現場に出ることが」

その津田淳吾の言葉に、こだわりなく頷く自分がいる。

3

「自分が、この社会では明らかに異常な存在であり、もしかすると、深刻な病《やまい》に冒《おか》されている。そんな自覚はありました」

沈黙の方が救いなのかもしれない。こんな言葉を聞き続けるよりは。

だが、かつてのドクは語り続けた。ベッドの上で。まったく同じ姿勢のままで。

「だからといって、解決策があるわけではない。この無形の苦しみは終わる気配もない。ならばいっそ、捕まるべきかもしれない」

「ふざけるな」

隼野は遮《さえぎ》った。この女は本気で俺を壊しにかかっていると思った。

「だから、お前は……他の人間を襲ったのか」

天埜唯は頷いた。少しも躊躇《ためら》わずに。

その瞳を正視できない。闇と虚無《きょむ》が渦巻《うずま》いている。罪が光を喰い尽くしている。覗けば吸い込まれる。

「私はすべて、覚えています。そして、過去を変えることはできません」

喋っているのは人だろうか？　到底《とうてい》信じられない。

「それでも、私は……あの頃とは、少しだけ、変わりました。自分ではそう思っています。ただし、隼野さんに信じてもらう必要はありません」

その声が誠実であればあるほど、隼野の視界に映る世界は逆転を繰り返し錐《きり》もみ状態になる。

「信じてもらえる、資格もない。私は、殺人者です」

胴体が宙に浮き、頭が繰り返し床に落ちる感覚に囚《とら》われた。ああ、俺は壊れかけている。

「私は、自分が罪を犯したことを、知っている。少なくとも、知っているつもりです。いまは」

その告白にどれほどの意味がある。ただの言葉だ。懺悔《ざんげ》なのか、後悔なのか、科学的な分析報告なのかも分からない。音の連なりだ。無意味だと聞き流すこともできる。

だが天埜の言葉はリアルだった。どんな悪夢の中でも、真実だけが鳴らす周波数を放っていた。

「私は、命を壊すことを続けました」

容赦《ようしゃ》のない声が病室を満たす。

「言葉でなにかを求めることが私にはできなかった。言葉を信じていなかったから。刺し、壊すことしかできなかった。続ければ、その先に、だれかがいる。そんな直感だけに縋《すが》りました。果たして、私を捕まえる人たちが現れました。思っていたより時間がかかりました」

その間に、三人もの命が失われた。いったいだれのせいで？

分かる。分からない。隼野の魂《たましい》は二つの国を一秒ごとに行き来した。

ドクの悲鳴――だったのか。刺すことは。命の破壊は。

「私は、なにを求めて、人を殺《あや》めたのか」

そしてこれも悲鳴。

「なにを期待したのか。私に期待は無縁でした。絶望こそがスタンダードであり、それ以外の状態を味わったことがなかった。希望は存在しない。そもそも、生きることがリアルではなかった。スクリーンに映し出された虚ろな影が漂っているだけ。いくつ刺して壊しても、なにも変わらない。それが私の人生でした」

天埜の瞳が、さっきから真《ま》っ直《す》ぐに隼野を捕らえている。

だが、この瞳と視線を合わせることがこの世で最も難しいことだった。

「なにか、希望を持って続けていたとは思いません。でも、やはり私は──無意識下でなにかを求めていた。ということかも知れません。私の破壊活動の果てに、私を打ち壊すなにかが起きて欲しかった。これを続ければ、だれかが現れる。決して壊れることのない、無敵のような生き物が現れて私を壊す。そう望んでいたのかも知れません」

これほど理解を絶した言葉の羅列《られつ》があるとは思わない。主観なのか客観なのか。私小説なのか論文なのか。いや、念仏と同じだと思った。相手を黙らせるべきだと隼野一成は感じる。だが隼野の奥底が、話を理解し、異常なまでに頷き、真実に震えていた。敗北感を覚え、同時に、それが敗北でないことも知っていた。ただ静かに、俺という人間がこの病室の床に刺さって、天埜唯という存在を受け止めている。なぜかそれができる。同族でもないのに。殺人を許せないのに。

初めて見る生き物を見るように、天埜が自分に目を当てている。

「なぜ、自殺しなかったのか。そう思いますか?」

その問いは誠実に響いた。隼野は、共振しているのを感じた。完全なコミュニケーションが成り立っていた。他のだれとも起きないことがこの病室で成立している。

「生きていることは無意味でした。つまり、自殺も無意味ということです。どちらも同じ。ならば、死んでしまってもよさそうなものですが、なぜ自分を刺し、破壊しなかったのか。わずかに、死ぬことの不快が上回ったのだと思います」

隼野は、天埜とともに観察者になっている自分を許容した。真実の前では万人が平等だと感じた。

「快不快で比べれば、自分を傷つけるときの痛みは、不快に区分されました。だから選ばなかった。私は、食べることにもそれほどの楽しみを見いだせませんでしたが、空腹の方がより、不快です。そうした具合に、より不快でないほうを選ぶやり方で、私の人生は推移していた」

隼野は理解した。極端に貧しい選択肢しかないのがドクの生であり、逃《のが》れようとするあがきこそが人生の軌跡《きせき》だったと。

気がつけば四人の人間を殺していた。

「ただ、流されるままに存在し、いつか、自然に消える。そのときまでの陽炎《かげろう》。それが私でした」

天埜の顔はいま、笑みに似たものを作っている。

だが笑みではない。たとえようもなく憐《あわ》れななにかだった。

「ただし、変化は始まっていた」

形だけの笑みは、この世で最も無残なフォルムを持つ。隼野はそれに耐えた。

「あの頃の私には、その変化の正体が、分かりませんでした。いま考えると、それは、もしかすると……怒りだったのかも知れません」

天埜は、続ける許可を求めるように隼野を見た。

「私に、そんなことを言う資格がないのは、承知していますが」

隼野がなにも発さないので、天埜は静かに続けた。

「あの子の命を奪ったあとにこそ、その怒りは、激しくなり始めたようです。そして私は、その怒りを消すために、最も間違った行動を取った」

また天埜はお伺《うかが》いを立てるように見た。まだ、喋ってもいいのか？　という問いが込められた眼差《まなざ》し。隼野は強張《こわば》った生き物のままでいる。長い冬眠に入ったかのように。

「私は、刃を振るった。幻を切ろうとして、リアルを殺し続けたのです。止まらなかった。怒りも増し続けた。カッターナイフだけでなく、もっと丈夫で、もっと殺傷能力の高いものも握るようになった」

それがなんであるか隼野は知っている。いったい何冊のドキュメント本を読んだことか。

ダガーナイフ。千枚通し。そして鑿《のみ》だった。

「刃物マニアだったという流言飛語《りゅうげんひご》もあったようですが、私はただ、苦痛から逃れるために掻《か》き集めたのでした。実家の物置きにあったものです。どうしても必要に思えました。どうしても、自分が生き続けるためには」

「……くそったれ」

それはだれへの非難か。自分の罵《ののし》りは天埜に届かず地面に落ちたと思った。血を吸った大地に向かって叫んだ。なぜこんなに多くの命を吸い取るのかと。いったい何人の命を吞《の》めば気が済む、奪うならどうして生み出す。なんのために人は生きる。なんのために生き物は存在する。分からない。まったく分からない。

「私を動かした怒りとは、なにか」

語る声が大地の上で続く。

「いま、大人になった私が、あの頃の私のことを通訳してみれば……なぜ、私がいるのか。どうして、この世に産み落とされたのか。そういう怒りではなかったか。そう、思います」

「お前」

　いきなり意識が戻った人のように、隼野は訊いた。

「まさか……親を？」

　天埜は少し考え、首を傾げた。

「いいえ。私は、親にはなにもしていません。危害を加えたことも、恨《うら》んだこともありません。産み落とした、というのは、そういう意味ではありません。私が——私という意識が、この世に存在すること自体への、怒り。だったのだと思います」

　また言語が絶した。彼岸《ひがん》に響く言葉だった。

「それは、この世自体が存在することへの、怒りでもある」

　天埜は、隼野の絶望も承知で言葉を選んでいた。ただ、真実と感じることを言葉にしている。自らへの鎮魂《ちんこん》の儀式のように。

「私がいて、この世がある。だから、生きていかねばならない。それは、なんという悪夢でしょう。どうやら社会というものがあって、子供は、子供であるというだけで、学校に行かなくてはならない。同級生や、上級生や、大人たちと生活していかなくてはならない。不快のオンパレードで、逃れることができません。なにをやっても不快は消えない。立ちふさがる障害を、力尽くで退《しりぞ》けたと思ったら、今度は苦痛が増す。震えも、フラッシュバックも止まらない。おかげで、怒りが明確になったのかも知れません」

隼野はただそこに澱《よど》んで留まっていた。

「隼野さん。あなたが羨《うらや》ましい」

天埜唯はそう言った。

「私にはなにもなかった。命に対する敬意も、それが損なわれたときに生じる悲しみも。罪の意味が分からない。そもそも、生きている人間を見つけられない。私の目からは、命そのものが隠れていた」

ここが最果《さいは》てだ。この先には人外境《じんがいきょう》が果てしなく広がっており、迷い込めば気が狂って終わり。人間以外の生き物になるしかない。

「見知らぬ人たちに出会うたび、私は刃を振るった。だれも見ていないところで。そうして、亡くなったのが三人の、無辜《むこ》の市民です。四人目を探して町を彷徨《さまよ》い、警察官に職務質問を受けるまで、それは続いた」

凶行は終わった。強制終了。

そのときの少女から、いま、目の前にいる天埜唯まで線が繋《つな》がっている。果てしない地の彼方からこの病室まで。そして自らの口で語っている。

「私の手は、血で染まりました。傷つけた人たちの、血の温かさを、今でもはっきり覚えています。それは生命でした。生きるという感覚、激しく脈打つもの。絡繰り人形ではないなにか。私が求めるものの輪郭《りんかく》が、やっと見えかけた。そんな気がしました」

俺はいますぐこの女を殴り倒すべきだ。隼野は一瞬、そうしかけた。だがなにかが暴力衝動を抑えている。

「私に開いている巨大な穴が、埋まるかのような、圧倒的ななにかが、手の中を流れては、消えていきました。なにかをつかみかけている。そう感じた。あと少し、実感を、命を、脈打つものを——でもそれは、叶いませんでした。私は二度と命を奪うことが許されなくなった。その日を境に」

「当たり前だ馬鹿野郎」

隼野は叱《しか》った。

「信じられねえ馬鹿だな。お前は。そんな大事なことが分からないなんて」

天埜唯は、ほんの微《かす》かに頰《ほお》を緩《ゆる》めた。それは不思議に、笑みに見えた。隼野は激怒といとおしさを同時に感じた。

「いくら、心の病気だとしたって……俺は認めない。たとえ生まれつきだって、そりゃ、ないぜ。だめだ、絶対に。そこまで人を殺せるか。なんの罪もない、知りもしない人たちを刺して、血にまみれて、そんなことを繰り返して……なんでお前は、狂ってしまわなかったんだ」

吐き出る言葉の貧しさに絶望した。だが、訊き続けなくてはならなかった。

「お前は、自分に、人間の資格があると思ったか？」

「隼野さん」

答えるまでもない。天埜の表情は、そんなふうに見えた。

「他のいろんな人にも、同じようなお叱りを受けました。そして私には、答える言葉が一つもないことを知りました」

そう語る天埜唯は人間のように見えた。隼野は悔しかった。人間だったら分かるはずだ。自らが犯した罪の重さを。なのになぜ、犯してはならない罪を犯した。いったいどこの小学生が、命の実感を求めて他人の命を必要としたというのか？　魂の病気か？　生まれつきの欠陥《けっかん》に罪はあるのか？　知らない。俺が審判することではない。実際にこの生き物は生きている。目の前で。この奇蹟《きせき》のような悪夢、悪夢のような奇蹟はなんだ。なぜ俺の目の前で起きる。

「お前は生まれてくるべきではなかった」

隼野は口にしていた。

相手を詰《なじ》るためではない。自分を守るためだった。

はい、と相手は頷いた。

「でも、生まれてしまいました」

4

「すべてが無駄に終わった。そう思っていますか?」

越権行為と知りながら、津田は訊かずにはいられなかった。

伯父は、天埜に向かって恩知らずと言いたいのかも知れない。その心情は理解できなくはない。そもそも、鮎原の手厚い保護がなければ社会復帰は不可能だった。

だが津田からすれば、天埜の悲願こそ理解したい。天埜は〝ドク〟を探していた。自分の分身を探し当てて救おうとしていた。自分の存在理由をそこに求めた。

結局鮎原康三は、天埜の望みを叶えた。それも、過保護と言われかねないやり方で。捜査支援分析センターに機動分析3係を新設。SSBCの管理官はそもそも左右田だ。ガバナンスは容易《ようい》だと高《たか》を括《くく》った。

そして、無理だった。その結果がこれだ。官邸から見れば天埜唯は叛逆者《はんぎゃくしゃ》以外の何者でもない。テロリストである蜂雀を生かして逃がし、官邸の直轄部隊員に攻撃を加えたのだから。ネットランチャーを浴びせ、結果的に蜂雀の刃の攻撃を許した。この行動が、天埜唯を刑事にした鮎原康三をも引きずり下ろす結果になった。

「恩を仇《あだ》で返された。康三さん。あなたはそう感じていますか」

鮎原は否定も肯定《こうてい》もしない。ふいに津田は言いたくなった。

「あなたは一人の人間を救った。それこそ確かなことだと僕は思います」

「なにを言っている」

鮎原は面食らっていた。津田は身を乗り出す。

「あなたが、天埜にかけた愛情は本物だった。僕はいまもそう信じています」

「愛情？」

鮎原は心底《しんそこ》驚いている。

「淳吾。私が、愛情から天埜の更生に力を貸したと？」

「それ以外に理由がありますか」

静かに反問する。

「それこそ親のような、無償《むしょう》の愛に似た感情です。でなければ、言うことを聞かなくなった時点で警察官を辞めさせていたはずだ。なのに新部署まで与えた。期待があった。いや、成長を喜んでいたのです。そこが、左右田さんとまったく違った」

鮎原の口は閉じたままだ。自問しているのだろうか。津田はますます勢いづく。

「プロジェクトチームに天埜を残せなくなった時点で、あなたは相当に、各方面から非難されたはずです。それでも押し通した」

証拠を突きつけられた犯罪者のように鮎原は押し黙っている。

この人は本当に無自覚だったのかもしれない。津田は切なさを感じた。天才でありながら、感情面では子供のように不器用。だれもこの伯父の心を成長させてやれなかった。

「康三さん。あなたは、上層部に対して説明に追われた。ほとんど不可能な説得に臨《のぞ》んだんじゃないですか」

津田に言われるがままに、自分の行動を辿《たど》れば辿るほど、鮎原は驚きを深めているように見えた。

「元〝ドク〟が、科学捜査官として現場に出る。とんでもないことだ。どうやって説得したんですか」

「蘇我が異論を抑え込んだ。それだけだ……私が、エリート育成プロジェクトで大きな成果を出していた対価だった」

「なるほど」

「淳吾。私は、内閣情報調査室への異動さえ打診されたんだ」

蘇我との蜜月《みつげつ》時代だ。津田は複雑な思いを抱く。

「蘇我は私を子飼いにしようとした。警察族のエリートではなく、諜報員《ちょうほういん》の指揮官として抜擢《ばってき》したがった。自分でも適性はあると思った。だが断った」

「よく断りましたね。理由を訊かれたのでは？」

「警察庁のトップに就任することが、親の悲願だとかなんだとか、もっともらしい理由をつけた」

「それが通ったんですね」

「ああ。嘘《うそ》だとばれていたかも知れないが、蘇我は気分を害した様子がなかった。まあ、蘇我も、諜報活動に使うより警察全体を統括させた方がメリットが大きいと判断したんだろう。一貫して俺には寛容《かんよう》だった。だが、それも一瞬で終わった」

「終わったんでしょうか」

津田淳吾は挑発的《ちょうはつてき》な笑みを向けた。

「こんなことで終わる男ですか、鮎原康三は？」

伯父は辟易《へきえき》したような表情になった。甥がおかしくなったと思ったようだ。

「復活の機会はありますよ。僕も知恵を出します。そのためには——ご存じのことをすべて話してください。ぜひ」

「そうか。淳吾。私はまだ、大事なことを話していなかった」

伯父の顔が妙に晴れやかになった。自分で焚きつけておきながら津田は後悔した。もう話すことはない。本当はそう言って欲しいのだ。だが鮎原は平気で話を重ねてきた。闇には底がないのか。

「どこから話したものか。そうだ、あれは……」

鮎原はこめかみに指を当ててタップする。端末のように記憶が弾き出されてくる。

「エリートの候補の児童を集め、支援し育成する活動を始めて半年経った頃だった。蘇我が私に提案した」

蘇我からの提案。それはほぼ命令だ。

「ランクAとランクBの子たちに、ぜひ、会わせたい教師がいると」

「教師、ですか？」

「いや。正確に言おう」

鮎原は修正した。

「蘇我はこう言った。大いなる反面教師を、我々は手中にしている」

嫌な予感しかしなかった。

「……だれのことですか」

「東京拘置所の王様だよ」

鮎原は即答した。

「だれにも似ていない、稀代《きだい》の大罪人《だいざいにん》だ」

津田は完全に意表を突かれて絶句してしまった。

「獄に閉じ込めている。確実に死刑になる男だ。本来なら、無垢《むく》な児童に会わせるなど許されない。だが、我々にはできる。蘇我はそう胸を張った」

5

でも、生まれてしまいました。

女はそう言った。

どこまでも罪を認められると、かえって罪なのだと感じた。断罪する側がハンマーを振り下ろしてもどこにも当たらない。いま目の前にいる女に責任を問いたいのに、見失う。連続殺人少女〝ドク〟はどこにいる？　消えたとしたらだれに責任を問えばいい。自然？　神様？　運命？

そして思考はノッキングし途絶《とだ》える。その繰り返しが、死ぬまで続きそうに思えた。

「私は死ぬべきだ。そう思っています」

女は、遙《はる》か地の底から、言葉を湧《わ》かせた。地熱に炙《あぶ》られて生じた儚《はかな》い泡のように。

「私は重罪人であり、この国の法体制に従えば、刑は明らかです。四人の命を奪った。成人していれば確実に死刑囚になっていた。十一歳だったというだけで免罪されるこの国の制度がなかったら、私はいま、ここにいません」

それを非難するでも感謝するでもない。ただの事実として語った。

いまだに離人症じゃないかと隼野は思った。すべては他人事《ひとごと》か？

「私が死刑にならないとすれば、どうしたらいいのか。どうやって生きるのが正解なのか。答えなど出ないと思っていました。ところが、答えを出すための手助けをしてくれた人たちがいます」

いや違う、病を乗り越えたのか。いまこの女は人間か、そうではないか。ドクか天埜か。

「医療施設で私の世話をしてくれた医師や法務教官のみなさんは、私という存在に正面から向き合ってくれた。私の人生に参加してくれたのです。全方位的に、なにもかもをさらけ出すかのように。それがあるとしたら、ありふれた言葉を使うなら――全身全霊で。私の中に、心を探してくれた。それが成功したかどうかを天埜は口にしなかった。隼野は問う。

「感謝してるのか？」

天埜は頬を緩め、

「はい」

と答えた。やはり人間だ。結論を出そうとする自分を隼野はしっかり保留する。取り調べが終わるまでは結論を出さない。それが刑事のあり方だ。

「だが、その人たちも絡繰り人形に見えたんだろ。ぜんぶ演技や、嘘や、幻に見えたんじゃないのか？」

「見えました。でも、驚いたことに、見えないときもあったのです」

四人の犠牲《ぎせい》を忘れてはならない。一瞬たりとも。隼野は己に刻む。

だがこの女は嘘を放棄《ほうき》している。それは疑いないと思った。正体を知られ、世間にまで公表され、もはや居場所もない。底まで落ちた。裏を返せば、自分を飾る必要もない。なにより、隼野の刑事としての経験がそう判断している。隼野は自負を感じた。嘘に縋《すが》って離れられない人間と、嘘を手放した人間の区別くらいつく。

「彼らは私に言いました。君には良心がある。人間らしい感情がある。魂がある。私は、信じませんでした。当初は、まったく」

では、どう聞けばいい。この女の言うことを。

「しかし、私は変わり始めている。その事実から目を逸《そ》らすこともできませんでした。血の記憶は甦《よみがえ》るどころではありません。肉体そのものが潰瘍《かいよう》と化したかのように、二十四時間の苦痛となって私を責《せ》め苛《さいな》むようになりました。毎日、毎晩、私は呻《うめ》き、喘《あえ》いでいました。主治医の先生も教官たちも言いました。それが罪悪感だよ、と」

軽すぎる！　そんな簡単なものじゃない。医師や教官たちは甘い。そもそも人を信じすぎている。本物の化け物でさえヒューマニズムの観点で扱おうとする連中だ。性善説に立ちすぎなのだ。刑事を経験すればそんな人間観はたちまち吹っ飛ぶ。

「私は抵抗しました。私は感情を持ち合わせないし、罪悪感など夢のまた夢。この身体の変調は、ただの脳の圧迫のようなもので、罪悪感に似た症状を作り出して発作《ほっさ》を引き起こしているに過ぎないと。私は変わらない。身体以外の痛みは感じない。他人の痛みを感じないし、そもそも他人が存在していることも信じていない。相変わらずすべては無意味で、からっぽな空洞でした。閉じ込められることも、管理されることも、むしろ私の性格に合うと思っていたくらいです。ただし——なにかが徐々に変わっていた。それも、事実です」

また、お伺いを立てるような表情。

隼野は頷いてみせる。聞くだけで自分の内部も、少しずつ変わっているのを感じた。ドクを担当した医療チームに対する苛立《いらだ》ちも不信感もまるで拭《ぬぐ》えない。だが、とにかく線で繋ぎたいという欲求が勝った。ドクと天埜を結ぶ線をこの目で確かめない限り帰れない。

「隼野さん。一つ、きっかけになったのかもしれない、と思うことがあります」

久しぶりに名前を呼ばれて、隼野は心臓を突かれたような気がした。

「親と離れたのが、良かったのかも知れません。遺伝子的に、自分はまさに、両親のコピーだと感じていました。いま思えば二人ともサイコパシー傾向の高い、感情の乏《とぼ》しい人間でした。母と父は、私に対してだけでなくお互い同士でも、会話することは滅多《めった》になかった。一緒に暮らしていながらです。子供心に、なぜ一緒に暮らしているのだろうと不思議に思っていました。おそらく、母も父も、社会に居場所を作るためには夫婦になった方が有利だと考え、家族を作ったのでしょう。共働きのおかげで、社会的地位も収入も安定していて、社会生活を行う上では都合が良かった。父は地方公務員。母は理学系の研究所員を務めていて、共に、大勢の人間と関わる必要のない職種でした。徹底して、社会に沈潜《ちんせん》する生き方でした」

「いまは、親御さんはどうしてるんだ」

訊いてから後悔した。

「詳しくは分かりません。親権を放棄されたので」

「……そうか」

「互いに情がないので、契約を解除したような思いです。いえ、私が一方的に迷惑をかけたので、彼らが非難されるいわれはありません」

そりゃそうだろう、と隼野は言えなかった。

親の躾《しつけ》で、この女が生まれ持った性質を変えることができたか。できなかっただろう。だがもう少し、まともな親だったら。ちゃんと話しかけ、構い、時には怒る。一緒に笑う。涙を流す。そんな親だったら、どうだったろう。考えても仕方がないことを考えてしまう。

「もう一つ。これは、成長に伴う身体的な変化ですが。初潮を迎えました」

ますます絶句する。男が口を出す資格のない領域だ。

「平均より遅い初潮でしたが、私の脳にも、バイオリズムにも、変化を与えたようです。私に母性本能があるとは思えない。それでも、小さいもの、可愛《かわい》いものに対する情動のようなものが、ごくわずかに、生じ始めました」

「おいお前、また……他人事みたいに」

「すべてが他人事に感じられるのが、私の生来の性質なのです」

妙な罪悪感に駆られる。俺はもう少しだけ、ほんの少しだけ寄り添ってもいい。天埜とはもはや短いつき合いとは言えないのだから、慣れるべきだ。恐ろしく難しくても。

「離人症疾患《しっかん》は消えなかった」

それでも天埜は、独力で前に進んだ。

「ですから、それに重なり合うようにして、もう一人の自分が立ち現れたような感覚でした。それは、誤解を恐れずに言えば動物的で、大雑把《おおざっぱ》で、その分、エネルギーを放っている。ふいに私を笑わせ、泣かせようとするのです。私は驚きました。しかし、生来の自分は強い。そんな新たな自分に負けることはありません。私の顔の筋肉は、相変わらず反応しなかった。だから、まわりの教官や刑務官や看護師には、私の変化は伝わらなかったでしょう。それでも、内面には少しずつ、変化が生じていた。喩《たと》えるなら、冬の湖に日が差して、表面の氷が緩むような変化でした」

天埜には文学的才能もあった。時間をかけて、正しい比喩《ひゆ》を探した結果だろう。

「新たなエネルギーは、しかしあまりに本能的で、躾《しつけ》のなっていない、頭のよろしくないペット、のように私は感じました。私から浮き上がり、離れてしまって、勝手にどこかへ飛んでいってしまいそうでした。本当に、不思議でした」

性の目覚めが、新たな情動獲得のきっかけになった。どの人にとっても、ままあることだろうか。男子の場合は、性衝動が暴力犯罪へのきっかけになったりする。天埜の場合は違った。良い変化をもたらしたというのか。

「愛着。情という感覚が、ほんの少しばかり、理解できるような気がしました。お断りしておきますが、理解したとは決して言いません。拙《つたな》いながら、この変化を主治医の先生に伝えたとき、未発達すぎた情動が育ち始めたということだろうと言って喜びました。しかし私は到底喜べなかった。生来の私の性質は残ったままです。それまでの私と、新しい私の混濁《こんだく》が、新しい地獄を見せました。内部の衝突です。引き裂かれるような痛みです。意識が朦朧《もうろう》とするような葛藤《かっとう》です。私の精神は明らかに、違う段階へと移行した」

「めんどくせえ言葉を使うなよ」

隼野は罵声《ばせい》を叩きつけた。

「お前は成長した。精神的に。そういうことだろ？」

天埜は押し黙り、瞬《まばた》きをしてから、呟《つぶや》いた。

「いえ。本質は変わっていません」

女は救いを求めない。断罪ありきだ。

「私は純度の高いサイコパスであり、紛《まぎ》れもなくシリアルキラーであった。その事実は変わらない」

「フラッシュバックは、まだあるのか」

訊くと、天埜は頷いた。

「あります」

「それも、お前の心の働きの一つだ。間違いないだろ」

また頷きが返ってくる。

「私を罰しようとする働きかも知れません」

隼野は肯定しなかった。求めていた答えであるにもかかわらず。

「なぜミホさんが、私に構ったか。その理由を、ようやく理解できたような気が、いまはしています」

「ミホ？」

「私が最初に、手にかけた子。風間美帆《みほ》さんです」

いきなり実名を出されるとたじろいでしまう。イメージだけだった被害者に顔写真を貼りつけられたかのような。

「彼女が私にちょっかいを出した理由。それはたぶん、情でした。私のことを心配した。

あまりにも表情がなく、孤立していた私を。彼女のやり方は独特でした。分かりにくかった。当時は、憎まれていると感じた。でも、それは逆だったのかも知れない。私のことを、好き、だったのかも知れない」

痺《しび》れている。痛い。こんな疼痛《とうつう》があるか。皮膚の下のさらに下の方が痛んでいる。どんな癒《い》やしも届かないほど奥にある痛み。

「分からなかったのです。私には、人間の感情など何一つ。もしかすると――と思うようになったのは、抱きしめられた、数年後です」

「遅すぎる」

なんという時間差。愛情を受けたことのない女の子にとって、愛情とは恐怖そのものだったのか。

ただし、成長したあとは、知的に理解することはできるようになった。

「その子の愛情だったんだ。俺はそう思う」

隼野は言った。人間らしい言い方をしたかった。

「だからこそ、お前は時間差で、心にダメージを負ったんだ。後悔してるんだ」

人間的すぎる。俺こそ甘い。医療チームを罵ってきたが人のことは言えない。だが言ってしまう。

「お前は、罪悪感を知ったんだ。だからフラッシュバックが続くんだ。お前の中の真人間の仕業《しわざ》だ」

　言ってから、なんと手垢《てあか》にまみれた俗《ぞく》っぽい言葉だと目の前が暗くなった。希望的観測に過ぎないし、この女に騙《だま》されているだけかも知れない。俺は人間もどきの怪物を人間扱いしているお人好《ひとよ》しだ。

　だがもし、罪悪感が人を裁くとしたら？　いくらでも湧けと思った。裁かれろ。時間差でも生ぬるくてもなんでもいい、罪人は少しでも苦しめ。できるなら、自分の中から生じる業火《ごうか》に焼かれろ。それが償《つぐな》いだ、最低限の。

　なんの罪もない四人の人間が死んだ。切り裂かれて。普通なら死にたくなる。無理だ、生きていられない。俺なら。

　だが天埜唯は生きている。

　ということは、罪悪感がこの女を裁いていないのだ。

　やはり足りない。人間性は目覚めていない。目覚めていたとしても、わずかにしか目覚めていない。まったく充分ではない！　やはりサイコパスは死ぬまでサイコパスのまま。とりわけサイコキラーは、直《ただ》ちに死刑にすべき呪われた種族。更生や改心の可能性はゼロ。その通りなのだろう。

　だが、この女は、刑事になった。

「お前が選んだのか？　刑事になることを」

改めて確かめた。

「はい」

答えに淀《よど》みはなかった。

「鮎原総括審議官――当時の参事官は、私の中に芽生えた意図を、理解してくださいました」

「どういう意図だ」

「サイコキラーに対処すること。ピンポイントで」

その声に強さを感じた。

「私にしかできないことを探していました。それがあるとすれば、私と同じような人間を探し当て、対処する。殺人を、未然に防ぐ。私はそれに適任だと、自分から上申しました」

「よく……警察が、それを認可した」

いや、警察のみの判断ではなかった。露見した時のダメージを考えれば、確実に政治案件だ。だが権力者たちもそれを許した。

「交渉してくれたのは、鮎原さんです」

鮎原という後見人がいなければ、天埜はいまここにいない。

俺は再び会わねばならない。ごく自然に欲求が湧く。

「医療チームの啓発《けいはつ》のおかげで、私はやがて、心理学や脳科学を学ぶようになりました。サイコパスについて、できる限り理解したかった。以前ならば、そんな意欲など湧いてきませんでした。人間の精神など幻だと思っていたのですから」

「そこには、津田もいたのか？」

隼野が訊くと、天埜は表情を柔らかくした。

「はい。彼が医療チームに加わったのは、私が向学心に目覚めた頃でした。親身になってアドバイスをくれました。初心者向けの学術書を順序立てて用意してくれた。理解が深まるように、よく講義もしてくれました。彼は私の、良き先生の一人です」

隼野は、この病室に入って初めて、こだわりなく笑うことができた。あの男を評価したい。天性の愛嬌《あいきょう》があらゆる人間に笑みをもたらす。それはあの男の強みだ。妙ちくりんではあるが、へこたれないあの陽性のキャラクターは貴重。それは、目の前のこの女の心を解きほぐす役割も担《にな》っただろう。

「津田さんには揺るぎない哲学があります。私は、彼を尊敬しています」

ついにはそんな言葉まで洩《も》れた。隼野は認識を改める必要があると感じた。考えてみれば、正気を失わずにこの女の付き添いを務めることは不可能だ。よほどの強い信念がなくては。

あの男にはそれがある。この女の内面にさえ強い影響を与えた。それが、天埜が自分の足で歩き始める一助となったことは疑いなさそうだ。そして天埜は自分の意志で自分の仕事を選ぶことで、生への目覚めを迎えた。人として誕生し直したかのように。

「気づけば私は、精神にバランスを獲得していました。私に向き合ってくれた人たちのおかげです。振り返ってみて、私は私なりに、理解しました。すべての苦痛が必要な過程だったと」

ただし、冷徹な科学者のような客観的な物言いは変わらない。

「苦痛を感じれば感じるほど、血や叫びが甦るほどに、私は、精神の実在を認めるようになった。そう、言えるかも知れません」

この女は生まれ落ちた瞬間から硝子《ガラス》ケースに入れられていた。あるいは、膜で覆《おお》われた実験室に。その狭い空間から外の世界を見つめてきた。すべては硝子越しだからリアルに感じられない。他人の魂でさえ、スクリーンに映った虚像だ。それが、生まれたときから課せられた呪いか。

この女は硝子を破ろうとした。皮膜を破って、今度こそこの世に生まれ落ちたいと願った。そのためには何より強烈な体験が必要だった。十一歳の時点では、だれかを殺すこと以外に方法が見つからなかった。

いまは違う。おそらく。

だが、どんな理由があろうと殺人は罪。人が犯しうる中で最大の罪だ。その厳然たる事実も変わらない。子供だろうと病気だろうと、罪は罪だ。

正しい償いの在《あ》りかなど分からない。隼野にとって、警察官になる前もあとも変わらない難問。死ぬまで解決されないであろう謎《なぞ》だった。それに、この女は向き合おうとしているように見える。自分の罪を、感じているように見える。だから無理を承知で刑事になった。実際にサイコキラーに出会い、なにがしかの影響を与えた。元怪物が、怪物を救うために死力を尽くした。

「おい。お前がもし、怪我《けが》してなくて、歩けたら」

俺はなにを訊く気だ？

「自由に歩き回れたら。マスコミも追っかけてこなくて、好きな捜査ができたら……どうする？　いま、いちばんなにをしたい？」

「私は」

天埜唯は躊躇わなかった。

「蜂雀を、救いたいです」

やはりそうか。目的が純化している。徹底的に、かつての自分を救うこと。

「それと――クリーナーの阻止《そし》」

言葉が続いた。誤解しようのない明瞭《めいりょう》な答えだった。

「彼らのテロ活動を、私は、止めたい」

なるほど、と胸に落ちた。異様なまでに頭の中がすっきりした。俺も同じだ。隼野は拳を握る。新たな力が湧いてくるのを感じた。

「左右田さんが自分の上司であることも、ありますが。それを抜きにしても、彼らは、あまりに」

言葉を切る。また、発言する資格がないと思い当たったのか。隼野は問いを投げてやる。

「政府のことは？　どう思うんだ」

「それは、もちろん」

うつむく。

「〝恩義〟は感じています」

恩義、という言葉を初めて使うかのような発音だった。

「私を殺さず、新しい人生を与えてくれた。望みの仕事まで、与えてくれた」

「だが、その政府が、今度はお前を抹殺《まっさつ》にかかってる。社会的に、な」

天埜は頷いた。

「政府は人格を持ちません。複数の権力者の集合体です。おそらく、私が恩義を感じるべき人間は、限られます。私が直接会い、顔を知っている人たちです。一方で、政府には私を封じようとする者もいる。とりわけ上層にいる人間です」

「官邸の連中だ」

隼野は乱暴に答えを言った。

「首相、副首相、官房長官……そいつらの間を蠢く、首相秘書官や補佐官や、内閣情報調査室の連中。そいつらのことは、どうだ。その中には、鮎原さんの提案を受け入れて、お前を刑事にして、その上で利用しようとした奴もいるんだろ。で、要らなくなったらポイだ」

「彼らが人を殺すなら……」

そしてまた、天埜唯の言葉が尽きた。

この女はがんじがらめだ。使える言葉が少ないのだ。自らの罪のせいで。

「おい、天埜」

発明品を思いついたかのように、隼野は声を弾ませた。

「皐月汐里は言ってた。官邸の連中は大量殺人者だって」

天埜は気に入るか？　刑事部の同僚で、いまやクリーナーの一員と判明したあの女の言葉を。

「貧しい人たちや、マイノリティを追いつめるような政治しかできないとしたら、まあ確かに……大量殺人者だよな」

「それだけではありません」

天埜から、拒《こば》む言葉はなかった。

「彼らは、自分たちに敵対する者たちに、容赦がない」

「その通りだ」

例を挙げればきりがない。記者・川路弦の師匠、山本功夫《やまもといさお》など典型だ。政府批判の急《きゆう》先鋒《せんぽう》が半ば引退させられてしまった。暴漢に襲撃されたせいで。

「私もクリーナーと同じです。彼らの非道を止めたい」

隼野は身構えてしまう。クリーナーに加わる宣言に聞こえたからだ。だがすぐに違いがはっきりする。

「ただし、人は殺さずに。彼らとは違うやり方で」

天埜唯の意志は鮮明だった。それは、隼野をも洗った。

だが、怪我人には到底叶わぬ夢だ。天埜は歩けさえしない。たとえ松葉杖を突いて出たとして、どこへ行っても後ろ指を指される。

「お前は寝てろ」

気づくと言っていた。

「俺がやる」

天埜唯は両目を見開いた。驚いている。

その顔を見て、隼野は腹の底から満足した。

「鍵は、鮎原さんだ。そうじゃないか？　なぜ真っ先にお前を見舞いに来た。お前が心配だったからだ。あの人はクリーナーの黒幕かも知れないが、お前のことを見捨てたわけじゃないんだ」

天埜は頷いた。考えていたのだ、鮎原のことを。いったい彼がなにを考え、どんな役割を果たしているのかと。

「会えないか？　彼と。方法はないか」

「いま、津田さんが会いに行っています」

「なんだと？」

これには心底驚いた。別の病室で安静にしていると思い込んでいた。

「さっき、彼から連絡が。鮎原さんと一対一で会っているそうです」

「そうか……親戚だもんな。あいつにしか、聞き出せないことがあるか」

にわかに希望が芽生えた。自分が会って問い質《ただ》さなくても、代わりにあいつに確かめてもらう。

あなたはクリーナーのリーダーなのか。

クリーナーの活動を阻止することは可能か、と。

6

「惜《お》しかったな。この男にも、類《たぐ》い稀《まれ》な素質があった」

ふとしたときに、蘇我がそう洩らしたことを鮎原は忘れられない。首相秘書官は環逸平への執着を露《あら》わにした。それが意味することはなにか考える暇《ひま》もなく、事態は瞬《また》く間に動いていった。蘇我の意向はほぼ、国家の意向だ。ほどなく連続殺人者が、ランクA・Bの児童たちの特別講師を務めることが決まった。

環逸平の経歴を見れば、明らかにランクAの人間。特Aとも呼ぶべき資質だ。優《すぐ》れた能力と、旧弊《きゅうへい》を打ち破る革新性、強いリーダーシップ、カリスマ的な弁舌。充分すぎる社会的成功。申し分のない現代の成功者だった。連続殺人をのぞけば。

そのシリアルキラーぶり——六人の男女を殺害——を加味すれば明らかにZランク。超絶的Zランクと称してもいい。

「惜しい。実に惜しい」

蘇我がそう繰り返すたびに、その執着の強さに鮎原は内心、呆気《あっけ》にとられたものだった。

「本物の支配者の格を持つ者は稀だ。いまの政治家に、そんな奴がいるか？　鮎原。どう思う」

完全オフレコ、密室状況下とはいえ、鮎原は表情を固めて答えられなかった。

この強いシンパシー。あくまで経済畑の官僚出身であり、警察庁に所属したことのないこの男が、卓越した警察官僚としての素質を見せる瞬間だ。重犯罪者の動向に詳しく、早くから環逸平に注目していた。逮捕前から面識があったせいもあろう。

「逮捕さえされなければ、国益に適《かな》う人材だった……殺人衝動に屈するとは。愚《おろ》かな」

二人は経産省や内閣府主催のシンポジウムやイベントで何度も会っていた。それを鮎原は、公文書からも確認していた。ただし、交際とまで言えるほど親密ではなかった。ならばなぜ、ここまで強烈な思い入れを抱くようになったのか。

蘇我は、環に自分を投影している。

それが鮎原の分析だった。起業家・投資家としての能力は折り紙付き。独特な哲学によって大衆からも人気を勝ち得た男だ。現世を生き抜く上で最上の能力を持ち、人心を集める際に最高の客寄せパンダにもなる。環の罪がもし露見しなかったら、蘇我は自分の右腕に据えたかったくらいかも知れない。

似ている。鮎原も内心、感じ入るものがあった。どこがどうと言うのは難しいが、蘇我と環には明確な共通点がある。人を籠絡《ろうらく》する能力。蘇我はあくまで裏方タイプであり、万人を魅了するほどの華やかさはない。ただし、政治家の心を掌握《しょうあく》する点では絶大な力を持つ。

そんな男に、自分は寵愛《ちょうあい》を受けている。

鮎原はふいに戦慄《せんりつ》することがあった。蘇我の自分への肩入れは、実は危険極まりない。この男と繋がらなくては権力は手に入らないが、逆鱗《げきりん》に触れたら全てを失うからだ。究極の二律背反《にりつはいはん》とも言える。〝上からの革命〟を目論《もくろ》むなら出世の機会を逃すことはできない。着々とのし上がってきた鮎原にとって、蘇我金司は避けて通れない関所のようなものだった。

蘇我が鮎原のことをどう捉《とら》え、評価しているのか。それは度々《たびたび》、自分もサイコパスだからだろうか？　という自問になった。考えないようにしてきたが、受け入れざるを得ない仮説だ。我ながら、常人よりも情動の面で鈍《にぶ》いと見なす根拠がある。自分のサイコパシー傾向が高いと仮定した場合、嘆《なげ》かわしく思うか？　それについても鈍い感慨しか湧いてこないことを考えると、結論は明らかなのだろう。

サイコパス同士はお互いを見分けるという。それが意識か無意識かは場合によるが、蘇我は鮎原をも同族と見なしている。それならそれで拒むいわれはない。「私はサイコパスではありません」と直訴《じきそ》したり、まわりに触れ回るのもおかしな話だ。

鮎原が以前から興味深く思っていることがあった。サイコパスたちはサイコキラーをどう見ているのか？　同族とはいえ、シリアルキラーは明らかに希少種だ。自分の手で人を殺さずにいられない性分《しょうぶん》は、たいていのサイコパスにとっても理解不能ではないか。まして や環逸平ほど突出した存在については沈黙するしかない。

人が死んでも心が痛まないところまでは同じ。いろんな手段で他者を痛めつけ、排除するぐらいのことはどんなサイコパスでもやる。だがやはり、殺さずにいられないというのはあまりに異質。嗜虐《しぎゃく》趣味、殺害願望、それは最も社会生活に適合しない性向であり、不治の業病《ごうびょう》と言える。

蘇我がどう考えているかを鮎原は想像した。さすがに、権力の頂点に立つ者が殺戮者《さつりくしゃ》であっては困る。だからサイコパステストでもZランクを設けて、支援の対象から外すことに同意したのだし、逮捕された時点で環逸平を見限ったはずだ。

だが蘇我は未練を断ち切れない様子だった。だから環に白羽の矢を立て、将来のリーダー候補生たちに触れ合わせようとした。

「蘇我秘書官の意図が分かりません。いったいなぜ、環を？」

津田淳吾が困惑《こんわく》に顔を歪《ゆが》めるのももっともだった。我が甥ながら、情に溢《あふ》れた人間味のある男だ。自分に欠けているものをふんだんに持っている。鮎原はこだわりなく評価していた。たとえ親族でなくてもこの評価は変わらない。

「環逸平のほうは、自分の役割をすぐに理解したようだぞ。極秘の依頼に大いに興味を示し、二つ返事で受け入れた」

甥はショックを受けているが、新しい事実も貪欲《どんよく》に受け入れた。

「アメリカでよく行われている刑務所ツアーや、スケアードストレートのようなものですか?」

アメリカ文化に照らし合わせて理解しようと努力していた。実際アメリカでは、若者たちを刑務所に連れて行き、善良な学生にも、犯罪者に触れ合わせるプログラムが定着している。選ばれた受刑者たちは、犯罪予備軍の不良少年たちにも警告演説を行う。自らの反省を語り、場合によっては刑務所に留め置いて実際に受刑生活を体験させる。少しでも犯罪者を減らすためだ。

「それは、ある面で、正しかろう」

鮎原は頷き、津田に打ち明けた。環が初めて児童たちに対面した瞬間のことを。

そこは、内閣情報調査室が所有する都内の施設だった。巨大なマジックミラーによって仕切られた部屋にA・Bランクの児童たちを集めた。特別講習を行うと告知してはいたが、講師としてだれが現れるかは児童に知らされていなかった。その様子を鮎原は、蘇我の横で眺《なが》めていた。椅子《いす》に座った児童たちの前に、やがて環逸平が現れた。手錠をかけられたままだった。両脇を刑務官に抱えられ、万が一にも児童たちに襲いかかることのない態勢を取っていた。

ちょっとやそっとでは動じない特別な児童たちも、さすがに目を瞠《みは》った。何人かは、ニュース映像などで環の顔を知っていたのだ。張り詰めた空気が部屋を支配した。

「いやはや。心外な扱いですね。私が、将来有望な子供たちになにかするとでも？」

重罪人は軽快な口調で切り出した。刑務官に向かって。それから、マジックミラーの向こう側にいる高官たちに向かって。鮎原は、環に見つめられているような錯覚《さっかく》さえ覚えた。

「醜《みにく》い手錠なんか要らないのになあ。私は粛々と自分の役目を果たすつもりですよ。さて、光栄です皆さん！　私のようにならないでくださいね。これから、私の半生についてお話しします」

環逸平はたちまち場を掌握した。自らの魅力を知り尽くした男だ。知能の高いサイコパスたちに向かってオープンに語った。環逸平という男がいかにして輝かしい若者時代を送り、やがて爆発的な経済的・社会的成功を収めたか。いかにして自らの欲望を御《ぎょ》すことに失敗し、連続殺人を犯し逮捕されたか。自分のような失敗をしないためにどうしたらいいか。

硝子一枚を隔《へだ》てた場所で、鮎原は心配になった。若きサイコパスたちは明らかに魅了されている。児童たちが心酔《しんすい》するあまり、環の生き様を模倣《もほう》しないだろうか？　思わず蘇我を見た。だが悦《えつ》に入っているだけだった。

そうだ、杞憂《きゆう》と分かってはいる。アップデートを繰り返してきた最新のサイコパステストによって、殺人衝動を持たない者だけを選抜した。ここにいる者たちは大それた過ちは犯さない。むしろ環という失敗例がワクチンとして機能する。社会のはみ出し者にならないために。むろん、万が一にもサイコキラーにならないためにも。

鮎原の説明を、津田淳吾は懸念《けねん》も露わな顔で聞いていたが、ふいに言った。

「環逸平に面会を続けているジャーナリストを知っています」

「川路弦だな」

と鮎原は応じた。津田は頷く。

「彼は、環の恐ろしさを強調しています。人の心を操る天才だと。まあ、生身の悪魔のような存在でしょう。そんな人間を、まだ若い彼らに会わせたんですか？　蘇我秘書官の考えが理解できない」

「理解する必要はない。あの男は、すべての悪徳の根源だ」

鮎原は言い切った。不思議な壮快感があった。負け犬の遠吠えがこんなに心地いいとは。

「康三さん。よくぞ、そんな男に仕《つか》え続けましたね」

非難なのか感心なのか、津田自身にも判然としない口ぶりだった。甥に対して気の毒だという気持ちが湧く。左肩を見ればなおさらだ。死にかけたばかりなのだ。

「蘇我と意志を一致させたら、道徳的に破綻《はたん》してしまう。更迭《こうてつ》されてよかったんじゃないですか？　あなたの精神衛生を考えれば。権力を諦《あきら》めれば、あらゆる面で楽になれますよ」

甥の正論に、鮎原は悲しみを覚える。優しすぎると感じた。

「淳吾。誤魔化《ごまか》しを言うな。もう手遅れだ」

甥は黙った。いまや伯父が、クリーナー発足《ほっそく》にも責任があると分かった以上、大罪人と断ずるしかない。不肖の伯父のおかげで、甥は新たな道徳的課題に曝されている。

「僕はあなたに、警察官として臨むつもりはありません」

津田淳吾の口調は篤実《とくじつ》だった。自らの信念を辿りながら言葉を紡《つむ》いでいる。鮎原は背筋を伸ばして待ち構えた。甥から断罪されたい。厳しい言葉を浴びたかった。甥の抱く信念の全貌《ぜんぼう》に興味があった。

「康三さん。天埜を助けてください」

だが、甥が選んだのは断罪ではなく要請だった。

「そしてどうにか、クリーナーを止めるんです。それが、発足に関わったあなたの義務だ」

「お前は、私を逮捕しない？　通報しないのか？」

「いまの警察に、あなたを逮捕する資格がありますか？」

甥はニヤリとしてみせた。

「司法も、政府も同じだ。あなたを利用してきた。いわば共犯者です。特に官邸は、あなたを道具にしていろいろやらせて、都合が悪くなったからといって切り捨てようとしている。やられっぱなしは、男じゃないですよ」

津田淳吾らしい浪花節《なにわぶし》。ウェットな鼓舞《こぶ》だと思った。嬉《うれ》しくないわけではない。だが、

「私にはもはや、なんの力もない」

シンプルな事実を述べるしかない。

「持っていた、なけなしの権力も奪われた」

「考えてください。知略があなたの主戦場だ」

甥はどうにか伯父の闘志に火を点《つ》けようとしている。

「僕も手伝います。まず……確かめさせてください。ランクAの子たちは、いま、どうなっていますか?」

「何度か中央に集められ、レクチャーや講義を受けたあと、それぞれの出身地に戻ってそれぞれの生活を送っている」

「モニタリングを続けてるんですね?」

「ああ。ほぼ全員が社会にすんなり適応していて、すでにリーダーシップを発揮している。学校で、地域で、周りから信頼されるクラス委員や部活の主将であり、地域活動のまとめ役であり、しかも成績優秀だ。順調にいけば有名大学に進学して官僚となるだろう。

民間の大企業に就職してもいい。政府と繫がりの深い企業であれば」

「厚いバックアップを続けているんですね」

「一方で、監視の意味合いもある。気の長いプロジェクトだ。だれかが道を踏み外す可能性は常にある。事前に芽を摘むか、事後に対処して火消しをする必要もある。実際、一人が深刻な不登校になり、社会生活から脱落した。もう一人は親に暴力を振るって保護観察処分となった。どれほど厳密な選抜を行っても、不測の事態は起こる」

「相手は人間ですからね」

優しい声が返ってきた。鮎原は頷く。

「だが、淳吾。最も驚かされた児童は、別にいるのだ」

言うと、津田は興味深そうに見つめてくる。鮎原は、どう伝えたものかと少し迷った。

「ランクAの中でも期待されていた逸材が、やがてサイコパシー傾向を減らし、いわゆる〝情〟を獲得して普通の人間になってしまった」

人間という複雑系は時に予測のつかない変化を遂《と》げる。〝ドク〟の例で身に沁《し》みて理解していたつもりだったが、事態は時に想定を遥《はる》かに超えてゆく。

「……そうですか」

津田は唸《うな》った。その目には光が閃《ひらめ》いている。

「他にも、芸術活動を始めたり、ボランティア活動に没頭する個体も出現した」

「本当ですか！」

津田は興奮して腰を浮かした。

「無私や自己犠牲は、サイコパスの真逆に位置する性向だ。芸術活動もそうですね」

「ああ。これは衝撃だった。改定を続けているサイコパステストには、まだ不備があるらしい」

「その子たちは、どうしたんですか？」

「落伍者《らくごしゃ》はリストから外し、支援を打ち切る。そういう決まりだ」

「ランクAから無印へ、てわけですか」

「うむ。だが多くのランク上位者は順調に成長している。いわゆる健常者よりも、よほど社会に適合しているように見える」

「環逸平から、悪い形で影響を受けた者は？」

「一見して、いない。もちろん安心してはいないが」

鮎原は自分の言いぐさに気づいて笑った。まだプロジェクト長のつもりか。どうやら自分は、蘇我の発案で始めたプロジェクトに未練を覚えているらしい。児童たちに情が移ったとでもいうのか。

いや、やはり蘇我のグランドデザインに共感しているのだった。本物のエリート育成という思想。時間はかかれど、選びに選び抜かれた彼らの中から国を担《にな》う優れた人材が育ったとき、プロジェクトは成就《じょうじゅ》する。有能で非情果断な指導者には勝利が約束されている。どんな批判にも動じず、敵と認定した相手を厳正に裁く。弱者貧民の訴えに全く動じない。ただただ国家としての強化を目指し、末端は切り捨てる。少数派は無視。それこそが盤石《ばんじゃく》な支配体制の維持に必要なこと。

「蘇我秘書官は、恐ろしい人ですね。心底そう思います」

津田の非難は幾分《いくぶん》か、自分に向けられている。当然だった。

「もしかすると、首相が替わっても、次の首相の秘書官を務める気では？」

「それは充分あり得る」

鮎原は認めた。実は霞《かすみ》が関《せき》には、そう信じ始めている官僚も多い。

「死ぬまで権力を握り続ける気なんですね。でなくては、こんな気の長いことを本気でやれない。いったい、どこまで……」

「傲慢《ごうまん》な奴なのか。お前の言う通りだ」

鮎原は大いに頷いてみせた。蘇我が追求している利益はむろん現与党のみに寄与する。未来永劫《えいごう》選挙で勝ち続けるためのあらゆる方策を取っている。政府と与党のイメージを良くするため、公共放送を初めとしてあらゆるメディアに影響力を行使。人事にさえ介入し、政権に批判的な人間を一人ずつ排除してきた。頑固な権力批判ジャーナリズムに容赦はしない。内調と公安という諜報組織を抱えているのだ。総動員すれば負かせない相手など存在しない。

「敵を排除することにおいて、あれほど有能な人を未《いま》だかつて知らない。首相たちが重《ちょう》宝《ほう》するわけだ」

我ながら素直すぎる本音だった。デマを含めた執拗《しつよう》なネガティヴキャンペーンにより、大衆はまんまと野党を蔑視《べっし》し、永遠の負け組というレッテルを貼るようになった。わずかでも野党や新興勢力が支持率を上げる兆《きざ》しがあれば、ネット部隊を使ってまたデマと中傷を強化する。日本最大の広告会社と組んで与党のイメージアップに励《はげ》み続けている。政権支持率を高くキープすることでしか増税は実現しなかった。大衆はやむなしと受け入れ、自分の首が絞まったことにも気づいていない。先の増税は明確に消費を落ち込ませ、格差を拡大し弱者を苦境に追い込むだろう。

一方で、アメリカから戦闘機や迎撃《げいげき》システムを大量に買い込む。南の県の住人たちが悲鳴を上げているのに海を埋め立てて米軍のための基地を造る。原発利権を維持するために無理な再稼働に走る。非人道的な用途に何兆円注ぎ込もうが民《たみ》は麻痺《まひ》したまま。

現政府は、法を遵守《じゅんしゅ》する意識も恐ろしく低い。恣意的《しいてき》な法解釈を繰り返して伝統と良識を破壊している。法治《ほうち》国家から〝人治《じんち》国家〟に変質したと批判される所以《ゆえん》だ。憲法をさえ、為政者側に都合のいい形に改変しようと画策《かくさく》している。

だがどれだけの無法を積み重ねても、民の怒りには決して火がつかない。これは〝死に体民主主義〟とでも名づけるべきだろうか。かくも巧妙《こうみょう》な支配体制はかつてなかった。鮎原はそう確信していた。

政治家は表向きは権力者だが、縛りが多い。大衆に顔をさらす存在であるために一挙手《いっきょしゅ》一投足《いっとうそく》に神経を使わねばならない。特に実績の少ない小物政治家は、小さなスキャンダルでも命取りになることがある。

だが蘇我金司は裏方。閣僚の補佐に徹しており、表側には出てこない。首尾一貫《しゅびいっかん》して黒子《くろこ》だ。公式に発言する機会も少ないから失言の心配もない。スキャンダル報道が出ない。たとえ出ても大衆の関心を惹《ひ》かない。

鮎原は密《ひそ》かに、蘇我の詳しい生《お》い立《た》ちを調べた。だが奇妙なまでにエピソードが少ない。際立《きわだ》った特徴のない典型的な官僚志望の学生像しか出てこない。

証明することは難しいが、若い頃から首相秘書官の座を狙っていたとしか思えなかった。国の仕組みを理解し、政治家の操縦の仕方を会得《えとく》しながら出世を重ね、まんまと官邸入りして筆頭秘書官の座についた。首相の方から是非《ぜひ》にと乞《こ》われたのだ。

蘇我金司はまさに国を仕切っている。自分の思うがままの国にしようとしている。それは、上と下がはっきり分かれ、一部の権力者が大衆を支配する社会だ。支配者側にとっては最も統制しやすい構造。鮎原は蘇我に舌を巻き続けてきた。国はこうやって簒奪《さんだつ》するのだ、という教科書を見せられているような。自分は指をくわえて見ている子供に過ぎないと感じた。

だからこそ、鮎原の中に叛逆の芽が生えたのだろう。蘇我に絶対服従を続ければ鮎原も支配者の一員となれる。それは露《つゆ》ほども疑えない。

だからこそ、ぶち壊さなくてはならない。

これほど明確に、自分が叛逆分子の自覚を持つとは思いもしなかった。自分はヒューマニストではない。博愛主義者でもなく、モラリストでもない。むしろリベラル派の理想主義を嘲笑《あざわら》いながら生きてきた。

だが、いざ権力の高みに辿り着くと、そこにいたのは圧倒的な〝悪〟だった。そんな陳《ちん》腐《ぷ》な文学的表現を使わざるを得ないほど、圧倒的と捉えた。部下も同じ意見だった。手遅れになる前に動きましょう、と左右田は急《せ》かした。蘇我肝《きも》いりのプロジェクトを逆手に取るんです。Zランクの子たちを使わない手はないですよ。そんな唆《そそのか》しに、自分はなぜ乗ってしまったのか。

対政府組織に〝クリーナー〟という名を冠したのは左右田一郎だ。幼稚《ようち》なヒロイズムに思えて感心しなかった。だが左右田が、蘇我を含む官邸一派に〝ルーラー〟と名付けたとき気が変わった。分かりやすくていい。支配者《ルーラー》対掃除屋《クリーナー》だ。国家という無尽蔵《むじんぞう》の財布にたかる下衆《げす》は掃除《そうじ》しなくてはならない。

かくして二重生活が始まった。鮎原は与えられた権限を縦横《じゆうおう》に行使し、児童犯罪対策チームと、その裏側に存在するエリート育成プロジェクトを率いて成果を上げる一方で、Zランクの児童に接触し、暗殺組織を準備する左右田をバックアップした。

天埜唯の成長を見守るのとはまったく違う。情を覚えない〝恐るべき子供たち〟に破壊活動の手段が与えられ、組織が成長するのを見届けてきた。

蘇我に対する完璧な面従腹背《めんじゅうふくはい》は守った。蘇我は日に日に盤石《ばんじゃく》の権力基盤を得てゆく。もはや敵らしい敵がいなくなった。それが、いざとなったとき蘇我の首を獲《と》れるのは自分しかいないという自覚になった。それはときに胃が絞られるような圧迫感をもたらした。人生がかつてないほど重要なポイントを迎えつつあると知り、自分でも意外なほどのプレッシャーを感じた。ひとたび叛逆の意志が洩れれば、失脚より悪い事態が待ち受けている。

「淳吾。私は、許されない」

ふいに言い出した伯父に、甥は病んでいるのではと疑う表情になった。その通りだ。前から治らぬ病にかかっている。

「私は様々な悪行に手を染めた。たとえば参事官時代には、危機管理企画担当の権限を利用して、政権に従わない者に軽微な罪で難癖《なんくせ》をつけた。出世コースから外し、見せしめとした」

「……蘇我の寵臣《ちょうしん》として、周りに恐れられる存在でいる必要があったんですね。時に苛《か》烈《れつ》さを示す必要がある。どうしても非人道的な仕事にも手を染めなくてはならない」

甥はどこまでも優しい。鮎原は首を振る。やはり自らサイコパステストを受けるべきだろうか。

「時には内調と、時には公安と連携し、身内を陥《おとしい》れた。処分されたのは、すべてが正義感の強い、罪を憎む真っ当な人間だ。そうやって、まともな人間を警察から排除してきたのだ」

「蘇我はそれを、警察内では康三さんにやらせた。他の官庁ではおそらく、また別の人間にやらせているはずです」

我が甥は蘇我金司の行動原理を会得した。その通りなのだ、出身の経産省のみならず、財務省厚労省文科省防衛省、すべての官庁に自らの私兵を備え、反抗する者を排除してきた。権謀術数《けんぼうじゅつすう》こそ蘇我の真骨頂《しんこっちょう》。信賞必罰《しんしょうひつばつ》を徹底する。自らに従順な者は着実に出世の階段を上らせる。

「なにせ、内閣人事局も蘇我の発案だからな」

「……なるほど」

甥は硬直した。国家公務員でその恐ろしさを知らぬ者はいない。内閣人事局を設立してから、官邸は全官僚を完全にグリップするようになった。どんなにあからさまな栄転でもまかり通る。見せしめの人事は苛烈に無慈悲《むじひ》に。それが周りへのサインになる。

「康三さん。やり方はともかく、あなたは蘇我に対する叛逆の意志を固めた」

津田淳吾は、今後が心配になるほどの温かさを見せた。

「そのことには、人として、安堵《あんど》を覚えます。僕は嬉しい」

「私には、良心がある可能性がある。ということか？」

鮎原は顔を歪める。

「私はそうは思わない」

本心だった。筆頭秘書官のヴィジョンを実現するために活動してきたおかげで、蘇我の望む非情な帝国は完成に近づいている。まもなく秋嶋＝蘇我の独裁体制は盤石となる。そして、秋嶋の部分は取り替え可能だ。極右国家主義者のコピーは他にいくらでもいる。

「諦めるのは早いですよ」

だが甥には尽きぬ希望が宿っている。手負いとなってなお、溢れる活力を発散している。鮎原は眩《まぶ》しく感じた。

「クリーナーとは別の方法で、蘇我を追い落とす。それしかない」

「聞かせてくれ。私に、できることがあるか」

だがそこで鮎原は、甥の異変に気づいた。顔から発汗している。それと分かるほど大量に。

時折、顔が引《ひ》き攣《つ》るように歪むのには気づいていた。それは内面の反映だと思っていたが、この汗の説明はつかない。

「淳吾。大丈夫か？　具合が悪そうだ」

「それが……痛み止めが、切れたようです」

そっと左肩を押さえる。だいぶ前から薬の効果は途絶えていたのだろう。早く気づいてやるべきだった。昨夜の創傷が疼《うず》かないはずがない。痛み止めが効いている間ならどうにか、出歩けもしよう。だがもう無理だ。

「気づかなくてすまん。すぐハイヤーを呼ぶ。病院に戻れ」

「すみません」

津田淳吾は頭を下げ、心配そうに目を上げた。

「もっと話したかったですね。自分たちにできることを、真剣に考えなくては」

「実効性のある案をな」

自然な返答ができた。だがその案はすでに、鮎原の頭の中でまとまりつつあった。

ここでは言わない。傷つき、弱っている甥の前では。安静にさせておかなくては。もう淳吾は充分、やれることをやってくれた。これからは一人でやる。自分で蒔《ま》いた種だ、けじめはつける。

7

夜半に目が覚めた。

木幡林太郎は両手を動かし、顔に塡《は》められた器具を触って確かめた。いまだに顎《あご》をまったく動かすことができない。おかげで、寝ていても首に負担がかかって熟睡が難しい。

銃弾が貫通した脇腹の痛みは意外になかったが、それは動いていないからだろう。立ち上がって歩くことはまだ許されていない。許されたとしても、木幡自身、動ける気がしない。喋ることもできず、食事も排便も人に頼らなくてはできない。こんな境遇に陥《おちい》れば、人間は限りなく謙虚《けんきょ》になるものだと悟《さと》った。生かされている。だれかが助けてくれなければたちまち命の危機に陥る。そう痛感すれば、自《おの》ずと感謝の念が湧いてくる。

この個室で呼吸している生物は自分一人。それを思うと、返す返すも、自分は死にかけたのだと実感する。生きていられたのが不思議だ。あの暗殺部隊員は自分を撃った。しかも、とどめを刺すために首をめがけて足を振り下ろしてきたのだ。なぜ助かった？

詳しいことを聞いていない。隼野がこの病室に来てくれたときも、互いに涙が止まらなくて、込み入った話などできなかった。隼野は後輩を疲れさすまいと気を遣ったのか早々に去っていった。

隼野がギリギリで救ってくれたのだろうか？　それとも、あの場にいた別のだれかが自分を助けてくれたのか。

静寂《せいじやく》の中、微かな音がすることに気づいた。

足音。それはリズムが崩れていて、健康な人間でないことが感じ取れた。つらそうな足取りだ。

予感がした。この時間だ。見舞い客ではない。同じ病院の中にいる人間。

やがて、木幡の個室のドアを開けて天埜唯が入ってきた。やはり、と思い、木幡は笑いかけたかった。だが固定された顔では無理。

彼女の素性について思い出した。だがそれは相変わらず知識でしかなく、実感はない。十年以上前の彼女の面影《おもかげ》を想像しようとしてもうまくいかない。この人の今の姿しか、俺は知らない。木幡はそう思った。

だからチームの一員だ。台場でも、蜂雀を捕らえるために連携した。第三者の乱入のために任務は果たせなかったが、できる限りのことはした。木幡はチームの絆《きずな》を感じた。

天埜唯が頷く。木幡に向かって。

ふだんから感情が閃かないその暗い瞳。だが木幡は、そこに微かに、慈愛《じあい》の色を見たと思った。チームの一員に向ける信頼。傷ついた若者に対する憐れみ。木幡の方が一つ年上だというのに、まるで姉ででもあるかのように包み込んでくる。木幡は、どこまでも素直になる自分を見つけた。俺はこの人を受け入れている。過去のことは知らない。いまだに実感もなく、真実も分からない。ただ一つ確信があるのは、仲間だということ。

ふいに、記憶が途切れる直前の状況が脳裏に甦る。もしかすると、この人が自分を助けてくれたのではないか？　そんな直感が訪れたとき、天埜の手もとに光が見えた。正確には、光を反射する金属が。それは細くて鋭利《えいり》だった。

——刃だ。ごく小さいもので、どうやら、医療用のメスのようだった。自前のものではないだろう。この病院のどこかからくすねたものだ。

木幡は不思議に冷静だった。状況は見えていた。身体が動かない分、知覚は敏感《びんかん》になっている。天埜は木幡を殺すために刃を取り出したのではない。別の気配を察知したのだ。

少女のような小さな姿が、ゆっくりと振り返った。

やがて、音もなく影が現れた。それは少女だった。天埜と双子のように似ている。台場でも見た。自ら覆面《ふくめん》を剥《は》いで、冬の潮風に素肌を曝したのだ。忘れようもない酷薄《こくはく》な二つの瞳。

俺は夢を見ているのだろうか、と木幡は疑った。目を開けているつもりになっていたが、実は眠りの続き。こんな画《え》はあり得なかった。あの修羅場《しゅらば》が、自分の病室で再現されるなんてことは。

それを証明するかのように、音がない。生き物が三体もいながら、こんなに音が起きないことはありえなかった。夜の病棟の静けさではない。存在の静けさだった。

ああ、と木幡は胸落ちした。ここにいるのは傷ついた者ばかりだ。癒やす必要があるのだ。あるいはそもそも、呼吸をしない生き物なのか。

「あなたを傷つけたくはなかった」

いや、音が生じた。呼吸もしている。木幡は目を覚まさせられた。なんと優しい声だろう。いつしか天埜は、まっすぐに木幡を見ていた。

「この子だってそう」

天埜は振り返り、少女を探した。蜂の眼を持った少女を。

木幡は不思議に感じ、笑いたくなった。言葉のないこの空間で、言葉の苦手な二人に挟まれると、天埜唯が通訳になるのだと知った。天埜自身が寡黙《かもく》なのに。

蜂雀は動かなかった。木幡からは表情がよく見えない。明かりを落としたこの病室で、影に入った少女は塑像《そぞう》に等しかった。呼吸も気配も完全に消せる生き物だ。

あれほど恐れた蜂の針を、いまは恐れる気持ちが湧いてこなかった。天埜がいる。彼女の、こっちを安心させようといういたわりの気持ちのおかげだと思った。木幡はもともと手も足も出ない。相手が殺す気ならとうに死んでいる。

「この子はもう、殺しません」

天埜は言った。そして蜂雀の方を見る。

「そうでしょう？」

意思確認の儀式。なぜかそれを、自分の病室でやっている。

木幡は蜂雀を食い入るように見た。動かない。答えない。やはり人ではないのだ。言葉の通じない生き物。だが、一つの呼吸の合間に、ほんの微かに――

頷いた。そう見えた。

木幡は瞼《まぶた》を擦《こす》りたくなる。いまのは見間違いじゃないか？

蜂雀は、蜂雀であることをやめる。本当か？　だが、この若きサイコキラーがここで嘘をつく動機がない。

天埜の力だ。ごく自然に思った。天埜は蜂雀に勝った。自分でも奇妙だと思うが、そう感じた。逮捕するよりも勝利だ。もしかすると。

俺は刑事の自覚をなくしている。ただ喜んでいる。

「お別れです」

天埜は木幡に告げた。

「隼野さんに、よろしくお伝えください」

先輩への気遣いを嬉しく感じた。やはり天埜は、隼野に対して特別な思い入れを抱いている。たぶん、自分の正体が隼野の精神に衝撃を与えたことを、申し訳なく思っている。

答えを返せないことが悔しかった。木幡は手を上げて、少し振った。

天埜の頬が緩んだ。間違いなく。

「木幡さん。お元気で」

天埜は目礼し、蜂雀を伴って病室から去った。

姿が見えなくなってから心配になった。真夜中とはいえ、病院のまわりには諦めの悪いマスコミの連中も残っているだろう。それより深刻なのは警察関係者の監視だ。特に公安や内調がきっと動向をうかがっている。マスコミと天埜の双方の状況を把握《はあく》するために。

だがあの二人はそんなことは先刻承知だ。その上で、蜂雀は平然と病院に忍び込んできたのだ。痕跡《こんせき》を残さずにここから去ることも児戯に等しい。なぜかそう信じられた。

時間が経つごとに、さっきまで病室にいた二人がますます夢に思えた。だが木幡林太郎は両手を精いっぱい握りしめる。ベッドのシーツを摑《つか》み、その感触を己に刻みつける。

夢ではなかった。姉妹のようなあの二人は、旅立ったのだ。ここから外界へ。そして戻らない。

知らせなくては。隼野に。

だが、いま呼べば騒ぎになるかも知れない。天埜と蜂雀が、病院から遠く離れるのを待った方がいいだろうか。

蜂雀を取り逃がしてもいいのか？――と、いきなり刑事の意識が復活する。もし、あの少女がこれからだれも殺さないのが本当だとしても、連続テロ殺人犯であることに変わりはない。放っておけるか？
迷いが交錯《こうさく》した。ナースコールのボタンに手を伸ばしながら、木幡はしばし凝固《ぎょうこ》した。
視界が暗い。目蓋《まぶた》が重い。指先の震えが激しくなる。

◆針

辿《たど》り着《つ》いたという実感があった。

予感していた通りだ。いや、それ以上だ。

自分が闇の中で彷徨《さまよ》うだけの虫だったことを知った。自分の本能をなだめながら、時に解放しながら、出口を探してきた。

「私に頼りなさい。出口を知っている私に」

かつてのドクはそう明言したのだ。自分の目の前で。

台場での命のやり取りは、それほどに決定的だった。道は決まった。再び会いに来れば、両手を広げて迎えてくれる。一片の疑いもなかった。

「僕が生きる道を示せる?」

再会した瞬間に蜂雀は訊《き》いた。

相手は頷いた。躊躇《ためら》いなく。

物心ついたときから一人称は僕、だった。同級生から笑われようと、奇異な目で見られようとも、自分に嘘《うそ》はつけない。性別通りの言葉遣いを守る同級生たちの方が奇異だった。集団籠で飼われた鶏よりも能なしだった。飼い慣らされた羊以下。自分と同種の人間にはなかなか会えない。

だが、アダに。そしてセラフに出逢《であ》えた。アルテにも。

そこから自分の生命は変わり、目覚め始めた。そう思っていた。だが違った。憧《あこが》れていたドクに出会った瞬間になにもかも変わった。ドクは、思っていたドクと違ったのだ。自分の中のドクを殺し、新たな生き物に変わっていた。信じられなかった。絶対に不可能なことが実現していた。化生。

では、自分も変わりたいのか？　この〝天埜唯〟のようになりたいのか？

分からない。

正直に答える以外になかった。蜂雀は自分でいたくないと思ったことがなかった。それは、天埜唯から伝えられた数々の言葉を耳に入れてもなお、変わらなかった。むしろますます分からなくなった。変わりたいと思ったことはないが、変化《へんげ》を成《な》し遂《と》げた先達《せんだつ》は魅力的だった。どこがどうとは言えないが、進化した生き物に見えた。それでいて自分に正直に生きていた。なにより、強さを感じた。不動の意志を。

自分でも意外なほどすんなり、クリーナーに背いていた。命令を聞かない。アダやアルテからの連絡に応じない。

僕が望むのは、天埜唯のそばにいることだ。

迷うことは自分の仕事ではなかった。求めているものはここにある。天埜唯の言動と行動を観察し、自分のものにしたい。その欲望に勝《まさ》るものは何もなかった。

彼女の語る言葉の半分以上は理解できない。それでも、掛け値なしに、自分のために言ってくれているのは分かった。天埜はいまや何もかも捨てて自分にかまけている。社会的に抹殺《まっさつ》された身分になりながら、蜂雀という異物のために懸命《けんめい》になってくれている。

「私には目的がある」

闇の中を進みながら、天埜は言った。

「あなたのケアもそうだけれど、どうしても達成しなくてはならないことがある。あなたには、それを見届けて欲しいの」

蜂雀は頷《うなず》いた。見届ける。それはまさに自分の望みだ。

ドクの行く末。生きる目的を知りたい。

「ただし、これだけは約束して。どんなことが起きても、殺さないで。相手がだれであっても」

蜂雀は頷かなかった。約束に意味があると思ったこともない。むろん罪悪感もない。

天埜もそれを知っているはずだ。蜂雀がどういう種族かよく知っている。良心も同情も持たない。殺人への禁忌《きんき》もない。ドクがいちばんよく知っていること。

暗い道が果てしなく続いていた。だが、これまでも同じだ。

いまはドクに先導されている。それだけで心満たされた。
目的地は知らない。辿り着けるかどうかも知らない。

◆黒網

　ようやく充塡《じゅうてん》が完了した。

　ギュンターは、自分に注ぎ込まれた新たな血が、刻一刻と自分を賦活化《ふかっか》していくのを実感した。

　噂《うわさ》は聞いていた。そのとてつもない効力については。だが想像を遙《はる》かに超えていた。

　痛みと不具合は瞬時に消えた。新たな出血ももたらしたが、まったく気にならない。傷は無造作に絆創膏《ばんそうこう》とサポーターで覆《おお》い隠《かく》す。

　戦闘準備完了だ。再び外へ出る。

「無理することはないぞ」

　カイザーは言ってくれた。だがそれは、こんなことで引っ込む男ではないと知っているからだ。俺は期待に応《こた》え続ける。大失態を犯したばかりだ。蜂雀を生きて逃したのだ。

　必ず息の根を止める。殺害命令はいまも有効だ。

　蜂雀は、そして〝クリーナー〟と称する有象無象《うぞうむぞう》どもは、ギュンターの両手が使い物にならないと思い込んでいるだろう。だが本物の闘士は不可能を可能にする。

ただし、この新たな血は期間限定。効力が永遠に続くわけではない。できる限り迅速《じんそく》なミッション遂行《すいこう》が求められる。

問題ない。いまや自分は無敵だ。止められる者は存在しない。

今度まみえたときが、蜂雀の最期《さいご》だ。

今日本では、「権力者はどんな不正を働いても、決して処罰されることがない」という「新しいルール」を多くの日本国民が黙って受け入れ始めている。私はこれを国家的危機だと思う。厳密に言えば、「国家の存亡にかかわる危機」として感じられない病的な鈍感《どんかん》さを国家的危機だと思う。このままでは日本社会はどこまで腐るかわからない。

eyes〝国民が黙って受け入れている国家的危機の「新しいルール」〟内田樹
『AERA 2019.12.16』（朝日新聞出版）

この政権の主はやはり「無恥」だとつくづく思う。「恥」の概念が多少なりともあれば、これほど無惨な嘘、詭弁、ごまかし、責任転嫁は連発できない。ただ一つ、それなりに合理的な理由があるとすれば、ひたすら政権を維持するため。

抵抗の拠点から　第２６７回〝無恥〟青木理
『サンデー毎日 2020.2.16』（毎日新聞出版）

第五章　蠢動《しゅんどう》

1

天埜唯を置いて病院を出てから、どれほどの時間が経《た》っただろう。

すべきことが分かった。一度はそう確信したのに、夜道を進むごとに隼野の心は揺れた。なにが正解なのか。殺人を止める。凶行を許さない。捜査一課の刑事の原点に立ち返ればいいのだ、と頭を上げ、では具体的にだれを止めればいい？　と頭を抱《かか》える。

気づくとただ、深夜の街を彷徨《さまよ》う自分がいる。チームを失った自分はこんなにも頼りない。新たにチームを組んだ女は異常な敵だった。孤立無援。だれを信じられる？

こんなときに必ず頼る人がいる。ほとんど考えずに、隼野はスマホの電話帳から一つの名前を選んでコールした。相手はいつものように出てくれる。

津嘉山さん、と名を呼ぶ前に言われた。

『隼野。気をつけろ』

緊迫した声だった。

「えっ……どうされました？」

『どこの所属か分からない奴が来た。警察族だとは思うが、名乗らなかった。お前のことを訊《き》かれた』

公安だろうか。いまだに連絡が取れない篁部長の仕業《しわざ》か？　だが、津嘉山さんは篁部長の父親と懇意《こんい》。そんな警察ＯＢに変な圧力をかけるだろうか。となると内閣情報調査室か？

「すみません。俺のせいですね」

とにかく謝りたい。

「事態が、込み入りすぎていて……新たに分かったこと、相談したいことは山のようにあります。でも、会いに行くと、なおさら迷惑をかけてしまいそうで」

『俺の方は、構わないが』

「津嘉山さん。いま電話で、多くは言えません。だれが聞いているか分からない」

だが最低限のことは伝えておきたい。どうしても。

「クリーナーのメンバーの中に……警察関係者がいると分かりました」

『……そうか』

意外そうではなかった。想定していたのだろう。あれほど要人を次々に狙えるのはインサイダー以外にいないと。

『それを知ったことで、お前も狙われるんじゃないか？　気をつけろ』

すでにクリーナーたちと話した。勧誘さえされた、とは言えなかった。

「はい。ありがとうございます。それから、天埜が……」

そしてやはり、その先も言えないことに気づいた。盗聴されているかどうかは関係ない。一対一でさえ告げるのが苦痛だ。しかも、どれだけ言葉を尽くしても、真実を伝えられる気がしない。

『明日、会って話せたらいいのかも知れないが』

津嘉山の口調に気を取られた。混乱し緊張しているのは自分だけではないらしい。

『明日は、連絡をもらっても、返事ができないかも知れない』

「えっ。どこかへおでかけですか？」

『野暮用《やぼよう》でな。すまん』

「津嘉山さん。危ない橋を渡る気じゃないでしょうね？」

予感に打たれ、急いで訊いた。隼野のために動く気だ。俺が最暗部に首を突っ込んだせいで恩師が無理をする。このパターンは最悪。

「だめです、無理しないでください……いや、なにもしないでください」

『大丈夫だ。心配するな』

具体的なことを教えてくれる人ではない。隼野は頭を下げるしかなくなる。

「津嘉山さんこそ、気をつけてください、本当に！」

『分かった。また連絡できるときに連絡するから』

そして通話は切れた。激しい不安に身体が強張《こわば》る。脳裏《のうり》にいろんな人間の顔が押し寄せてくるのに耐えた。どの顔とも話す必要があるが、だれからにすればいい。真っ先に心に引っかかったのはなぜか、風間修弥の若く危うい表情だった。今日が初対面だが印象が強烈すぎて消え去らない。川路弦は彼を抑えられているか？　俺は唐突《とうとつ》に彼らを置き去りにした……電話して現状を確かめたいが、躊躇《ためら》っているところに電話がかかってきた。津田淳吾だ。

渡りに船。この男とも話すことは尽きない。すぐに出た。

「津田。お前、鮎原総括審議官と会ってたんだって？」

前置きもなしに訊いた。

『はい。いま、伯父のマンションから、病院に戻るところです……』

「お前、声がつらそうだぞ」

訊かずにはいられない。それぐらいあからさまに声が弱い。

「そんな、出歩いたりして大丈夫なのか」

『ちょっと、無理しました。痛み止めが切れてしまって』

素直な弱音が返ってくる。

『でも、収穫はありました。ありすぎるぐらいでした……クリーナーの実態が、分かりました』

「俺はもう、クリーナーに会った」

隼野は苦り切った声を返してしまう。

『ほんとですか？』

ショックを与えてしまったな、と少し後悔する。だが遠慮している場合でもない。

「ああ。スカウトされたからな」

『えっ。まさか……』

「司令塔はあの男。エースはあの女だ。いや、これは悪夢だな。自分で言ってても信じられん。分かるか？」

『はい。隼野さん』

津田の声は弱くなるばかりだった。だが隼野は訊く。

「鮎原さんの責任は？　ないわけないよな。どこまで責任があるか知らないが、ただでは済まない。お前も分かってるよな」

『もちろんです。鮎原さんは、自分なりの落とし前をつける気です』

「落とし前？　なんだそれは」

『……僕にも分かりません。ただ、伯父はクリーナーのテロを放置したことを、心底《しんそこ》悔いています。事態を変えるために、できることをする覚悟です』

「俺は決めた。たった今」

気づくと隼野は言っていた。

「クリーナーを壊滅《かいめつ》させる」

『……はい、隼野さん』

津田も同調する。

「俺はまず甲斐さんに相談して、8係として動く。今後は、捜査だ」

『同感です。テロ活動をいますぐ止めましょう』

だが津田は左肩が動かない。完治は遠い。自分が戦力にならないことの負い目が声から滲《にじ》んでいた。

「天埜とじっくり話した」

思わず言っていた。言うべきかどうか考える前に。

「あいつが、どうやってドクになったか。自分の罪をどう考えてるか。あいつは、ぜんぶ喋《しゃべ》った」

津田から感想はない。

天埜唯は常に、言葉が尽きる先にいる。互いにそれを知っている、と思った。

スマートフォンを持つ手に振動が伝わる。メールだ。見ると、木幡林太郎からだった。

「お、木幡からメールが来たぞ！」

嬉しくて津田に言った。チームの中で最も重傷だが、メールは打てるようになったらしい。まず自分に送ってこようとする気持ちがなにより嬉しい。後輩が口をきける状態ならすぐに電話を返したいぐらいだ。いま津田が、お前のいる病院に戻るところだぞと教えたい。

だがメールを開いて、それどころではないと知らされた。

天埜さんが病院を抜け出しました

隼野は痺《しび》れ、動きを止めた。

『隼野さん？　どうしました。聞こえますか？』

不審に思った津田が訊いてくる。答えるまでもない、お前が病院に戻りさえすれば分かることだ。

あいつは、チームを置いて闇に去った。

どうやって。なにをしに。どこへ。

信じられない。あのマスコミのカメラの列から逃《のが》れられたのか？　公安や内調の人間も病院を監視していたはず。しかも天埜は負傷している。足を引きずってしか移動できない。全員の目を逃れて消えることは不可能。

だが――だれよりも闇に精通したあの女なら、逃げおおせても不思議はない、とも思った。

行方《ゆくえ》を突き止めなくてはならないのに、隼野は痺れたままだった。人間としての天埜唯と、人外のドクという生き物が二重写しになって闇を進んでいる。足を引きずってまで、どこへ行く気だ。遠くへは行けない。隼野ははっきりと憐《あわ》れみを感じた。お前ほど孤独な魂《たましい》はこの世にない。戻ってこないのか。自分の居場所はこの世にないと知っているかのように。

2

一月三十日（木）

朝が訪れた。判決が下る朝が。

神経が張り詰めているせいだろう。ひどく浅い眠りから目覚めて、真っ先に川路弦の頭に浮かんだのは当然、環逸平の判決公判のことだった。

午後二時。命運が決する。わざわざ確かめに行くのも虚《むな》しいほど、結果は明白。だが行かねばならない。自分と環との腐れ縁の、これが最終章なのだから。

だがいま、自分はもう一つ厄介《やっかい》なものを抱え込んでいる。風間修弥だ。

〝ドク〟の居場所を突き止めようと躍起《やっき》になっている。隼野刑事の説得も不発だった。目を離せない。かろうじて、今日も朝から会う約束は交わせた。だが気が重い。昨日で言葉は尽きている。自分には彼を止める権利がない、と心のどこかで諦《あきら》めている。

昨日と同じ神田のカフェに向かった。昨日はランチ、今日はモーニングを共にする。だが一向に心は近づかない。

約束の時間より少し早く着いてしまったので、カフェの出口付近へ行って電話をした。相手は師匠、山本功夫だ。昨夜、最新情報はメールで送っておいたものの、最高裁判所に向かう前に肉声で話をしておきたい。そもそも環と縁を繋《つな》げてくれたのは山本。本来なら自分が立ち会って、すべてを見届けたい思いだろう。だが健康状態が許さない。それ以上に、気力の喪失《そうしつ》が師匠を立ち上がらせない。それを思うたび、川路は師匠を襲った暴漢を恨《うら》む。確証はないものの、その背後にいるに違いない権力者たちの悪意を憎む。

電話はすぐ繋がった。

「朝からすみません。お加減はどうですか？」

『ああ、大丈夫だ』

いつもの答えが返ってくる。だが、声の調子は少し違う。上擦《うわず》っている。

『今日だな……』

やはり裁判が師匠の精神に影響を与えている。

『お前の方は、大丈夫か』

弟子を心配してくれた。川路は思わず頭を下げる。

「はい。結果は分かっていますし。環本人が出廷する、ということだけが異例ですが、厳重な警備が敷かれるでしょうし。もう、本人に会うことはできない。正直ホッとしています」

『ずっと負担をかけてすまなかった。だが、それも終わりか……』

山本の感慨《かんがい》が、深い息とともに吐き出される。心底疲れたのだろう。環逸平はあまりに多くのものを山本にもたらした。良いものも悪いものも。

『それにしても、本人が出廷して、判決を聞くか。あの男らしいと言えば、そうだが』

その声には深い諦念《ていねん》が染み込んでいる。環に関わると、驚くことに疲れてしまう。最後に自分が仕事を引き継げてよかった、と心底思う。こんな虚しい幕引きに師匠を立ち会わせるのは忍びない。若い者が引き受けるべきだ。だからこれでいい。

『環については、急いで記事を書く必要はないぞ。なんなら、もうやめてもいいんだ』

環逸平について締めくくりの著書を出す話がある。山本はそれを念頭に置いて言っている。

「いえ、それは、やります」

しっかり答えた。山本と川路は〝環番〟としてあまりに有名な存在だ。すでに大新聞や有名週刊誌から、判決公判を受けての記事の依頼が来ている。今晩すぐに記事を書かなくてはならない。国が下した最終審判の意義について。環逸平という不世出《ふせいしゅつ》の死刑囚がこの国にもたらしたものとはなにかについて。

手に余る。自分に書く資格があるのかと疑う。だが師の意を汲《く》み、できる限り魂の籠《こ》もった記事を書きたい。

話しているうちに、風間修弥との約束の時間を過ぎていた。まだ現れない。

「山本さん。実は、風間修弥をケアするのに、ちょっと苦労しています」

『おお……そうか』

山本は察してくれる。風間にインタビューすることは以前に報告してあった。だがここまで込み入ったことになっているとは当然、想像もしていないはずだ。詳しく説明しておく。

「もう、ニュースでご存じと思いますが……〝ドク〟が刑事になっているという報道が出てから、止まりません。昨日も隼野刑事に来てもらって、説得したんですが……風間から目を離せません。今日もこれから、会う約束をしています」

『うむ。ドク事件の、被害者遺族は、さぞ複雑な思いだろう。ましてや、姉を殺された弟か……』

心を痛めている。川路は少し後悔した。自分はもっと大事なことを話せずにいる。どう伝えればいいか分からないからだ。自分はドクに会った。言葉さえ交わした。そう告げられない。信じてもらえない気がしたし、自分でも実感がない。どこかで疑っている。

『お前……難しい仕事ばかりだな。無理するなよ』

師匠の声が申し訳なさそうで、弟子としては所在がなくなってしまう。

「大丈夫です。自分ができることしかしません」

言いながら川路は、自分を疑う。自分の力を超えることばかりに関わっている気がする。あまりに難解な倫理《りんり》的問題を毎日突きつけられる。正しい判断を下せる自信など削られてゆく。

『川路』

呼ぶ声が妙にいとおしげで、川路はおやと思った。

『俺は、久しぶりに、ちょっと外へ出る』

「あ、そうですか」

散歩ぐらいはしていることは知っていた。そろそろ、電車や車に乗って少し遠出をするぐらいには回復しているのだろう。あわてて確かめた。

「最高裁判所に来るということですか？」

『いや、それは、お前に任せる。申し訳ないが』

「とんでもないです。どうせ、裁判所に来たって、環本人に会えるわけではありません。判決を見届けるのは任せてください」

『うむ……すまん』

「では、どちらへ？」

『いや……まあ、近くだ』

歯切れが悪い。

『もしかすると、しばらく、連絡がうまく取れないかも知れないが……心配するなよ』

なんだ？　外出するくらいでこんな物言いをするとは。一気に不安になった。

「山本さん？　どういうことですか。どこへ行くか、教えていただけますか」

『たいしたことじゃない。心配するな』

心配するな、を繰り返されるたびに不安になる。だが元来頑固《がんこ》な人だ。告げたくないことは告げない。

「こっちから連絡入れますね。応じられるときは応じてください。お願いします」

そう頼んでいると、川路のスマホが微《かす》かな音を立てた。メール着信の知らせだ。ちらりと確かめて目を瞠《みは》る。差出人は、一向に現れない風間修弥だった。メールには件名も本文もない。ただ一枚、写真が添付《てんぷ》されていた。

一見して悟る。病院の外観だ。これはまずい。

「すみません。風間からメールが……また連絡します」

そう告げ、山本のいらえを確認した後、川路はすぐ風間にコールした。

「風間君？　いまどこにいるんだ」

『引っかかったな、川路さん』

嘲笑《あざわら》うような声が返ってくる。

『写真を送った通りですよ。いま俺は、目黒《めぐろ》の協倫堂《きょうりんどう》病院の近くにいます』

やはりそうだった。風間は天埜が収容されている病院を突き止めてしまった。報道関係者は、メディアによく登場する病院に詳しい。川路ももちろん協倫堂病院だと気づいていた。だが、地方出身の風間はすぐには分からない。しばらくは時間が稼《かせ》げると思っていたが、甘かった。

『川路さん。俺がおとなしくしてるとでも？　俺は是《ぜ》が非《ひ》でもドクを捕まえる。今日がその日だ！』

「おい。早まるな」

どこかの週刊誌の記者と取引したのだ。そして川路を出し抜き朝から訪れた。

「中に入ってはいないよな？」

まだ面会時間ではない。それに、入院患者本人が承諾《しょうだく》しない限り見舞いは受けつけられない。

「中に入ろうとしても、門前払いになるだけだぞ。その病院には近寄るな」

『いや。入る。なんとしてでも』

「無理だ」

川路は声に気持ちを入れた。

「まず、マスコミのカメラが凄い数だろ？　君の姿は記録に残る。警察も、目立たないかもしれないが間違いなく監視してる。不審者は放っておかない。君は逮捕されるぞ」

脅《おど》すしかなかった。嘘は言っていない。

『だが、ドクはここにいる！』

無念そうな叫びが聞こえた。近くの道路から病院を望む位置にいるのだろう。目立たないように身を隠しながら、入るチャンスをうかがっている。

『川路さん。教えてくれ。あいつのいまの名前を。病室は何階にある？』

「いや……」

『教えてくれなければ、一部屋ずつ虱潰《しらみつぶ》しにするだけだ』

「馬鹿を言うな。中に忍び込めたとしても、すぐ警備員が飛んでくるぞ」

『関係ない。俺は、ドクに会う！』

理屈が通じなかった。このままでは彼は拘束《こうそく》されるだけだが、天埜を捜し当ててしまう可能性もゼロではない。どうしたらいい。良いアイディアが浮かばないまま川路は言った。

「いまからそっちに行く。頼むから、軽はずみな真似《まね》はやめてくれ」

電話を切ると考えを巡らす。同じ病院内に津田淳吾がいるはずだと思いつく。急いでメールを送ってみた。

緊急　天埜さんに会いたがっている学生が病院に押し入るかも知れません。警戒してください

津田自身も被弾して重傷だ。反応があるかどうかは分からない。とにかく目黒に向かおう。山手線で二十分ほどの距離をひどく長く感じた。各駅停車がまどろっこしい。この間にも、思い詰めた大学生が病院に押し入っているのではないかと気が気でない。

そこでメールが届いた。津田からだった。

天埜は失踪《しっそう》しました

衝撃の一言だった。川路は動転したが、気を取り直してすぐ返信する。

病院に行っていいですか？　会えますか？

するとしばらくしてから、

待ってます

との答え。有《あ》り難《がた》い。詳しく事情を訊きたい。病院のそばにいる風間をどう扱うか迷うが、病院内にはすでに、天埜がいないのだ。だとしたら鉢合わせは避けられる。

3

持参した帽子を目深《まぶか》に被《かぶ》った。焦点《しょうてん》の刑事とはまったく無関係の、一般の見舞客を装う。マスコミのカメラの列に背を向け、どうにか病院の玄関をくぐったところで、川路弦は驚いて声を出してしまった。

「津田さん！」

駆け寄る。津田淳吾は病院の一階のロビーにいた。気落ちしたように、壁際のソファに座っていた。盛り上がった左の肩が見るからに痛々しい。

「本当ですか？　その……彼女がいなくなったというのは」

訊きながらちらりと振り返る。病院のそばに潜んでいた風間修弥を、伴《ともな》ってくるしかなかった。だがメールですでに津田には説明してある。天埜の実名を決して出さないように気をつけてくださいと。

津田の目は少し虚《うつ》ろだったが、しっかり頷《うなず》いた。

「本当です。昨夜のうちに……」

「よく、ここから脱出できましたね。夜中とはいえ」

「協力者がいた。一緒に入院している、木幡刑事が、いなくなる直前の天埜を目撃しています」

津田はそう言いながら、玄関ロビーに立ち尽くす風間に気づいた。警戒するように見上げる。

それが風間に火を点《つ》けてしまった。いきなり駆け寄ってくる。

「ドクはどこだ！」

怪我人《けがにん》に向かって胸倉《むなぐら》を摑《つか》む勢いで訊く。

「おい。おとなしくしている約束だろう」

川路はすぐ間に入り、若者を押しやった。だが風間の剣幕は変わらない。

「ドクはどんな状態だ？　怪我したっていっても、元気なんだろ？　死にはしないよな？」

自分が復讐《ふくしゅう》することを前提にした発言だった。それに津田も気づいたらしい。顔を伏せ、ゆっくり頭《かぶり》を振る。

「彼女はいない」

「いないって、どういうことだよ」

失踪したことはさっき川路が伝えた。だが疑ってかかっている。

「いないものはいないよ」

津田の嘆《なげ》きは、風間の逆鱗《げきりん》に触れただけだった。

「ふざけるな！　あんた同僚だろ。他人事《ひとごと》みたいに言うな！」

「僕は置いていかれた」

川路は無念を汲《く》み取った。津田の性格を知っているおかげだった。だが風間は初対面だ。しかも津田は、人から誤解を受けやすい顔をしている。表情が大作りで、人によっては大げさだったり、ふざけているように見える。損な男だ。

「安静にしていなきゃいけない。それぐらいの大怪我なのに……いったいどうやって？」

津田は自問した。その様子が川路の胸を打つ。見るからに打ちひしがれている。詳しく訊きたかった。人に囲まれたこの病院から怪我人が一人で脱出できるとは思えない。だが風間の前で詳しい話をすることは憚《はばか》られる。天埜について手がかりを与えたくない。

「クソ。ほんとに、逃げたか……」

風間が肩を落とした。真に迫った津田の様子から、嘘はないと納得したようだった。だがその目はまだ落ち着きなく、病院の奥に仇《かたき》の姿を求めている。津田や川路の顔をしつこく見て嘘の兆《きざ》しを探している。

「どこへ行ったんでしょう」

答えが返ってくるはずのない問いを、川路は発してしまった。津田が虚脱《きょだつ》した表情で頭を振る。

「木幡君が、去るのを見ています。彼は本当に重傷で、まだ口もきけない。一人で動くこともできない。そんな彼に……別れの挨拶《あいさつ》をしに来たらしい」

なぜそんな男に？　と思い、動けず、口もきけないことに注目する。なにか伝言を残していくのには最適の相手ではないか。目の前で逃げても騒がれる心配がない。

「彼は？　なにを聞いたんですか」

「……蜂雀」

「え？」

「蜂雀が来た、と。彼女は、蜂雀と連れだって去ったらしい」

「蜂雀だって？」

ここぞとばかりに風間が声を張り上げた。この若者もテロ組織に関心があり、報道をよく見ている。

「後輩の殺人鬼を連れて逃げたのか。やっぱりドクはなにも変わってない！　仲間とだれかを殺す気だ！」

風間を否定できない。自分の中の猜疑心《さいぎしん》にも気づかされた。蜂雀や木幡の名を不用意に口にする津田にも苛立《いらだ》つ。別の名も口にしてしまわないだろうか。

「歩くのもやっとのはずなのに……」

風間の責《せ》めが聞こえないかのように、津田は手で顔を覆った。この男は天埜の心配で頭がいっぱいだ。撃たれた傷の痛みを想像して同情している。だが、彼女がなにをしでかすかについては心配していないようだ。根本のところでの信頼は、揺らいでいないということか。どうしてそこまで信じられる？

「あんた、ドクを逃がした責任をとれるのか」

風間は風間で自分に夢中だった。

「彼女はだれも殺さない。それは保証する」

津田は、初めて風間に気づいたような顔をして言った。

「殺したら、僕が責任を取る」

風間は面喰《めんく》らっている。津田の自信を異様に感じたのだろう。そこへ、病院の警備員がっている。

近寄ってきた。風間が声を荒らげたせいだ。それでなくとも警備員は闖入者《ちんにゅうしゃ》に敏感《びんかん》にな

「もう行こう。君の求める相手はここにいない」

川路は風間の腕を取り、玄関扉に連れて行きながら津田を振り返った。

「お大事に。また連絡します」

と言い残した。津田は小さく頷く。そしてまた俯《うつむ》いた。

速やかに外に出たのがよかった。警備員はついてこない。

「顔を隠して。カメラに映らないように」

風間に貸した帽子を被《かぶ》り直すよう促《うなが》し、自らもそうした。正門から出て行くと、今更《いまさら》ながらにカメラのレンズの多さに圧倒される。極力平然を装って病院の側面にはけた。

しばらく歩くと、川路の背中から声が聞こえた。

「……ありがとうございます。一緒に入れてくれて」

意外だった。川路は振り返って言う。

「いや。事情を分かってもらえて、よかった」

「ドク、俺から逃げたのかな……」

風間修弥は呟《つぶや》いた。途方に暮れたその様子に同情を覚えた。

「復讐の手伝いはできない」

気づくと川路は言っていた。

「だけど……それ以外の目的だったら、僕は、協力しないわけじゃないよ」

風間は目が覚めたような顔で川路を見た。

「それ以外の目的、って？」

和解。話し合い。恨みの念で長く苦しんできた青年に対してそんな言葉は使えなかった。川路も心のどこかで、復讐を誓うのはもっともだと思っている。

だが自分にしかできないことがある。この青年と、長い時間をかけてつきあえれば……もしかすると、まったく別の結末に辿《たど》り着《つ》けるかも知れない。

君の本を書かせて欲しい。そんな提案も、この場ではできなかった。だがいつか言おう。君の魂の遍歴《へんれき》は、多くの人の財産になり得る。被害者としての君にも、加害者としての天埜唯にも僕は興味がある。いつか書けたらと願う。関わったことが運命だとするなら、それも自分の使命だろう。

「……かつてのドクが、どこに行ったのか。それを捜す手伝いだよ」

川路は穏当《おんとう》に、そう言うに留めた。

「本当に？　捜してくれますか？」

風間はわずかに表情を緩《ゆる》めたが、険《けん》は消えなかった。大きな失望を味わったばかりだ。

川路は大きく頷き、

「だけど、今日は無理だよ。環の判決公判がある」

「……分かってます。午後でしたね」

風間も気になっている。面会したばかりのあの稀代《きだい》の殺人鬼の死刑が確定するのだ。

「彼は、俺にとってもう、他人じゃありません。気になる」

そう言って、行動を共にする素振《そぶ》りを見せた。

「じゃあ、一緒に来てみるかい？　最高裁に」

「いいんですか？」

風間は興味深そうに目を輝かせてくれた。川路は頷く。

「公判までまだ少しある。確かめてみるか。君が、環から聞いたことを」

「なんですか？」

「あの話だよ。環が、子供たちの叛乱《はんらん》の張本人だって話」

「……ああ」

自分の耳で聞いた話にもかかわらず、風間は思い出すまで時間がかかった。復讐という憑《つ》き物《もの》に憑かれている。

「僕も、いつかは環のシンパに取材しようと思っていた。君が聞いた名前。長船《おさふね》古物店。昨夜のうちに探して、連絡を取ってみた。いつでも来てくれ、と言われたよ。今日も店は開いているそうだ」

「ほんとですか？」

「行ってみよう。環の話がどこまで本当か、探るんだ」

風間の目の輝きが増した。

4

今一度、木幡に話を聞こう。津田はそう決めて立ち上がった。病院のロビーの奥にあるエレベーターの前に立つ。

川路と風間の訪問には面食らった。風間修弥の憎しみに触れて心が波立っている。ドクの遺族に会ったのは初めてだ。綺麗事《きれいごと》では決して片づかない、ドクの罪の本質を感じさせてくれた。天埜唯はかつて、本当に恐ろしいことをした。

だがショックで痺れていても仕方ない。自分は天埜について責任がある。

木幡は相変わらず口をきけない。質問を工夫しなくては。スマホの画面を使っての筆談にするしかないが、長い時間は無理だ。木幡の負担になる。本当はやり取り自体我慢するべきだが、やはり、天埜と蜂雀の行方《ゆくえ》について手がかりが欲しい。どんな小さなものでも構わない。

エレベーターに乗り、木幡が収容されている特別な個室に向かった。だが、病室に到達する前に異変に気づかされる。看護師が出たり入ったりしているのだ。まさか……津田は嫌な予感に取り憑かれて、夢遊病者のような足取りで木幡の病室を覗《のぞ》き込んだ。

木幡はベッドに完全に横になっていた。目を閉じている。医師が屈《かが》み込み、木幡の胸の前をはだけてなにやら処置をしていた。

「先生」

呼びかける声は震えた。

「こ……木幡君は」

医師は答えてくれない。処置に集中している。目の前が暗くなった。再び仲間が命の危機に瀕《ひん》している。容態《ようだい》は一瞬で変わる。人の命は不如意《ふにょい》。油断しているうちにいなくなってしまう。

「少し、呼吸が浅くなっています」

立ち尽くす津田を見かねたのだろう。戻ってきた看護師が説明してくれた。

「意識も朦朧《もうろう》としています。でも脈拍は安定しているので、薬の効きすぎかも知れません。先生がしっかり診《み》てくださっています」

安心させようとしているのは分かる。だが津田はなにも信じられなくなっていた。身体の中からまた一つ、大事な臓器が抜かれそうな気分だ。この場にへたり込んでしまいたい。

いや、だめだ。木幡の仲間は自分だけではない。知らせないと！

5

「……頼むぞ、津田。また連絡をくれ」

隼野はそう念を押すと、通話を打ち切った。待っていた相手が現れたからだ。

振り返ると、女がいる。硬い芝生を踏みながら、隼野の座るベンチまでやって来た。そして隣に座る。

「分かっていましたよ、隼野さん。あなたが期待に応《こた》えてくれるということは」

皐月汐里は嬉しそうだった。

「そうか？」

隼野はとぼけた。

再び落ち合うのは簡単だ。二人はチームを組んでいる建前なのだから。

ここは新宿御苑《ぎょえん》。新宿付近を提案したところ、皐月が御苑を指定したのだ。北側の新宿門をくぐり、園の西側にある休憩所の手前のベンチで待ち合わせた。季節柄人が少ない。開園時間に待ち合わせればなおさら少ない。だが皐月はなにより、政権の腐敗を象徴《しょうちょう》する場所だから選んだのだろう。ここを舞台にした催《もよお》し物《もの》で、秋嶋政権が長年、大勢を呼び集めて自らの支持につなげようとしていたことが暴《あば》かれた。税金でまかなわれる行事に、地元の後援会や反社会的勢力さえ招待していた。

まだ硬い蕾《つぼみ》のままの桜の木を見上げながら、隼野は沸々《ふつふつ》と怒りを覚えた。狙いが当ったのか、皐月も一緒に見上げながら笑みを浮かべた。

「ほら。敵は同じでしょう。我々は同じ側に立っている」

仲間意識を強めるためにこの場所を選んだのか？　隼野はかえって冷めた。見《み》え透《す》いている。この女がなんと言おうと俺はよろめかない。お前らだって人殺しじゃないか。喉《のど》まで出かかって堪《こら》える。ここに来たのは挑発《ちょうはつ》のためじゃない。

本当は、病院の木幡のことが気が気でならない。だが目の前に集中しなくては。しっかり作戦を遂行《すいこう》しなければならない。それでなくともこの女は危険。隙《すき》を見せてはならない。

「左右田は、いまどこだ？」

鋭く訊いた。

「あの人は、忙しいので」

皐月は短い答えに留めた。隼野が睨《にら》んでも、先を続ける様子はない。

「いま、だれと喋っていたんですか」

逆に訊かれた。

「だれだと思う」

怒り任せに反問した。

「……天埜ですか？」

「違う」

失踪したことを、この女は把握《はあく》しているか？　隼野は余計な情報を与えたくない。

「津田だ」

「ああ。内調特命班の戦闘員に、肩を撃たれたんでしたね。お気の毒です」

それは把握していた。ならば、隼野の後輩刑事についてもよく知っているはずだ。

「もっと気の毒なのは、木幡だ」

つい物騒な声を出してしまう。

「今朝になって容態が悪くなった。だからいま、津田が連絡をくれたんだ」

「そうですか……大丈夫なんですか？」

皐月は眉尻《まゆじり》を下げた。この女、心配するふりはうまい。

「意識が朦朧としてる。幸《さいわ》い、脈拍は安定してるが」

「よくなるといいですね」

思わず頷き返してしまう。相手の台詞《せりふ》に心がこもっていないと知りながら。

「木幡さんは、顎を砕かれたんですよね。頭蓋骨《ずがいこつ》の下部へのダメージとはいえ、脳に近い場所です。大事な血管も通っている。どんな後遺症が起きても不思議じゃありません」

悔しいが皐月の言う通りだ。木幡は、一度はメールを送るくらいに回復したのに……いや、あれで無理をしたのか？　そのせいで悪化したのでは？　そう考えるとたまらない。

誇らしい後輩だ。根性がある。だが無理をして死んだら元も子もない。いまは、病院の医師たちを信じて任せるしかなかった。

「心配ですね、隼野さん」

本気の同情に見えた。隼野は肌が粟立《あわだ》つ感覚に襲われる。

「あなたの後輩を、こんな目に遭《あ》わせたのがだれか。よく考えれば、敵は自《おの》ずと明らかでしょう」

この女は瀕死《ひんし》の木幡さえ利用する気だ。

「次の標的は？　もう、準備は済んでるのか？」

隼野は質問ではぐらかす。タイミングを合わせる必要もあった。この手練《てだ》れの暗殺者の注意を逸《そ》らさなくては。

「あなたが加わってくれるのなら、いくらでも情報開示しますよ」

感心するべきか呆《あき》れるべきか。この蜂女《はちおんな》は、俺がまだ転ぶと本気で信じているのか？

「手段を選んでいる場合ではないのは、もうさすがに認めてくださるでしょう。こうしている間にも、この国のモラルは崩壊している」

「お前が尾根さんを殺したことは、モラルの崩壊にならないのか？」

「ならないです」

皐月の笑みには恐ろしいほど邪気がない。隼野は寒気を覚えた。

「あの人こそモラルに違反していた。同僚の足を引っ張ってばかりいた。弱い立場の部下や情報屋を痛めつけていた。あの男は、死ぬべきでした」

結果的に自供を引き出す形になった。よく聞こえただろう。やる気が上がっただろうか。隼野はごく微《かす》かに顔の角度を変え、気配が近づいてくるのを察した。

さあ、仕事開始だ。

「そこまでだ」

ベンチの背後から声がかかり、皐月汐里は凝固《ぎょうこ》した。

「皐月。残念だ。君を拘束《こうそく》する」

振り返って、8係の甲斐係長だと確かめる。手にはしっかりと拳銃を握っている。

皐月は思い切り口の端《はし》を上げた。

「あら。本気ですか？」

そして隼野に目を戻した。隼野は肩を竦《すく》める。すでに懐《ふところ》から拳銃を取り出して突きつけていた。

「令状は？　容疑はなんですか？」

皐月はソフトに抵抗した。二丁の銃を視認しても動揺した様子はない。

「むろん、尾根さんの殺害だ。とりあえずは」

「本当ですか？　遺体はどこに？」

痛いところを突いてきた。今朝早く、甲斐を連れて十条の現場に舞い戻った隼野は、何事もなかったように洗浄処理されている部屋を目撃した。鑑識を入れて精密に調べたとしても、血痕《けっこん》や体組織が見つかるかどうかは賭《か》け。廃屋《はいおく》の中で一部屋だけ洗浄されているというのは明らかに異常だが、それだけで殺人を立証できるわけではない。

「俺の証言があれば充分だ」

隼野は言い切るしかなかった。皐月は面白そうに視線を向けてくる。

「まあ、なんて能天気な人たちでしょう。こんなにも優先順位を間違えられるなんて！」

皐月の舌が躍動《やくどう》し始めた。

「もう少しで、警察の癌《がん》と、官邸の癌を駆逐《くちく》できるのに。分かっているでしょう？　甲斐さんだって」

身体ごと振り返った皐月から、甲斐は目を逸らした。隼野は警戒する。純度の高いサイコパスは総じて口がうまい。甲斐は同僚を拘束するというだけで心が痛んでいるのだ。

「捜査一課の刑事は殺人を憎む。当然ですね。でも、目先に囚《とら》われていつも本当の敵を見逃すんです。私を拘束するなんて馬鹿げたことはおよしなさい。一生後悔しますよ」

「喋るな」

隼野は頭ごなしに制止するしかできなかった。自分の中でもまだ迷いが蠢《うごめ》いている。クリーナーを放っておけば国の中枢《ちゆうすう》にいる極悪人たちを殺してくれる。一方で、巻き添えになる無辜《むこ》の市民がいる。皐月をここに呼び出す前に、隼野は甲斐に皐月の正体を打ち明けた。キャリアの左右田一郎こそクリーナーの司令塔であり、テロ活動を指揮していると伝えた。それが人の道と信じた。

甲斐は、あってはならない真実に動転し、谷一課長に報告することを躊躇った。

「隼野。俺には判断できない」

捜査一課8係長、甲斐衛《まもる》は今朝、隼野の前で率直《そつちよく》に途方に暮れた。

「だれに相談すればいいのかも、どこから手を着けたらいいのかも分からん。自信がないんだよ、まったく。俺の経験は役に立たない。こんな事態は想定したこともない」

「分かります。でも、事件化するためには……谷さんを巻き込むしか」

隼野は説《と》き伏《ふ》せたい。だが甲斐の弱音も痛いほど理解できた。

「あの人のことはもちろん、信用している。だが、正式な捜査にしようとしてもストップがかかるか、隠蔽《いんぺい》させられるか……それでなくとも、天埜の件で責任を問われかねないのに、皐月のことまで露見したら……」

そうだ。捜査一課の評判は徹底的に地に堕《お》ちる。すると全てが谷美津男《みつお》に還《かえ》ってくる。

彼の捜査一課長としての寿命は、長くない。

「だめだ。これ以上、谷さんに負担をかけるようなことは……まずは、俺たちの責任で動こう。報告はしない。全面的に俺たちの責任で、皐月を押さえる。早々に自供を引き出して、谷さんを守る」

甲斐は隼野の予想通りの答えを弾き出した。だから隼野も、甲斐だけに相談したのだ。動かぬ〝生きた証拠〟が必要。皐月や左右田に逃げられてしまったら、上から揉み消されて事件化自体できなくなる。ついさっき、さりげなく左右田一郎の所在も確認してみたが、警察庁にはいなかった。所属部署によれば出張中とのことだった。

「出張？　ＳＳＢＣの管理官が、このタイミングでのん気に出張なんてありえないだろう。出勤停止になってるんじゃないか？」

「いずれにしても、所在がつかめません。本当なら、二人同時に拘束したいところでしたが……こっちも人手不足です。皐月だけでも押さえましょう」

甲斐は無言で頷いた。さあ、もう後には退《ひ》けない。と隼野も自分に念を押す。

「ただ、皐月は手練れです。俺たちは、しっかりあいつに銃を突きつけて、いざとなったら撃つ覚悟でいなくてはなりません」

「……分かった」

そうやって、決死の覚悟で皐月確保に臨《のぞ》んだのだった。だがおとなしく拘束されるか？

素直に吐くか？　そうは思えない。だが他に道もない。その浅慮《せんりょ》を本人に咎《とが》められていた。そして、ものの見事に動揺している男二人にできた虚《きょ》を、皐月は見逃さなかった。

「さて。私は抵抗しようかな、と思います」

揺さぶりだ。感情に支配されないサイコパスにとって、しがらみに縛られた刑事たちなど美味《うま》い餌《えさ》と同じ。

「私を撃てますか」

皐月は甲斐にターゲットを絞った。中年の刑事が構える銃口を正面から覗き込む。サイコパスはつけ込める人間を見抜くことに長《た》けている。自らは情が薄いくせに、情に厚い人間を巧《たく》みに嗅《か》ぎ分けるのだ。

「やめろ！」

隼野は怒鳴った。

「甲斐さんが撃たなくても、俺が撃つ」

「いえ、あなたに訊いてるんですよ」

皐月はいきなり隼野に視線を移した。その瞳の圧に心ならずも怯《おび》える。

「私は、早撃ちも得意ですよ」

皐月はゆっくり、両方の二の腕を上げた。肘《ひじ》から下がだらんと下がる。隼野は、皐月の所持する銃器を確認しなかったことを焼けつくように後悔した。着ているコートのどこかに隠れている。この女は銃器の扱いに長けている。持っているのは一丁とも限らない。

「やめろ。俺は本気だ」

覚悟を伝えるしかなかった。ベンチから少し退き、銃を両手で支えて狙いを定める。

ひゃっ、という悲鳴が遠くから聞こえた。少ない来園客が、ベンチの周りで銃を突きつけている男たちに気づいたようだ。だが遠目だし、モデルガンかも知れない。なにかの撮影かもしれない。半信半疑で眺めている様子だ。隼野は気にしている余裕がない。

「私には、あなた方に関わっている時間はないんです」

皐月はふいに苛立《いらだ》ちを露《あら》わにした。

「今日は大仕事がある」

大仕事？　次のテロだ。間違いないと思った。させるか。確保対象が目の前にいる。俺は絶対に逃がさない。だが、気合いの通用しない領域がある。皐月汐里が会得《えとく》する特殊部隊員レベルの身のこなしがそれだ。コンマ何秒かで後悔に支配される。瞬《まばた》きの後には皐月がベンチの下に身体を滑《すべ》り込ませていた。同時に銃声が起こる。

甲斐衛が瞬時に崩れ落ち、芝生の上に倒れ込んだ。

6

「甲斐さん！」

隼野は銃を構えた姿勢のまま叫んだ。全身が絶望に染まる。

「大丈夫。急所は外してある」

皐月汐里はベンチの下から言い放った。細い身体を完全に下の隙間に収納している。銃口だけがこちらに向いているのが見えた。

「隼野さん、銃を捨てなさい。捨てなければ、甲斐さんにとどめを刺す」

この女はやる。呻《うめ》き、這《は》うようにして動いている甲斐を見て、急所を外したのは本当だと判断した。隼野は手から銃を滑り落とす。

その瞬間に皐月はベンチから飛び出した。鮮やかな身のこなしに呆気《あっけ》にとられる。だが隼野はあわてて、落としたばかりの銃を拾って構えた。狙いを定める。

無理だ。皐月は他の来園客に向かって一直線に走っていた。銃声に驚いた来園客たちは立ち尽くしていて、走って迫るには恰好《かっこう》の標的だった。隼野の腕では皐月に当てられる保証がない。一般人を撃つリスクは冒《おか》せない。隼野は諦《あきら》めて銃を下ろし、甲斐に駆け寄って様子を確かめた。

皐月の弾は大腿部《だいたいぶ》に当たっていた。

「隼野……俺は平気だ」

言葉通り、目に力があるのが嬉しかった。死ぬ恐れはない。

「皐月を追え」

「でも」

甲斐を早く救急車に乗せたい。迷う隼野の背中を、甲斐は驚くほどの力で叩《たた》いた。

「早くしろ！　俺は今度こそ、谷さんに報告するから」

最も信頼する部下が撃たれた。甲斐さんの被弾を知って谷さんが黙っているとは思いたくない。隼野は決意し、立ち上がって皐月を追った。

皐月は新宿御苑の西の端に向かって一目散に駆けている。その先には常緑樹が鬱蒼《うっそう》と生《お》い茂《しげ》っている区画があった。まずそこに身を隠し、人知れず敷地から離脱するためだろう。隼野は必死に追いすがる。足を懸命《けんめい》に動かしながら、なぜ甲斐の急所を外し、隼野を撃たなかったかを考えた。奴は――俺に追ってきてほしい。これは罠《わな》だ、と思い当たって足が止まりかける。どこまで俺を弄《もてあそ》ぶのか？

すでに皐月の姿は見えない。森の中に吸い込まれた。隼野も捨て鉢な勢いで木々の下に入っていった。木組みで作られた遊歩道があり、左右を木々に囲まれている。池も見えた。遊歩道は曲がりくねっていて、人の姿はない。奥まで入らないと皐月の姿を見つけられない。気が進まなくとも進むしかない。遊歩道を踏むたびに派手な足音が響いた。待ち伏せされていたらひとたまりもない。冷や汗をかきながら辺りに気を配る。

「隼野さん」

いきなり名を呼ばれた。近くに潜《ひそ》んでいる！　だが姿が見えない。

「私は、諦めた方がいいの？」

この声の調子。また女優だ。今度はどんな作戦を仕掛けてくる。

「はっきり言ってください。俺はクリーナーには加わらない。お前らのやってることはクソだ、と」

「なんだって？　なんでそうやって、俺を」

予感が心を過《よ》ぎり、隼野は立ち尽くした。

皐月は俺に執心《しゅうしん》し続けてきた。そのやり方は蜂雀とは違う。蜂雀は単に気まぐれで隼野を放っておいた印象だが、皐月は一貫して勧誘をやめない。仲間にすることにこだわる。どんなに無理筋《むりすじ》であろうと。

個人的感情に根ざしているのでは？　皐月に一般人でいう〝感情〟があるのかどうか知らないが。そして、皐月が隼野に対してどんな種類の執着《しゅうちゃく》を抱いているのか知る由《よし》もないが。

ふいに、木々の間からひょっこりと、皐月汐里が姿を見せた。それは七変化《しちへんげ》する顔。真実を覆う虚飾《きよしよく》だ。だが――片思いをしている少女の顔に、見えなくもなかった。

隼野は確かめるための言葉を自分の中に探す。見つからない。

皐月が瞬きする。媚《こ》びを売るように。憐れを誘うように。隼野の頭に血が上る。近づくべきか退くべきかも分からなくなる。なぜ密林へ誘い込んだ……それを確かめる機会は永久にやってこない。いきなり悟らされた。

異常な気配が背後に迫っている。

「しまった」

皐月汐里が言った。その顔は瞬時に暗殺者に変わっていた。

7

気づけば目の前には、甥《おい》ではなく部下が座っている。

だれも人を入れたことのない自宅に、違う人間を招いた。短い間に二人も。

「よく来てくれた」

鮎原康三は言った。本当に意外だったからだ。連絡に応じない。あるいは、理由をつけて現れないと思っていた。

「よくもなにも、あなたは警視監。私は警視に過ぎません」

左右田一郎は爽《さわ》やかな笑みを見せた。

「互いに、役職を解かれた身です。お招きに応じない理由がありましょうか?」

その台詞《せりふ》に一片の誠意も感じなかった。魂胆《こんたん》があることを疑わない。だが気にしても始まらなかった。鮎原は必要な仕事にかかる。

「私は、お前に対して責任がある」

左右田は顔を顰《しか》めた。まるで葬式の挨拶のような辛気《しんき》臭さだと感じたのだろう。この男には何度も同じ反応をされている。表情豊かな男だから、鮎原のクールさは元来、性《しょう》に合わないに違いない。だが鮎原にも言い分はある。お前のすべてが芝居に見える。いつもそう指摘したかった。

「なぜお前を呼んだか? 理由は一つだ。破壊活動をやめ、クリーナーを解散してくれ」

左右田の顔には薄笑いが貼りついたまま。

「そうしてくれるなら、私はお前を放っておく」

ほう、と左右田は面白そうに顎を掻《か》く。

「寛大《かんだい》な処置に感謝しろ。だから言うことを聞け、ってわけですか」

「そうだ」

「私が応じなかったら?」

「分かるだろう。私がどうするか」

「すべてを、白日《はくじつ》の下《もと》に曝《さら》す」

「無理だ！　そんなこと。クリーナーの黒幕はあなただ。成立を支え、常にバックアップしてきた。いわば主犯じゃないですか」

左右田は口を開けたまま、舌だけでまくし立てているように見えた。この論法はまったく予想通りだ、と思いながら、鮎原は場違いに見とれた。左右田の非人間性は前から感じていた。いまそれが舌の動きに表れている。

「お前がどう強弁しようが自由だ。だがそれは、私の認識とは違う。いずれ法廷で争うことになるだろうな」

鮎原は退かない。決意を示すために呼びつけたのだ。

「言っておくが、私は負けるつもりはない。クリーナーはお前の暴走の産物であり、お前の野望のはけ口だった。私はそう主張して曲げない」

「いやあ、とんだ理想の上司ですね。よくぞそんな、恥知らずな嘘が言えるものだ」

舌がウロウロし続けていた。鮎原は苦労して左右田から目を外す。翻弄《ほんろう》されてはならない。気を強く持て。

「恥知らずはお前だ……私を舐《な》めるのもいい加減にしろ」

「ほう。怒っているんですか。珍しいですね！」

「分かりませんね」

左右田はようやく口を閉じた。目が据《す》わっている。

「安心してください。あなたはサイコパスじゃない。サイコパスと呼ぶには中途半端すぎる」

弱冠《じゃっかん》三十歳の警察官僚はなにを言い出すのか。鮎原は身構える。この部下には常に意表を突かれてきた。

「頭のできはいいかもしれない。だが、情があるのかないのか、長年そばにいてもとても分かりにくい人だ。天埜の処遇にしても、すべてが中途半端なんですよ」

鮎原は言葉に詰まる。反論が見当たらない。

「あなたは到底《とうてい》支配者の器じゃない。かといって、レジスタンスを率《ひき》いるのにも不適格。だから、私がやるしかなかったのです」

「自分にいいように言うな」

怒りは持続している。しっかり表に出せている。不得手《ふえて》だが、どうにか威圧しなくてはならない。

「私を利用し、騙《だま》し、挙《あ》げ句《く》には侮辱《ぶじょく》した。もう充分だろう。何人殺した？　要人ばかりではない、無関係の人間も大勢巻き込んだ」

「死んだのはクズばかりです」

左右田は反社会性を露《あら》わにした。サイコパステストはこの男にこそ必要だった。国家公務員試験に組み入れておくべきだ。公僕に最もふさわしくない人間が高級官僚となり、大きな権限を手に入れることを阻止《そし》するシステムが必要。

「そんな言い訳が通用するか。テロを正当化する理論は存在しない。こんなことがいつまでも続かないことは、お前も覚悟の上だろう」

「説得するつもりですか？　たった一人で。さすがですね」

また口許《くちもと》がゆるんだ。しかも歪《ゆが》んだ。

「教えて差し上げますよ。あなたはたしかに、会議室では冴《さ》えている。だが現場に出るべき人じゃない。恐ろしく無防備ですから。すぐに首を切られて終わりです」

実際に首を掻き切る仕草をしてみせた。出した舌をだらりとたらしながら。

ここまで人を馬鹿にできるものか。鮎原は嬉しかった。きっかけができたからだ。

「そうかな？」

鮎原は言いながら、背中に隠していたものをつかんで相手に突きつけた。

「私を舐めるなと言っただろう」

「ほお！　拳銃ですか。警察庁のトップまで、あと一息だった人が？」

左右田は身を守るように両腕で自分を抱えた。さすがに意外だったようだ。見るからに瞬きが多くなった。

「慣れないことはするものじゃありませんよ……私は、あなたが怖いんじゃない。暴発が怖いんです。素人《しろうと》は誤射が多いですからね。いったい、その銃はどこから?」

「左右田。少し黙れ」

「我々は、謹慎《きんしん》していなければいけない身分ですよ。こんなものの所持、ばれたら終わりだ」

「もう、とっくに終わりだ。私たちに浮上の目はない」

「警察官僚としては、そうでしょうね。しかし、我々の仕事はまだ途中です。掃除が終わっていない」

この部下を重用《ちょうよう》したことは生涯最大の過《あやま》ちだったと悟《さと》った。

「これ以上のテロ活動は許さない。もう、お前を自由にはさせない」

左右田一郎を化け物だと見抜けなかった。蘇我金司に伍《ご》する異常さだ。己が天下を得ようとするとき、蛇《へび》が龍《りゅう》の寝首をかこうとするのは自然。この男を放っておけば蘇我を滅ぼせるかも知れない。だが、代わって自分が同じ座につくに違いなかった。

「私もお前も終わりなんだ。頼むから、諦めろ」

あえて銃口をふらふらさせる。相手を怯えさせるために。

効いた。左右田は泣きべそのような顔になったのだ。

「いまごろ道徳に目覚めて、どうするんですか……」

それは演技に見えなかった。鮎原は満足し、通告した。

「お前をここから出さない。私といろ。通信も許さない」

「それは困ります！」

左右田は言い、自分の右手をゆっくり、スーツの懐《ふところ》に差し入れようとした。

「やめろ。動くな」

鮎原は銃口を固定して警告した。だが自分の声の迫力のなさに失望する。慣れないことはするものではない、それは真理だ。自分には迫力が不足している。対して、左右田の泣きべそは完全なる嘘だった。

「約束があるんですよ——大事な約束が。ここに留まっているわけにはいかない」

いきなり笑みが表れた。鮎原は総毛立つ。

「ある男と取引しました。これまた、凄《すご》い男です。彼はまもなく、法の裁きを受けて獄の奥に封じられる。だがその前に、ひと暴れするつもりです」

「環か？」

すぐにその名が過《よ》ぎった。

「お前、環のことを言ってるのか」

「今日しかないんですよ。こんなチャンスは」

左右田はまともに答えない。初めから一貫して。

「なにをする気だ。言え」

腕を伸ばして銃口を見せつけようとした。

「いや、下手《へた》くそですなあ」

脅《おど》しがまったく効かない。左右田はさらに嘲笑《あざわら》うだけだった。

「甥の津田君か、彼の友達の隼野警部補に教わったらいかがですか？　取り調べのやり方を。高級官僚はやはり潰《つぶ》しが利《き》きませんね。そんな調子で、私からなにを引き出せると思うんですか？」

そして脚を組み直す。懐に手を入れたまま、傲岸《ごうがん》に顎をそびやかした。

「あなたはなにも知らない。それを教えて差し上げましょう」

鮎原は動けない。どちらが脅しているか分からない。

「環が傑物であることは、あなたもよく知っている。蘇我が一目《いちもく》置いたほどの男ですしね。私も昔から、彼には大いに興味があった。実は私は、東京拘置所を訪ねて、二人きりで何度も話しています」

なんということだ。そんな動きはまったく摑んでいなかった。むろん左右田も隠密《おんみつ》行動を心がけ、情報が漏《も》れないように気を配っていたのだろう。

「我々は、すぐに打ち解けることができましたよ……お互いに似たもの同士だから」

あまりに危険な化学反応。互いに殺人に対する禁忌《きんき》が全くない。自分のため、打算のためなら何人死のうが気にも留めない。

この男に監視をつけるべきだった——自分を責める。最も危険な男はいちばん身近にいた。

「彼はね、とっておきの秘密を打ち明けてくれました。彼が地道に続けてきた破壊活動。いや、この国にかけた呪い、怨念《おんねん》とでも言いましょうか」

「な……なんだそれは」

「この国の治安を悪化させたのは彼です」

左右田は言い切った。信じがたい台詞を。

「いやもちろん、彼一人の栄誉じゃないですよ。ベースには秋嶋政権の格差拡大政策とモラルハザードがある。警察の腐敗の責任も、もちろん大きいですね。しかし、一個人が挙げた成果として彼に敵《かな》う存在はない。環逸平が果たした役割はとてつもなく大きい！　いやまったく、実に不世出《ふせいしゅつ》、端倪《たんげい》すべからざる人材ですよ……」

この熱。まったく演技ではないと鮎原は悟った。

「自分で直接、六人を嬲《なぶ》り殺しにしたぐらいで驚いちゃいけない。彼の恐ろしさの真骨頂は、囚人《しゅうじん》になってからですよ！　数多くのシンパを自在に使った。まったく、彼が捕まっていなかったらと思うとワクワクする。どれほどの人間を殺してのけたでしょうね」

もう聞きたくなかった。分かってしまったからだ。それが妄言《もうげん》でも作り話でもないということを。あの男ならやる。東京拘置所から出られなくとも、自らの呪わしさを世界に広げるためならどんなことでも。

「私は彼と協定を結びました」

部下から恐ろしい宣言が飛び出した。

「いささか苦肉の策ではありましたが、お互いに利益があった。だから踏み切りました」

左右田は官僚式の〝曖昧弁《あいまいべん》〟を使う。鮎原は苛立った。

「どういうことだ？　早く結論を言え」

左右田はニヤリとし、勿体《もったい》ぶってゆっくり言った。

「私は、環が指定した代理人――長船、とかいう冴えない奴ですが――に渡したんですよ。あのリストを」

「あのリスト？」

「Zランクチルドレンのリストですよ！」

鮎原の視界に罅《ひび》が入った。

禁忌が破られた――最も渡してはならない人間に渡った。二人のサイコキラーが最悪の取引に及んだのだ。

「私は彼に、道具にされる気はなかった。私の方が彼を道具にしたのです。これは言い訳ではありませんよ。リストはそのための餌だ。どうせ、彼が死ぬまでの思い出作りですからね。しばらく夢を見させてやることにした。事後、Zランクのコントロールなどいくらでもできます」

「なにを言っている……」

恐るべき自己欺瞞《ぎまん》だ。焚きつけられたZランクは手がつけられない。人間爆弾だ。どこで爆発して人を殺すかまったく予測できない。

「そんなカオス……収められるはずがない。いったいお前は、なにをしたか分かってるのか？」

「それと引き替えに、私は彼からプレゼントをもらいました」

左右田は鮎原を遮《さえぎ》った。

「今日、それが発動する」

「発動……」

だめだ。言っていることが分からない。鮎原康三という警察官僚は、ヒントをもらえばたちどころにつなぎ合わせて答えを出せる人間だったはずだ。その能力がいまは役立たず。すべてが鈍《なま》ってしまった。私の時代は終わった。

「あなたと私の違いを、教えて差し上げましょうか」

左右田はとどめを刺しに来た。精神と肉体の両面で。面前の笑みは鮎原の心を読み切っている。崩れゆく内面をあざ笑い、踏みにじる気満々だった。

「あなたは撃てない。私は撃てる」

一秒後、銃声が起きた。

8

新宿の人工的な森の中で隼野は震えた。これほど異様な気を放つ者はそうはいない。一度会ったことのある隼野ならではの感覚だった。確かめたくない。だが振り返って確かめなくては命が危ない。

まずい。恐ろしくまずい。

——やはりいた。なぜここにいる。異様に四肢《しし》の長い男が。隼野の後ろから木の遊歩道を踏みしめて。ダブルならではの鋭角的《えいかくてき》な顔立ち。薄い色の瞳、その白目がひどく充血している。地獄から這《は》い出《で》てきたと言われても信じただろう。起きながら見る悪夢そのもの。

「なんてこと」

また皐月汐里の声が聞こえた。ちらと振り返ると、冷静と見えた暗殺者の顔に焦《あせ》りが見える。何人もの命を奪った女にして、最大限に警戒させる相手だ。それも当然だ、網に捕らわれた台場の蜘蛛《くも》は、蜂雀に両手を刺し貫かれた。常人なら入院しているはずだ。だが自分の足で歩いてやって来た。

「ギュンター。蘇我の犬！」

皐月の叫び声とともに爆音が響く。林の中から銃弾が飛んできた——隼野はとっさに頭を抱えてしゃがみ込む。現れた蜘蛛男が恐ろしい速さで遊歩道を外れ、木々の陰《かげ》に入り込んだ。隼野は生きた心地《ここち》もしないまま顔を上げた。微かに姿が見える——

「皐月汐里。お前を潰せば、クリーナーは終わりだ」

男の低音《バス》が木々を揺らす。内調特命班の蜘蛛が自ら抹殺《まっさつ》にやって来た。

「カイザーを脅《おびや》かす者は殲滅《せんめつ》する」

ギュンターは簡潔に、自らの使命を明らかにした。隼野は這々《ほうほう》の体で遊歩道から転げ落ち、草むらに身を隠す。二人の戦闘本能の前では自分はいないも同然だと感じた。

たちまち連続する銃撃音と硝煙《しょうえん》の匂いは壮絶だった。新宿の一画に戦場が出現した。すでに十発以上放たれているが終わる気配は全くない。その間、隼野は地べたに張りついて流れ弾を避けることに集中した。逃げ出すチャンスもない。

思い切って顔を上げ、事態の推移を観察した。そして驚く。撃っているのはどうやら、一方的に皐月汐里の方だ。ぶらり、と木陰《こかげ》から出ては皐月の潜んでいる方に着実に近づいていくギュンターは、銃ではなく異様な武器を手にしていた。柄杓《ひしゃく》のような形をした金属製の棒だった。呼び名は分からないが、敵を打ち据えるための凶器に違いない。もしや特注か？　なぜ銃を使わない。この森には障害物が多すぎて、銃は必ずしも有効でないという判断か？　ギュンターが纏《まと》っているアサルトスーツの防弾機能にも自信があるのだと思い当たった。顔など、剝《む》き出しになっている部分にピンポイントに当たらない限りダメージは薄い。だからあんなに無造作《むぞうさ》に近づいていくことができる。長い四肢を駆使して林に分け入ってゆくその迫力。だが皐月も今までのテロ活動で、異様な精度を誇る銃使いだと証明している。引きつけて狙い撃ちする機会を待っている。互角だ。

隼野は上体を起こした。そして完全に目を奪われる。

ついに二人が、至近距離で対峙《たいじ》するのが見えた。ギュンターは持っている武器で巧《たく》みに自分の急所を隠していた。それでも皐月は狙《ねら》い澄《す》まして撃った。当たったように見えた。だがギュンターはゆったり身をかがめると、恐るべきスピードで跳ね上がった。異様な武器を下から上へと振り上げる。

皐月の手の中にあった銃が跳ね飛ばされ、木々の枝の間をすり抜けて消えた。これからは肉弾戦だ。性差と体格差はどうにもならない。勝負は目に見えている、と隼野は思ったが、銃使いが銃を持たなくても、相手とサイズやウエイトの差があっても、格闘で劣《おと》っていないことを皐月汐里は見せつけた。やはり特殊部隊出身だ。

だが、その詳細を本人から聞くことはないと悟る。次第に劣勢《れっせい》が明らかになった。皐月が弱いのではない。長い四肢を持った男が異常なのだ。両手に穴を開けられたばかりとは到底信じられない。しかも、使う武器が強力すぎた。ブンと宙を唸《うな》り、ガードする相手の腕や足を打ってダメージを積み重ねてゆく。

その動きを見ていて隼野は確信した。パワフルすぎる。あの男はなにか薬物を使用している――強力な痛み止めか？　いや、もっと異常なものだ。台場で見たときより力が漲《みなぎ》っている。ドーピング、もしくは違法薬物の類《たぐ》いだ。あの男は任務を遂行するために劇薬を体内に入れることも厭《いと》わない。主人のためならどんな犠牲《ぎせい》も払う狂信者だ。こんな男を敵に回したのが間違いだ……ううっという女の呻きが聞こえて、終わりを悟る。ギュンターの打擲《ちょうちゃく》が女テロリストの急所を捕らえたのだ。倒れた皐月の姿が草むらに隠れ、隼野の視界から消えた。だがギュンターの金属棒は止まらない。地面を容赦《ようしゃ》なく打ち据える。何度も、何度も。

振り下ろされる凶器の閃《ひらめ》きだけが見えた。だめだ――長すぎる。これほど長くなにかを叩くとしたら、農作物か、臼《うす》の中の餅米《もちごめ》でなくてはおかしい。だがあの男の足許《あしもと》にいるのは人間。女なのだ。紛《まぎ》れもなく。

隼野は駆けつけるとも逃げるともできず震えていた。あの男の視界に入ったら自分も同じ目に遭う。地獄で鬼に捕まるより恐ろしい。

数秒後には勇気の足りなかった自分を悔いた。逃げるチャンスがあったとしたらすでに過ぎ去った。地獄から来た男は、隼野の存在を忘れ去ってはいなかった。

「隼野一成」

上から呼ばれた。気づくと長い脚が、隼野の潜んでいた茂みの草を踏んでいる。

「お前も殺す」

ギュンター・グロスマンは宣言した。

「だが、すぐにではない。カイザーがお呼びだ」

カイザー。この狂った男がだれをどう呼ぼうが不思議はない。それが皇帝という意味であることをなにかで読んで知っていた隼野にとっては、権力の高みにいるだれかだと分かれば充分だった。異常な力だ。抵抗はおろか、なにか言うことさえできない。腕を摑まれて力ずくで立たされる。やはりこの男の体内には禁断の物質が入っている。

そして隼野一成は刑場に引き立てられる罪人に成り下がった。

9

「私が長船です」

店主はごく浅く頭を下げてきた。

亀戸にある小さな店。店名もそのまま、持ち主の名前を取った〝長船古物店〟だった。細長い雑居ビルの一階に入っていて、扉の外側にまで木仏や動物の彫像《ちようぞう》、棚や小机などが溢《あふ》れ出している。お世辞にも綺麗な店構えとは言えなかった。

売り物に蹴躓《けつまず》かないように気をつけながら中に入ると、十二畳ほどの店内は外にも増してカオスだった。川路には、どの壺《つぼ》も瓶《びん》も仏像も掛け軸もフェイク品に見える。偏見《へんけん》だろうか。店主が環逸平のシンパだと知っているからか。

「どうぞおかけください」

店主の長船は、パイプ椅子を二脚出してくれた。ふだんは商談に使っているのだろう。風間修弥がおっかなびっくりに座る。川路もその隣に着席した。

「あなたが川路さんですね。いつも環が、お世話になっています」

長船に頭を下げられた。いやに丁寧だ。四十がらみの男の柔和《にゆうわ》な顔は印象的だった。殺人鬼と縁が深いようには見えない。

「それであなたが、風間さん。いちばん新しい、環シンパですね。ようこそ」

「はあ?」

風間は心外な顔になる。

「違います。俺は別に、シンパじゃない」

「え。しかしあなた、わざわざ拘置所に、面会に来られたんですよね」

「そうですが……シンパでもファンでもありません」

風間は殊更《ことさら》にはっきり伝える。

「あ。そうでしたか。それは失礼しました」

納得したのかしていないのか、長船はまた丁寧に頭を下げた。白髪《しらが》交じりの長い頭髪を後ろで縛っていた。怪しい風体《ふうてい》だが古物商には似合っている。

「今日は、突然にすみません」

川路も丁寧に応じる。

「あなたが……いつも東京拘置所に来て、環さんに面会していた人ですか。シンパの代表として」

「そうです」

温和な笑顔のまま、あっさり認める。

「ということは、あなたはグループを束ねる役回りですか？」

「いえ。そんな大それたものでは」

大げさに手を振る。

「私は、環さんのお世話係みたいなものでしょうか。なにも偉《えら》くありません。それとまあ、環さんのメッセージを伝える、連絡係ですね。たまたま私、東京に住んでいるものですから。環さんから聞いたことを、文字に起こして、仲間たちに知らせる。そういった役割です。全国の皆さんが待っていますんでね。そういう意味では大事な役割かも知れませんけども、まあ、私がいなかったら、だれかが代わりにやるまでです。そんな大層なものではありません」

いやに気さくだ。そして饒舌《じょうぜつ》。イメージと違いすぎて戸惑《とまど》った。もっと暗くて攻撃的な人間だと思っていた。風間も拍子《ひょうし》抜《ぬ》けしているのが分かる。だが、相手の見た目に騙されないように警戒している様子だ。風間は正しい。

連続殺人鬼に惹《ひ》かれる者がまともなはずがない。

長船が背にしている壁を見上げる。たくさんの仮面が掛かっていた。能面や般若面《はんにゃめん》。西洋の仮面舞踏会で使うようなマスクもあった。南洋の島民が祭で使うような派手なものも。思わず目移りしていると、

「さてさて。それでは、説明させていただきますね」

長船は川路の様子をまったく気にしていない。マイペースだ。

「へ？」

風間が戸惑いを口に出した。こっちはまだなにも質問していない。この店の商品の説明でもする気か？

「我々の仕事は、仲間を見つけて解放してあげることなのです」

さっそく狂気の片鱗《へんりん》が表れた、と川路は感じた。風間もあからさまに顔を歪める。

「大半は〝仲間〟であり、社会の中に溶け込んで生きています。ただただ、環さんに共感する者たちですね。まあ、狼《おおかみ》になりきれない、憐《あわ》れな羊たち、という言い方もできますか。ただし、羊の心を克服した者も稀《まれ》に見つかります。彼らは〝発火点〟と呼ばれ、下に

も置かない扱いを受けます。我々の代表者となって、ついには勇気ある行動に移るのです」

淡々と、恐るべき言動が始まって呆気にとられた。遮りたいが、長船は滔々《とうとう》と続ける。

「〝仲間〟こと我々は、〝発火点〟たる若い彼らを手助けし、必要なら武器を渡し、最後に背中を押す。これが我々が最も重視している活動です。環さんの壮大なヴィジョンを実現するために、我々は喜んで最善を尽くします。とても神聖な仕事なのです」

「長船さん」

川路はたまらず割り込んだ。

「あなた、自分がおっしゃっている意味が分かっているのですか?」

「もちろんです」

その温和さには少しの変化もない。

「環さんから送られてきた人に、しっかり説明するのが私の役割ですから」

さすがの風間も舌が凍《こお》りついている。信じがたい種族を見る目つきだった。

「しかし……あなたの言っていることは……テロの扇動《せんどう》のように聞こえる。いや」

正しい表現が見当たらない。

「もっと広い。もっと悪い、なにかだ」

「ご自由に受け止めてください。私は、仲介者《ちゅうかいしゃ》としての務めを果たすだけです」

長船の顔から、ほんの一瞬だけ笑みが消えた。

「怒りと苦しみからの解放。生まれついた枷《かせ》を外すための通過儀礼です。我々が生きるための闘いなのです。環さんは我々の神。解放の手段をくださった。存在価値と生存証明も与えてくれた」

川路は環に直接文句を言いたかった。こんなことを聞かされる身にもなってみろ！　一方で、環がこの人物を選んだ理由が分かる。意志がない。まるで環逸平に譲り渡してしまったかのようだ。完全な傀儡《かいらい》を環は手に入れていた。外界に出られなくとも、この人物を自分の目と耳にした。自分の口と手の代わりとして使った。

「報道を見てもお分かりですよね？　環さんのヴィジョンはしっかり実現している。日に日に拡大している。我々によって背中を押された若者は迷いなく蜂起《ほうき》します。そして自らの本性を解き放つ。自由解放宣言です。自らを抑圧するな。心の望むままに生きよ。これ以上の福音はない」

この陶酔《とうすい》の眼差《まなざ》し。おぞましい。見れば風間も川路とまったく同じ表情をしていた。嫌《けん》悪《お》の塊だ。

「……全国規模、なんですね」

川路は使命感だけで訊いた。声が震えてしまう。それでも、確認しなくてはならない。

「はい、もちろん。環さんを慕《した》う者は全国にいますから！」

「通信だけですか、本当に？」

ふと疑いが兆《きざ》す。

「あなたが、現地に赴《おもむ》いて、環の言葉を直接授《さず》けたんじゃないんですか？　代理人として」

「はは」

驚いたような反応が返ってくる。

「さすが、環さんに愛された記者さんだ。お見通しですね。たしかに私は、何度か地方にも行かせていただきました」

やはり。長船はきっと大歓迎された。環が教祖なら、この長船は第一使徒。拘置所で直《じか》に言葉を賜《たまわ》っているのだ。キリストの代理人、ローマ法王の立ち位置だ。見た目の様子は、法王の威厳には程遠い。だがシンパたちには輝いて見えるのかも知れない。

「私は、環さんの声を録音したものや、話す様子を録画したものを持参して、与えました。そりゃもう、感涙《かんるい》にむせぶ人たちが続出です」

「え？　ちょっ、それは」

聞き捨てならなかった。

「……どこで撮ったものですか？　昔のもの？　それとも」

「拘置所の面会室で撮ったものですよ、もちろん！」

風間も唖然《あぜん》として口を開ける。あの厳重な空間でそんなことが許されるはずがない。常識で考えれば。だがあり得る。環の持つ特権を思えば、音声や動画を拘置所内で撮ることさえ。最新の肉声はシンパたちにとって点滴のようなものだっただろう。そして全国各地の彼らはお告げに従った。すなわち、新しい加害者の列を作った。だれかを選んで傷つけた。時には殺した。川路の震えは止まらない。長船の背後の壁に掛かる無数のお面が嘲笑っている。川路は瞬きを繰り返した。

「そんなに、うまくいくものかな？」

風間修弥が冷静さを掻き集めて抵抗した。

「要は、サイコキラーの卵を見つけて、手助けしてるって話でしょ。だけど連中はコントロールが難しい。思い通りに動かない。仲間割れだって、裏切りだって起こるはずだ」

「それは実に良いポイントです」

長船はかえって声を弾ませた。

「ですが、答えは簡単です。サンプルをたくさん用意すれば、実を結ぶ確率も高くなる。それだけのことです」

「は？　どうやって、そんなに多くのサンプルを」

「国家機密にアクセスするのです」

「国家機密？」

「秋嶋政権は、全国の子供たちに対して特別なテストを仕掛けている。そして最高のポテンシャルを秘めた〝Z〟と呼ばれる子供を洗い出しています。そのデータを流用し、〝Z〟に片っ端から働きかければたくさん花が咲く。いや、環さんの指揮は本当に卓抜《たくばつ》している！」

「どうやって、収監された人間が……国家機密にアクセスできるんですか」

問い続けなくてはならないことが川路にはただ苦痛だった。

「それはもちろん、政府内に協力者がいるのです」

長船は淀《よど》みない。何もかもに答えが用意されていた。

「長船さん。名前を……教えていただけますか？」

「私は知りません」

そのにこやかな答えは、明快すぎて疑えなかった。この男は知っていることはすべて喋っている。蛇口《じゃぐち》の壊れた水道のように。

「ただ、コードネームだけを聞いています。〝アダ〟です」

「アダ……」

「私は、顔を隠した彼から直接リストを受け取りました……美しい瞬間だった。環さんのおかげだ！　全国各地にいる〝発火点〟の名前と住所がそこには記されていた。まるで聖典です」

「現物は？　見せていただけますか？」

「それは、禁じられているのです」

笑顔のまま眉を下げる。

「仲間以外には見せられない決まりです。あなた方が、我々のグループに入っていただけるのなら、お見せするのは可能ですが」

馬鹿を言うな、と吐き捨てそうになった。忍耐を失いかけている。これ以上狂気にあてられてはたまらない。隣を見ると、さすがの風間も毒を呑《の》まされたように青くなっている。

それが幾分、川路の血圧を下げた。自分がしっかりしなくては。

「長船さん。シンパでもない我々相手に、なぜここまでオープンに語るんですか？」

「ですから、環さんの指示です。あなた方に伝えられて、私は嬉しい」

長船はどこまでもにこやかだった。笑顔という仮面を被っているのと同じだ。自分に破滅が訪れると想像できないのか。いや、想像した上で淡々と任務を果たしている。一種の精神的な無痛症ではないか。恐れを知らない、という意味では無敵だ。

「だが、指示をもらえるのも、もう終わりですね」

川路はどうしても、この空っぽの笑顔を打ち破りたくなる。

「あなたは環に会えなくなる」

「はい。そうですねえ。養子縁組も許されませんでした」

長船はわずかに失望を見せた。永遠に環を失う。それがシンパの運命だと思い出したのか。

「たしかに今日、環さんは確定死刑囚となり、直接の指示は出せなくなるでしょう。彼の言葉も全国の仲間に届けられなくなる。でも、それでいいのです。彼は偶像になる。つまり永遠になるのです」

目の前が暗くなる。やはり織り込み済みだ。シンパの教化はしっかりなされ、環の影響力は保たれる。少なくともこの男はそのつもりだ。

「社会と隔絶《かくぜつ》されても、死刑になっても、彼のもたらした福音は生き続ける。我々は、残されたそれを、できる限り大勢に届け続けるだけです」

今後はこの男が教祖に進化する可能性もある。カリスマ的魅力には欠けるが、環のおこぼれを細々と食い続けられるかも知れない。

「そんなのは、だめだ」

風間がふいに感情を叩きつけた。

「殺人鬼の行き場は地獄だけだ。俺は、あんたらの活動をぶっ壊す！」

そう言い放つと席を立ち、店から出て行った。川路はあわてて腰を浮かし、出口まで走る。ふと店主を振り返った。

長船の笑顔が色あせていた。ほとんどデスマスクに見えた。

私は拙劣を罪悪のように憎む。特に政治に関することの拙劣を憎む。それは数千、数百万の人にただ禍《わざわい》をもたらすだけだからである。

愛国的芸術とか愛国的学問とかいうものは存在しない。すべて高尚な善いものはそうであるが、芸術や学問は世界全体のものである。

『ゲーテ格言集』ヨハン・ヴォルフガング・フォン・ゲーテ（高橋健二編訳）新潮文庫

われわれが国家を建設するにあたって目標としているのは、（中略）そのなかのある一つの階層だけが特別に幸福になるように、ということではなく、国の全体ができるだけ幸福になるように、ということなのだ。

『国家』プラトン（藤沢令夫訳）岩波文庫

第六章　鳴動《めいどう》

1

「唖然《あぜん》とするしかないな……」

亀戸の駅に向かいながら、川路は風間に言った。

振り返っても古物店はもう見えない。だがあの空《から》っぽな笑みが脳裏《のうり》から去らない。

「ぜんぶ妄想《もうそう》だと思いたい。全国的な治安の悪化に便乗《びんじょう》して、もっともらしいことを吹《ふい》聴《ちょう》してるだけだと」

「いや。あれ、本当でしょう」

風間はすでに信じていた。だから長船相手に怒りをぶつけた。

「だが、あの話がぜんぶ本当だとして」

川路は、鵜《う》呑《の》みにすることはどうしても避けたい。

「ウラを取るのが大変だ。彼らの犯罪を立証して、責任者を追及するとしても、どれほどの時間がかかるか……」

この邪悪な計画を犯罪と立証するのは難しい。実際に加害者になるのは末端《まったん》の人間たちで、殺人教唆《きょうさ》を問う場合は確実な証拠や証言が必要。容疑者が狂信者だとしたら、だれかに唆《そそのか》されたなどとは言わないだろう。仲間を売ることになるからだ。

「だけど、ほっとくわけにもいかないでしょう」

正論を言われて川路は詰まる。

責任の重さに気が遠くなった。あの罪にまみれた男は、なんという置き土産《みやげ》を残していくのか。史上最も罪深い男ではないか。環逸平は望んでそれを目指した。究極の反社会的人間として、できるだけ深い闇と苦しみを大勢の人間にばらまいて去ってゆく。

「許せない奴だ。ドクも許せないけど、環の奴……こんな奴だと知ってたら、俺は、会ったときにもっと……」

罵《ののし》ったり怒鳴ったりしてやればよかった。風間はそう後悔しているようだ。川路に向かって訴えた。

「なにか方法があるでしょう。シンパのネットワークを解明して、活動を止めるために、なにか……」

「でも、相当規模が大きいからね。一般人だけでは無理だ。やはり、警察に……隼野さんに」

だが今日はまったく連絡に応じてくれない。

「全国の県警に依頼して……個別に当たってもらう他ないだろうな。すべての十代の殺人事件の背後に、環の影を見つけるのはたぶん難しい。武器を提供した証拠だとか、殺人を唆した人間がはっきりしていなかったらね。どこも、対応は鈍《にぶ》いだろうな……実行犯を捕まえて終わり、というところが多いと思う」

「環は、俺たちを苦しめたいんですね」

風間はしっかり洞察していた。

「わざわざ、あの長船ってのを使って、俺たちに本当のことを伝えた。伝えなくてもよかったのに。秘密に活動を続けた方が、長続きするのに……それでも伝えたかった。俺たちが苦しむからだ。そうでしょう？」

「環は、そういう人間なんだ。僕たちの葛藤《かっとう》を楽しみながら、死刑執行《しっこう》の時を待つ。そういうつもりなんだろう」

「本物のクズですね」

風間が吐き捨てた。そんな表現は生やさしい。究極のサイコパス。反社会性の王だ。大勢を苦しめ、国を暗くし、好きなだけ荒廃《こうはい》させて去って行く。この国から道徳が消え失《う》せることが望みか？

「川路さん。俺もなにかしたい」

正面から言われて、川路はかえって戸惑《とまど》ってしまった。

「風間君……」

「家族を殺された人の気持ちは、だれよりも分かるつもりだから。そんな人を増やしたくない」

丁寧《ていねい》に気持ちを表現してくれたことに感動する。環の曖昧《あいまい》な脅《おど》しを、自分の取引材料にしようとしたことを後悔しているのだろうという気もした。罪滅ぼしではないが、風間はいまや完全にアンチ環と化した。

「死刑が確定すれば、結局はシンパの活動も下火になる。そう信じたいな」

川路は言った。死刑反対論者にあるまじきセリフを吐いてしまったことに気づいて臍《ほぞ》をかむ。死刑頼みか。環に早く死んで欲しい。それが望みか？

「そろそろ、判決公判の時間ですよね」

風間が促《うなが》してくれた。川路は頷《うなず》く。気を取り直し、風間の前で強い信念を演じるしかなかった。

「行こう、最高裁に」

風間が迷いなく頷く。

2

最高裁判所は灰色に聳《そび》え立っていた。今日の澱《よど》んだ空の色を凝縮《ぎようしゆく》したかのようだ。皇居《こうきょ》のお堀に面していて、国立劇場と国会図書館に挟まれた位置にある。建物の大きさには威圧されるが、そのデザインは立方体の集積のようで、川路はここへ来るたびに奇妙な印象を受ける。設計者がどんなコンセプトで建てたのかと首を捻《ひね》ってしまう。

環逸平を乗せたと覚《おぼ》しき、ワゴンタイプの黒塗りの警察車両が最高裁の敷地内に乗り入れたとき、集まったマスコミ陣は騒然とした。テレビカメラが一斉《いっせい》に車を追いフラッシュが瞬《またた》いた。だがウインドウには覆《おお》いがされ、乗っている人間の表情をうかがい知ることはできなかった。おそらく警察側の意図だ。もし環の意図が優先されたなら、堂々と顔をさらして入ってきたに違いない。ウインドウを下げて手を振ったかも知れない。

川路の傍聴《ぼうちょう》申請は通らなかった。裁判は本来は公開する決まりだが、死刑が見込まれる判決公判に被告が出廷するのは異例中の異例。厳戒態勢を敷いて混乱を防ぐ意図だ。司法当局は、あとで世間からどれほど非難されようと、今日を無事に乗り切ることを優先した。判決に立ち会うのは環本人と弁護人だけ。環の家族は来ない。被害者遺族も数人来ているらしい。直接の関係者以外で、法廷に立ち入ることを許されたのは大手メディアが数社のみだった。

川路と風間は最高裁の外で、弁護士事務所の職員や大手メディアの記者が判決を携《たずさ》えて出てくるのを待つ以外になかった。

「……変な結果が出ることは、ないですよね」

風間修弥が不安を口にした。環逸平に関わったことで常識をさんざんひっくり返されている。天に唾《つば》するような結果が出るのではないか。そう疑心暗鬼になるのも理解できた。

「ないよ」

川路は言い切ってみせた。

「この国で六人殺して、死刑を免《まぬが》れた者はいない」

自分の不安は押し隠す。厳密には、精神疾患《しっかん》が証明されて免責《めんせき》された人間もいる。だが環には当てはまらない。環に与えられてきた特権は気になるが、それがいつまでも続くとは思えない。最高裁判所の判決にはどんな権力の介入も不可能だ。建前上は。

「そうですよね。あいつが死刑にならなかったら、この世には正義なんかない」

風間が自分をなだめるように言った。川路は眉《まゆ》を顰《ひそ》める。

俺は死刑を望んでいるのか？　改めて自問する。環逸平という未曾有《みぞう》の人間の前に立ったとき、信念が揺らぐ。あの男はだれにとっても道徳的脅威《きょうい》だ。だが、こんな思いを風間に語る気力はない。ただ寒風の中に佇《たたず》み、判決が下るのをじっと待つ。風間も時々足踏みしながら、それ以上はなにも言わずに立っていた。

午後二時を少し回ったところで、若い記者が駆け出してきた。

「死刑判決！　死刑判決！」

その場にいた全員が安堵《あんど》し、脱力し、各々《おのおの》の声を上げた。

裁判官は主文を後回しにし、判決を最初に述べたようだ。上告が棄却《ききやく》され死刑が確定した。どよめきは広がったが、記者たちがあわてる様子はなかった。判決が予想通りだったからだ。風間修弥の顔を見る。無表情だった。だが内心は安堵している様子だ。溜飲《りゆういん》を下げてもいる。

川路は法廷の様子を想像した。判決を自分の耳で聞いた環は、どんな表情をしただろう。被害者遺族の反応はどうだった。きっと、川路の想像を超えることは起きていない。最後は粛々《しゆくしゆく》と、収まるべきところに収まった。そんな気がした。

「環が出てくるぞ！」

それから十数分後には記者が叫び、カメラマンがまた一斉に構えた。黒塗りの警察車両が悠然と出てくる。覆いはされたままだ。命運が決した環の顔を、やはり見ることはできなかった。

東京拘置所へと戻っていく警察車両を、一台のバイクが追いかけていくのが見えた。他にも数台、マスコミのものらしいバンが動き出す。環を追いかけてどうするのだろう。もはや死ぬと決まってしまった者を。ひどい脱力感が襲ってきた。

「終わりましたね」

風間がねぎらうように言った。

「呆気《あっけ》なかったな。これで、シンパも少し、熱が冷めるといいけど」

川路は頷いてみせる。確定死刑囚は社会と完全に切断される。あとは、残された彼の影響力と闘えばいい。社会で生き続けるのは自分たちなのだから。

だがそのほんの数分後だった。川路が、自分の甘さを思い知らされたのは。

「なに！　環の車両が襲われた⁈」

気だるげに撤収《てっしゅう》を始めていた記者やカメラマンたちから怒声が上がった。駆け回り、携帯機器を使い、また怒鳴《どな》る。移動手段を確保しようとしているのだ。待ちきれなくて走り出す者もいた。

川路は近くにいた記者に事実を確かめようとしたが、血相《けっそう》が変わっていて相手にしてくれそうにない。その時、顔見知りの矢神《やがみ》というテレビ記者が、駆けつけたバンに乗り込んで急発進するのが見えた。しまった、捕まえて乗せてもらえば良かった、と後悔したがバンは見る間に遠ざかってゆく。

「あの車が、襲われた？　なにが起きたんですかね？」

風間も興奮している。いまにも走って行きたそうにしている。

「とんでもない、なにかだ」

かろうじて声を返した。この焦燥《しょうそう》をなだめてくれる者は存在しない。現場に行くしかなかった。だが、この場に残っている記者たちの声を聞いていれば情報は得られる。どうするか迷っていると、新たな怒声が上がった。

「撃ち合いが起きたって?!」

最高裁前の男たちは今度こそ、尻に火が点《つ》いたように動き出した。民族の大移動のように一斉に動き出す。川路も風間と顔を見合わせ、駆け出した。

マスコミ族の異様なマラソンが始まる。歴史の一場面に立ち会うことを生き甲斐《がい》にしている者たちとともに、銃撃戦を目撃しに行く。実際に皇居周りを走っているジョガーたちが泡を食って道を開けた。正気の沙汰《さた》じゃないと思い、川路は一瞬笑ってしまう。環に関わっただけで人生はこうも狂ってしまう。

「すげえ！　なんだこれ」

風間が叫んだ。川路と同じで現実感を失っている。それでも若さを活かし、やがて記者たちを抜く勢いで進んでゆく。川路も負けずに追いすがった。

3

捕縛され、きつく目隠しをされた。

銃も警察手帳も通信機器もすべて奪われた。どうやら車に乗せられ、短くない距離を運ばれる間、隼野は正気を維持するためにできる限り思考を続けた。この状況の意味について。だれが待っているのかを。自分が生き延びる方法を。

いい答えは一切《いっさい》出ない。遅かれ早かれ自分の死は確実だった。腹を決めろ。自分に言い聞かせることで、ほんの少しだけ冷静さを取り戻せた気がした。負けん気で笑顔を作ってみる。もう怖いものはない、寿命《じゅみょう》が少ないのだから。

長く暗い移動は、やがて終わった。乱暴に縄を解かれ、目隠しも外されると床に放り出された。まず両腕で自分の頭を守り、攻撃を加えられないと悟《さと》ると辺りに目を配る。光がない。窓のない部屋だ。人の姿は見えなかった。さっきから口を一切利《き》かなかったから分からなかったが、自分を車からこの部屋まで連れてきたギュンターもしくはその部下は、隼野を放りだしたあと扉を閉めたようだ。俺は閉じ込められた。

ではこれから〝カイザー〟がやってくるのか。

だが待たされるばかりだった。隼野は、床でふて寝しようとして果たせなかった。皐月汐里は目の前で撲殺《ぼくさつ》された。死体を見ないで済んでよかった。ひどい有様《ありさま》だっただろう。いかな非情なテロリストとはいえ、残酷《ざんこく》だ。胸が痛い。

俺もああやって殺されるのか。死の恐怖より、いまは怒りの方が強い。勝てなくても銃で応戦するべきだった。だが俺は腰抜けのように地べたにへばりついていた。悪戯《いたずら》が見つかった子供のようにここに連れてこられた……一生忘れられない恥。その一生も、こんな暗い部屋で終わる。

あのギュンター・グロスマンという男は明らかに異常だ。いったいどんな薬物で身体を賦活化《ふかつか》しているのだろう。国家機密に当たるような極秘のものに違いなかった。内閣情報調査室はそんなものを開発、もしくは密輸入している。そして限られた者だけに投与して、特殊なミッションの成功につなげている。敵《かな》うはずがない。叛逆者《はんぎやくしや》は残酷な死を与えられるのみ。

足音が近づいてきた。身体が勝手に竦《すく》む。地獄の鬼が戻ってきた気分だ。ところが、耳が違いを聞き分けた。あの男の足取りではない。

軋《きし》みながら開いたドアから入ってきたのはやはりギュンターではなかった、もっと年嵩《としかさ》の男。四肢《しし》も長くはない。そして、ふてぶてしい肉厚の顔。

蘇我金司。

自《みずか》ら現れた――やはりこの男がカイザーだった。

いつのまにか部屋に薄明かりが灯っている。権力者のためだ。

「お前は、蜂雀と天埜を誘《おび》き寄せる餌《えさ》だ」

筆頭首相秘書官は前置きもなく、言いたいことを言った。

「報告は受けている。お前はなぜか、天埜と蜂雀に近づきながらなんの被害も受けていない。どころか、優遇されている様子がうかがえる。理由がさっぱり分からない」

その顔が隼野は気に食わなかった。もちろん酷薄《こくはく》だ。情のない目つきは予想通り。その上、バランスを欠いていた。時折笑みのようなものは現れるが、顔の右側だけだった。左側は石のように不動。醜《みにく》かった。この男の魂の醜さを表している、と言ったら陳腐《ちんぷ》に過ぎるだろう。だが隼野にはそう思えた。

「連中は、恐ろしく物好きだな」

ふっ、と蘇我は鼻から息を吐く。

「お前のような雑魚《ざこ》に情をかけるとは。そのせいで、自分の命運が尽きるという想像力もない」

隼野は怒りのあまり拳《こぶし》を握《にぎ》った。正気か？　いま俺は縛られていない。武器は一切ないが、飛びかかれば殴り倒せる距離だ。

ただし、蘇我の背後に気配を感じる。あのギュンターかどうかは分からないが、護衛を伴《ともな》わずにここに来ることはあり得ない。手を出せば確実に非道《ひど》い目に遭《あ》う。

エリート官僚から筆頭首相秘書官にまで上り詰めた男にとって、一介の刑事など虫けらと同じ。それこそ死のうが生きようが関心がない。この男が自ら顔をさらしたということは、死刑宣告も同様。用済みになったら始末する気だ。

「鮎原も左右田も、天埜をグリップできなかった。その上、裏で首相と俺に楯突《たてつ》いていた。よりによって、俺が発案したサイコパステストの判定リストを使って破壊分子を育てて、反政府組織を作るとは。これほど舐《な》められたことはない」

そうか。この男は激怒しているのか。やっと伝わってきた。

「しかも左右田は、環逸平にリストを渡し、日本中に危険分子を育てていた。どいつもこいつも……目をかけてやった恩を仇《あだ》で返すとは。連中は万死《ばんし》に値《あたい》する」

「自業自得《じごうじとく》じゃないか」

隼野は言い放った。疲れ切った頭が正常に働いていないおかげだった。

「鮎原さんの方が、よっぽど人間味がある。クリーナーを組織したのは、国民を救うためだ。あんたらがどんどこの国を壊すから。弱い者を見捨てて、苦しめるからだ。あんたらの方が大勢を殺してる」

「実に平凡なクレームだな」

蘇我は痛痒《つうよう》を覚えていない。

「庶民《しょみん》を一人も殺さない為政者《いせいしゃ》がいたら、会ってみたいものだ。どの国の指導者も、不必要な人間は見捨てる。反対者は弾圧する。それが、国を統治するということだ」

「勝ち組はなにをしてもいいってのか？」

「お前と議論する気はない」

やはり見下げ果てられている。この男にとって、俺や木幡は働き蟻《あり》の一匹に過ぎない。容態《ようだい》の悪化した後輩を思い、憤怒《ふんぬ》が腹から迫《せ》り上がってくるのを感じた。回復しているだろうか。もし死んだりしたら……なぜ木幡はあんな目に遭った？　台場に現れた暗殺部隊、内閣情報調査室の特命班のせいだ。つまり、官邸の支配者であるこの男のせいなのだ。

——こいつを殺そうか？　誘惑が激しく隼野を揺さぶった。もし俺がクリーナーに入っていたら、これぞ千載一遇《せんざいいちぐう》。殺された皐月の悲願も果たせる。いま目の前の蘇我は警戒していない。牙を抜かれ、武器も持たない刑事はなにもできないと高《たか》を括《くく》っている。

どうやって殺す？　指で目を突くか。全力で首を絞めるか。だめだ、時間がかかる割に致命傷には至らない。

歯で頸動脈をかみ切ればいい。鰐《わに》よろしく、こいつに飛びついて首を嚙《か》む。全力を出せば命を奪えるかも知れない。部屋のすぐ外にいるだろう護衛に殺される前に、俺は大役を果たせる！　この国で苦しんでいる大勢を救う手段が目の前にある。ちくしょう、手が震える……サイコキラーをこんなに羨《うらや》んだことはない。連中には躊躇《ためら》いも罪悪感もない。

殺すと決めたら迷いなく殺す。連中は脈拍さえ上がらないそうだ。俺は違う。殺すことを考えただけで血が逆流しこめかみがガンガン言っている。

「天梺に招待状は送った」

蘇我金司は言った。事務報告のように。

「お前という餌に食いつくか、見物だな」

かろうじて隼野の耳が拾う。意味を理解するまでに、数秒を要した。

気がつくとカイザーは退場し、扉が閉じていた。

本能的に危険を察知したのだろうか？　そんな気がした。あと何秒かあれば、俺は奴を殺せていたか？　分からなかった。ただ、崩れ落ちるような疲労感だけがあった。

4

長い長い苦痛の時が過ぎてゆく。

鮎原康三は笑おうとした。左右田、お前は口ほどにもない奴だ、と言いたかった。だが口から出てきたのは声ではなく吐瀉物《としゃぶつ》。あるいは血の塊《かたまり》だった。自分では判別がつかない。身体《からだ》が動かず、手を口に持っていって確かめることもできないからだ。

だが意識はある。苦痛も感じている。弾は腹部に当たり、左右田の気配がなくなってからだいぶ経つが、まだ自分が生きているということは、奴は殺しについては素人《しろうと》なのだ。あるいは、自信過剰。前からそうだ。

Zランクのリストを環逸平と共有するとは……衝撃だった。受けた銃弾よりも精神的なダメージが尾を引いている。環逸平は、自分のシンパを使って全国のZランクチルドレンに働きかけ、まんまと襲撃者の量産に成功した。

それは、左右田一郎のやり口とは違う。左右田はこれと思った逸材《いつざい》に声をかけて一本釣りし、プロフェッショナルな暗殺者に育て上げた。逸品にするために必要なものをすべて与えた。もともと中国の国家安全部所属のエリート暗殺者で、日本に政治亡命《ぼうめい》し、顔と経歴を変えて日本警察にリクルートされた皐月汐里をスカウトしたことは別としても、蜂雀とセラフを抜擢《ばってき》した手腕には目を瞠《みは》るばかりだった。他にも暗殺者候補は何人かいて、育てている最中だと聞いている。それがどんな子供たちか、いまとなってはよく思い出せない。身体から体液が抜けている最中では。

私は死にかけている？　そのようだ。これだけ長く息が続いているのはただの幸運。あるいは神の意地悪らしい。

淳吾に知らせないと。

だが身体が動かない。動け。動いてくれ、最期《さいご》ぐらい、役に立ってくれ。鮎原康三の肉体よ。誠実な甥《おい》のために。そして、生まれ変わったドク――天埜唯のために。彼らのために命を使えるなら、悪くない人生だったと思える。動け。動け。
指が動いてくれた。それから、腕が。

5

十分とかからずに現場に着くことができた。内堀《うちぼり》通りの一角にはすでにパトカーが何台も駐《と》まっている。交通量の多い環状道路に制服警官たちが駆けつけ、コーンを並べて懸命《けんめい》に交通整理を始めている。

風間修弥の背中を追ってきた川路弦は、荒い息を吐きながら膝《ひざ》に手をついた。こんな奇妙な皇居マラソンをやる予定ではなかった。一台の救急車が派手にサイレンを鳴らして去って行く。現場に残る車両の中で真っ先に目につくのは、道路脇に傾いて停車している白いミニバンだった。川路は目を凝《こ》らす。

「うお……」

思わず声が漏《も》れる。多くの弾痕《だんこん》が確認できた。これが、環の乗る警察車両を襲ったものと思われた。応戦する警察官に撃たれたのだ。発砲には慎重なこの国の警察官がこれほどの量を撃った。デマではなかった、銃撃戦は現実に起きたのだ。

それだけではない。川路はあわてて自前のカメラをミニバンに向けた。プロのカメラマンのものほど本格的ではないが、昨今のデジタルカメラの性能は高い。驚くほど望遠も利く。

ミニバンのフロントグラスにも、開け放たれたドアにも鮮血が飛び散っている。

「だれか死んだんじゃ？」

風間も気づいたらしい。目がいい。そして、その見立ては正しいと思った。血痕の量は尋常《じんじょう》ではない。

自分のすぐそばに、さっきバンで急発進していったテレビ記者が立っているのに気づいた。四十代の経験豊富な男だが、両手が震えている。川路は声をかけた。

「矢神さん！　撃ち合いを目撃したんですか？」

川路に気づいた矢神は、妙にぎこちなく頷いた。ショックから醒《さ》めていない。

「どんな様子だったんですか？」

訊いても、初めは答えがなかった。喉が詰まったかのように喘《あえ》ぎ、やっと声を発する。

「……ありゃ、戦争だ」

声はしわがれている。

「あのミニバンに乗ってた人間が、襲ってきたんですよね。銃を持ってたんですか？」

「あ、ああ。全員、銃を持ってた」

「何人乗ってたんですか？」

「三人だ。妙な覆面をしてたが……みんな、若そうに見えた」

衝撃の理由はそこにもあるらしい。

「十代ってことですか？」

「いや、分からん。警察の発表を待った方がいい」

自信をなくしたように矢神は頭《かぶり》を振った。悪夢を振り払うように。

「警察が勝ったんですよね？」

傍で聞いていた風間修弥が訊いた。矢神記者はびくりとする。顔に見覚えがあるらしく、少し首を傾《かし》げた。

「あ、僕の知り合いです」

簡単な説明に留める。彼の名前を思い出さないでくれ、と川路は願った。説明がややこしい。

「さっきの救急車は？　襲ってきた連中を……」

「ああ。全員収容されてた。動いてる奴もいたが……」

動かない奴もいた。即死者が出たということ。

「環を乗せた車両は、無事に離脱したんですね」

矢神は頷く。ということは、予定通り東京拘置所へと戻っている最中だろうか。

「環を狙ったんですね」

川路は真っ先に浮かんだ直感を口にした。死刑を待ちきれない、環を憎む人間が暴力に訴えたのだと。

「うん。いや」

矢神の答えは要領を得なかった。

「あのミニバンは、追っかけて来たんじゃない。このへんで、待ち伏せてたようだ」

車両の位置関係を知る矢神にしか分からない感触だった。

「環の乗ってる車両は、運転席が狙われてた」

「え？　ってことは」

「殺そうとしたのは……運転手だ」

風間が不穏《ふおん》さを察知した。川路は息が詰まる。

「襲ってきた連中は、あくまで、車を止めたかった……環を殺す、というより」

「矢神さん。後部座席の環は傷つけたくなかった。車を止めるために警察官を狙った。そういうことですか？」

「環のシンパだ！」

風間が正解らしきものを口にしてしまう。言葉になると、それしか真実はありえないと川路も思った。

「誘拐《ゆうかい》。いや、奪還か」

シンパが環逸平を脱獄させようとした！　だが川路は言ってからすぐ、矢神と首を傾げ合った。無謀《むぼう》すぎる。環シンパのネットワークの恐ろしさについて学んだばかりだが、こんな実力行使に及ぶとは思いもしなかった。

「ラストチャンスだからか……」

風間の漏らした台詞《せりふ》が正鵠《せいこく》を射《い》ている。川路はそう感じた。連中は、死を運命づけられた教祖を獄から出す最後のチャンスに賭《か》けたのだ。東京拘置所から死刑囚を強奪するのは現実的ではない。だから移送中を狙った。銃器を用意してまで。つまり本気だった。

死刑が確定している者が公判に出廷するという異例。それは、環がシンパに奪還指令を下し、自由の身になるためだったのか。川路の全身から力が抜ける。自分の命については すっかり諦《あきら》めていると思い込んでいた。また騙《だま》された……死ぬ気はなかったのだ。環は最後まで自分が生き残る道を模索《もさく》した。

だが、悪あがきだった。この失敗をもって、今度こそ望みは絶たれた。

本人に会って顔を見たい。最後の大博打《おおばくち》に失敗したあの男の顔を。

「すげえな。環」

風間修弥の声には畏怖《いふ》がある。シリアルキラーを憎みながら成長してきた青年だが、環逸平は他の殺人者とは格が違う。そう感じて震えている。

「これがシンパの奪還計画だと判明したら、環は……どうなるかな」

独り言のように言う川路に、

「どういう意味ですか？」

風間が食いついてくる。

「処分さ」

「だが、死刑囚だからな」

矢神が引き攣《ひ》った笑みを浮かべる。その通りだ。死刑より重い罰はないのだから、処分もなにもないだろう。

矢神が自分のスマートフォンを確認しておっ、と言った。最新情報を告げる。

「環の車は、麴町《こうじまち》署に避難したらしい。いちばん近くの警察署に」

「東京拘置所には、戻らなかったんですか」

「ああ。麴町署で事情を訊くんだろう。襲撃の首謀者《しゅぼうしゃ》が、環本人だったら……えらいことだ」

矢神が口ごもる。

「こんな奴は、見たことがない。国家に対する叛逆だな……ここまでやりたい放題をやるとは」

風間が激しく頷く。川路は首を傾げた。

「たぶん彼は、シンパが勝手にやったことだと言うんでしょうが。いや……」

死刑が確定したこの期《ご》に及んで、言い抜けするだろうか。むしろ、警察や世論を煽《あお》るような挑発《ちょうはつ》をする可能性もある。

「ほんとに、とんでもねえ奴だ」

矢神は、自分の言葉の貧しさに絶望しているように見えた。川路も風間も頷くのみ。形容する言葉がないと陳腐になるばかりだ。

「見ろよ」

矢神は、事件現場を警備している警官たちに顎《あご》をしゃくる。

「あれは、皇宮《こうぐう》護衛官だ。近くだから、助《すけ》っ人《と》に来たんだな」

ふだんから官邸周りの取材に慣れている矢神ならでは。目敏《めざと》かった。川路も注意して見る。言われればその通りだ。皇宮護衛官は一般の警察官とは制服のデザインが違う。腕の腕章のマークが違い、肩から胸にかけて垂れる赤い紐《ひも》も鮮やかだ。

「部署外の警察官も駆けつける騒ぎを起こすなんざ、ほんとに……」

言葉を失っている矢神に、環が全国の子供たちを爆弾に変えているという特ダネを提供するのは避けた。矢神の正気にとどめを刺してどうする。

「んっ」

だが、事態は収束するどころではなかった。矢神がまたスマートフォンの画面に見入ったのだ。あんぐりと口が開く。

「なんですか？」

川路が訊いても、

「なんだろう。よく分からん……」

矢神の目尻が痙攣《けいれん》している。

「国会議事堂の、裏にある神社……の、鳥居が燃えてるらしい」

「神社の鳥居?!」

風間が素《す》っ頓狂《とんきょう》な声を上げた。不条理な悪夢に巻き込まれるのに、年齢も職業も関係ないことの証明だった。こんな事態にはだれ一人耐性を持たない。

「なんだそりゃ」

川路も呆《あき》れたような声を出してしまった。霞が関や永田町《ながたちょう》には大小の神社がいくつかある。皇居も近いから、由緒《ゆいしょ》正しい有名なところが多い。その一つが、このタイミングで放火……だが昼日中《ひるひなか》に放火とは。いやでも先日の歌舞伎町《かぶきちょう》ビル放火を思い出してしまう。犯人の少年は捕まった。だがクリーナーというテロ組織は、他にも放火犯を擁《よう》していると いうことか？　それとも、環のシンパの別動隊か。

目の前の警察官たちの動きがにわかに変わった。数人がパトカーに駆け寄って無線に耳を傾けた。何事か喋り、また耳を傾ける。神社の件か？　人を割《さ》く算段でもしているのか。胸騒ぎが止まらない。川路は自分のスマートフォンを開いてニュースを検索した。果たして、まったく新しい速報が飛び込んでいた。クリックして音読する。

「港区虎《とら》ノ門《もん》二丁目、宗教法人、霊現貴光会《れいげんきこうかい》本部の正門に……マイクロバスが突っ込んだ」

「霊現貴光会！　なんであそこに」

矢神が声を裏返らせた。

「あそこは……本部の敷地内に幼稚園を経営してる」

川路は速報の記事を読みながら、事情が飲み込めない様子の風間修弥にも分かるように詳しく説明した。

「この速報によると、本部の正面玄関に突っ込んだのは……その幼稚園の送迎用のマイクロバスのようだ。事故かな？」

「園児は乗ってるんですか？」

風間が訊いてきた。確かに気になる。幼い命が危険にさらされるほど痛ましいことはない。

「分からない。ただ、なにかが起きてる」

川路は言い切った。認めるしかない。

「虎ノ門もこの近所。ぜんぶ、この、皇居の西側一帯で起きてる……同時多発で」

「おい、知ってるだろ？　霊現貴光会に関係の深い議員も、多いぞ」

矢神の指摘は鋭い。霊現貴光会は、与党との癒着《ゆちゃく》が疑われる宗教団体の一つだ。

「これで終わりじゃないですね」

風間修弥が確信を込めて言った。川路は責任を感じる。風間の目の焦点が合っていなかったからだ。

「環のシンパだったら、なんでもやりかねない。もっとなにか起こる」

風間の分析は意外に冷静だった。川路も矢神も頷いてしまう。では次は、なにが起こる？

『緊急連絡！』

突然大音量が響き、川路の心の備えを吹き飛ばした。パトカーの無線ががなったのだった。スピーカーがオンになっている。パトカーの運転をしてきた警察官が、周りの仲間との情報共有を容易《ようい》にするためにそうしたようだ。それほどのスクランブル。

『霊現貴光会のマイクロバスが暴走を始めた。二四六を北上している』

「えっ……」

暴走。ネットで速報される前にリアルタイムで情報が分かるのは有り難いが、心臓には良くない。傍《そば》にいた警察官たちが血相を変えてパトカーに参集してくる。

『動ける者は現場に急行せよ！　繰り返す、マイクロバスが二四六を北上中』

そうがなりたてていた目の前のパトカーも、結局は急発進した。サイレンを大音量で鳴らしながら南に向かって去って行く。

そこで川路はぴんと来た。来てしまった。

思わず矢神の顔を見る。川路と同じ地図が頭に浮かんでいるのが分かる。

「か」

だが矢神の喉は詰まってしまい、一音しか発することができなかった。川路が代わりに残りの言葉を吐き出す。

「――官邸だ」

風間がハッ、と失笑のような声を漏らした。もはや笑うしかないらしい。

「いや、さすがにそれは……」

川路は自分で訂正する。

「首相官邸は警備が厳重だ。マイクロバスぐらいじゃ、突破できない」

「そ、そうだな！」

矢神は勢い込んで言った。自分を安心させるために違いなかった。

「あそこにはごついバスが何台も並んでる。不審車が向かってるとなったら、あれを官邸前に並べて……バリケードにするはずだ」

矢神の言うバスとは、正確には人員輸送車という名称を持つ。青と白のツートンカラーで塗られ、窓は金網で守られている。主に機動隊員の輸送に使われるが、何台かが官邸周りの道路に常駐《じょうちゅう》している。あれを路上に並べれば、突破するのはダンプカーでも難しい。そもそも警備している警察官の数は多いし質も高い。官邸襲撃など、どんな手段をもってしても不可能だ。

だがすでに足が動いている。現場第一。フットワークの軽さが矢神のテレビマンとしての強みだ。川路も風間も矢神のテレビ局のバンに乗り込ませてもらう。大急ぎで内堀通りを戻った。

順調に南下し、国会議事堂前に入った頃には目に見えてパトカーが増えていた。

「それにしても、同時多発にも程があるな！」

飛ばすバンの車内の把手《とって》を必死に掴《つか》みながら、矢神は叫んだ。ハイになっている。

「どうやって揃《そろ》えたんだ、こんな人員？」

全国の環シンパを集めたんです、と川路は言わない。確信もない。ただバンの進路に目を向ける。マイクロバスはいまどこだ？　国会議事堂前を過ぎると霞が関料金所の手前を右に回る。次の角がもう、首相官邸だ。

「うおっ……違う！」

運転席のすぐ後ろに陣取る矢神が、前を睨《にら》んで叫んだ。

「官邸じゃないぞ、狙いは！」

川路も矢神の後ろから必死に前を覗《のぞ》き込んだ。そして背筋が凍る。

官邸前は予想通り、人員輸送車のバリケードで封鎖《ふうさ》されていた。だがマイクロバスはバリケードに見向きもしない。手前をすり抜けて、首相官邸の向かい側にある建物に突っ込んでいった。

「内閣府か！」

してやられた、と思った。永田町バイパスを挟んで向かいにある庁舎こそ内閣府。全省庁の上に君臨《くんりん》する、官邸主導政治の象徴だ。首相たちの命令を果たすことのみに血道《ちみち》を上げる御用官僚たちの巣。内閣情報調査室も内閣人事局もここにある。

川路はハッと思い当たった。筆頭首相秘書官の執務室も内閣府にあるはずだ。ただし、蘇我金司は首相官邸に詰めていることが多いはず。首相と四六時中密談しているのだから。

そこで川路たちの乗るバンが急停止した。風間が川路の背中にのしかかってくる。おかげで川路も、矢神の背中を頭突きする恰好《かっこう》になった。玉突き状態にだれも文句を言わない。パトカーだらけで先へ進めなくなったのだ。全てのパトカーから制服警官や機動隊員や刑事たちがわらわらと降りて、我先に駆けてゆく。内閣府の敷地に雪崩《なだ》れ込んでゆく。マイクロバスが突っ込んだ庁舎の入り口の周りはたちまち人で溢《あふ》れた。

「確かに内閣府は、官邸ほど警備が厳重じゃない。だがまさか、車ごととはな！」

矢神はだらしない笑みを浮かべている。感覚が麻痺していた。川路もまったく同じ状態だ。バンのウインドウの外がどこもかしこも大混乱しているせいだ。歩道を行く通行人たち——おそらくはほとんどが、近隣の官庁に勤めている官僚——が逃《に》げ惑《まど》っている。車道には配達員と覚しき自転車の男や、歩道には社会見学中だろうか、制服姿の中学生もいて、目も口もまん丸にして走っていた。早く逃げろ、内閣府から遠ざかれと思った。こんな場所は社会科の勉強にはならない。自然災害の避難訓練と同じ。いやむしろ戦争に近い。

これだけの警察官が集結すれば、さすがに事態は収束する。争乱を引き起こした者たちは全員拘束され、一件落着。バンの中の全員がそう思っていた。いや、思いたがっていた。

もちろんそれは間違っていた。

6

病院の個室ほど時間を持て余す場所はない。心配事は無数にあり、いまも都内を幾多《いくた》の陰謀《いんぼう》と野望と殺意が渦巻《うずま》いていると知っていればなおさら落ち着かない。手負いの刑事ほどストレスを溜《た》め込む生き物はいないだろう。津田淳吾は自分が憐《あわ》れだった。

ふいに皮肉な笑みが顔を覆う。自分はいつから法務教官としてのアイデンティティを捨て、刑事として考えるようになったのだろう。自分の役割は天埜唯を見守り〝人間化〟させることだったはず。刑事は仮初《かりそ》めの姿だと自分に言い聞かせてきたのに。

だが、天埜唯に去られた。その事実が最も深く自分を傷つけている。警察にいる意味もなくなった。法務教官としての熱意とキャリアまで否定された気がした。人として、人を救いたいという純粋な思いが踏みにじられた。どうして彼女は、せめて別れの言葉でも置いていかなかったのか。

だがこれは自己憐憫《れんびん》に過ぎない。黙って去ったことにこそ意味がある。彼女の思いやりの形だ。津田が早く、自分を忘れてくれるようにという。

まるで片思いの少年の思考だと思い、笑みはとめどなく苦さを増す。この落ち込みを救ってくれるものはない。考えれば考えるほど、気持ちは沈滞《ちんたい》するばかりだった。

できることを考える。連絡だ。せめて、外を動き回っている人々のつなぎ役になりたい。

隼野はしばらく連絡に応じない。取り込んでいるに決まっていた。9係の尾根定郎が殺されたというが、詳しい状況が津田には分からなかった。修羅場《しゅらば》にいる刑事たちにわざわざ事情を聞くのも気が引けた。

フリー記者の川路弦はいまも、苦心しながら風間修弥の相手をしているのだろうか。病院までやって来た、あの〝ドク遺族〟の青年の様子には津田も心揺さぶられた。顔を見ただけで並大抵《なみたいてい》ではない人生を送ってきたことが感じ取れた。眉間《みけん》の辺りに暗く凝《こ》り固まっていたもの。あれこそ積年の恨みだ。普通に育てばきっと優しい青年になっていた。姉の仇《かたき》を討つ、という執念《しゅうねん》が彼の人格を武装化したのだ。

かつてのドクがすでに病院にいないと知った瞬間、彼は心底虚脱《きょだつ》していた。復讐《ふくしゅう》が生《い》き甲斐《がい》になっている。〝ドク〟の罪深さを否定などできはしない。津田も葛藤してきた。自分の仕事は贖罪《しょくざい》の手助けになっているか？　かえって罪を深くしていないか。だれも答えられない禅問答《ぜんもんどう》の渦の中でもみくちゃになってきた。

川路弦も気の毒な男だ。一方で環逸平。一方で風間修弥。因果《いんが》な人間とばかり組まされる。それがジャーナリストの宿命であるとしても、やはり同情する。応援してやりたかった。ああいう男こそ助けたくなる。今日は環逸平の判決公判に立ち会うので忙しいはずだ。その間、風間修弥はどうするのか。津田には分からなかった。

ブブブブと唸《うな》ったスマートフォンを、津田は動かせる右手ですぐさま取った。メールが届いたのだ。スッと心に差し挟まれるかのように。

開くと、思いがけない相手。思いがけないタイミングだった。

左右田が　環と手を組んだ　企《たくら》み

津田は青ざめた。内容よりも、その綴《つづ》り方《かた》の異様さに。鮎原がこれほど余裕のない、句《く》読点《とうてん》もない文章を送ってくることはない。常に、主語と述語がはっきりした論文のようなメールを送ってくる人間なのだ。なにかあった。

津田は即座に返信した。だが返りはない。電話しても同じ。出なかった。

だめだ——また行かなくては。伯父のマンションに。昨日の無断外出を咎《とが》められたばかりだ。秘密の公務があった、と警察官の身分を盾《たて》にして医者を説《と》き伏《ふ》せ、痛み止めを打ち直してもらった。今日もまた外出？　正直に申し出ても許されるはずがない。だが、伯父が危機に曝《さら》されている。どうする？

ところが、直後にもう一通メールが届いたのだった。

添付《てんぷ》した地図の場所に、左右田が作ったクリーナーのアジトがある可能性がある。

向かえるなら向かって欲しい。

私も向かう予定だ。

今度はしっかりした文章だった。ということは、さっきの一通は慌《あわ》てすぎた書き損じか。添付されている地図を開いた。赤い矢印が、八王子《はちおうじ》と町田《まちだ》に跨《また》がる丘陵《きゅうりょう》地帯を指し示している。ネットでマップを調べた。空撮に切り替えても、この番地にはなんの住宅も施設もない。空き地だろうか。それとも開発中か。なにかを建設中かも知れない。

　行ってみるしかない。

向かえるなら向かって欲しい。違和感は消えなかった。あれほど甥の容態《ようだい》を気にしてくれたばかりだ。だがこのメールは、間違いなく鮎原のアドレスから送られている。苦渋《くじゅう》の連絡なのだろう。負傷した甥にも頼らざるを得ないほどに。

……現地で会えるなら、そこで詳しい話を聞けばいい。行こう。津田は決意した。

　問題は、医師をどう言いくるめるかだ。少し考え、決めた。なにも言わずに出る。幸《さいわ》い今日は、一時間前に鎮痛剤を投与してもらったばかりだった。この効果はしばらく続く。ただし今度は遠出。そして、いつ戻ってこられるか分からない。

　だれかに相談もできない。謹慎《きんしん》中の鮎原の行動は隠密である必要があるのだ。甥が不用意に口外《こうがい》してしまったら台無し。鮎原の捲土《けんど》重来《ちょうらい》のまたとない機会を潰《つぶ》すだけだ。

　追い込まれた精神状態に追い打ちをかけるように、ネットニュースの速報が飛び込んでくる。

「なんだ……なにが起きてる?!」

　津田は目を剝《む》いた。信じがたい単語の羅列《られつ》だったからだ。死刑判決。襲撃。脱獄失敗。それだけで目を疑うのに、放火。神社。暴走。宗教法人。内閣府。入り口大破。と並んでいては、なんの冗談かと思ってしまうのも無理はない。

「内閣府が、狙われた？……クリーナーか」

言った瞬間、間違いないと確信した。そして速報は止まらない。

記された文字を見て、もはや津田は呻《うめ》き声も出せなかった。

7

川路は風間と共に、四谷《よつや》のテレビ局の広いロビーの一角にいた。

内閣府と首相官邸には一歩も近づけない。諦めて退避し、矢神が勤めるテレビ局に戻るバンに同乗したまま、ここへ辿《たど》り着《つ》いたのだった。

矢神は報道局のある上層階へ行ってしまい、二人は取り残された。ロビーの受付の向かい側に卓球台よりも巨大なテレビ画面があり、たちまち見入ってしまう。緊急報道特番が続いていた。そこで二人は、内閣府襲撃が賑《にぎ》やかしの花火に過ぎなかったことを知らされたのだった。

〝**総理官邸に侵入者**〟というテロップがずっと画面に留まっている。

最も恐ろしい危機は、川路たちが現場から退避した直後に、ひっそりと進行していたのだ。内閣府のすぐ向かいで。

「……しかも、中学生……」

その情報がテレビから流れ出したとき、川路は言った。喉を絞められながら喋っているような気がした。

「すげえ」

風間も、貧しい言葉を洩《も》らすのみだった。事態に感想が追いつかないのだ。

『……その男子中学生二人は、社会科の体験学習を装って、官庁街を歩き回っては写真を撮ったり、メモを取ったりしていました。制服姿で、背も小さな二人のことを、だれも怪しまなかったようです』

テレビのキャスターは、断続的に入ってくる情報をその都度《つど》、明瞭《めいりよう》に伝えることに集中している。ゆえに、自分がどれだけ突拍子《とつぴようし》もないことを伝えているかについては無自覚に見えた。

『内閣府にマイクロバスが突入したとき……付近にいた男子中学生は、助けを求めて総理官邸の敷地に入り、保護してくれと頼んだそうですが、警備していた警察官が拒《こば》みました。すると、隠し持っていた拳銃を取り出して、警察官に向けて撃った……とのことです』

もう無理だ、と白旗を揚《あ》げる自分がいる。

これほどショッキングな話は、外国にも少ないに違いない。十代半《なか》ば、制服姿の学生がテロを行うのだ。この国もそこまで来てしまったという絶望感が真っ先に胸を染める。

ただし、彼らはすでに取り押さえられた。それをテレビ報道は何度も強調しており、川路は自分にも言い聞かせる必要があった。でないと動悸《どうき》が収まらない。

川路もバンの中から、歩道を駆ける中学生の姿は目にしたが、現場にいたときはテロリストとは思いもしなかった。あの小さな二人が、幾重《いくえ》にも連なる人員輸送車のバリケードの向こう側に入り込み、警察官を殺《あや》め、拘束されたとは。始まりも終わりもアンチクライマックスだったことが逆に、この襲撃がどれほど深刻だったかを示している。川路はしみじみそう感じた。

内閣府に突っ込んだマイクロバスの運転手も、十八歳。免許を取りたてだったと報じている。明らかに役割分担のなされた大規模なテロであり、同じタイミングで発生した環逸平の強奪未遂事件を地味に見せているほどだった。関連性については触れられていない。異常なことが同時に起こりすぎたのだ。マイクロバスの突入直後は、内閣情報調査室が狙われたのでは？　と川路は直感した。だがそれすら陽動作戦に過ぎなかった。全警察官の注意が内閣府に向いた瞬間に、二人の中学生が真の標的・首相官邸の警備の突破を狙った。それは成功しかけた。なんといっても、二人が持っていた凶器は欧米の市民でもめったに持っていないグロック18Cという自動拳銃だったのだ。連射能力が高いその銃器で、彼らは実際に警察官一人の命を奪っている。

充実した装備と抜け目のない計画性。まぎれもなくクリーナーだ。

同時に、あの古物商から聞いた響きが蘇《よみがえ》る。〝Z〟。

「環のシンパと、クリーナーが……連携してる」

暗い閃《ひらめ》きを、川路は思わず口にした。風間がギョッとしたような顔で見てくる。川路は構うことができない。自分の中の混沌《こんとん》を鎮《しず》めるので精いっぱいだった。

ただ、官邸を狙ったのは蜂ではなかった。容赦《ようしゃ》のない銃撃のプロでもなかった。いままでとは少し違う。らしくない。そう思った。確実に標的を仕留《しと》めてきたテロ集団も、今回は無理筋のミッションに挑み、あえなく失敗したようにも見える。首相官邸はさすがに高いハードルだったのか？　捕まった男子二人は、おそらく初ミッションだ。頼もしいエース・蜂雀は突入部隊に加わっていない。なぜだ？

病院での津田の言うことをそのまま受け取るなら、蜂雀はクリーナーを離脱した。天埜の説得に応じて、共に闇へと消えたのだ。

クリーナーは組織として弱体化した？　暗殺者の質が落ちた。だから失敗したのか。

「狙いは、秋嶋首相だったのか……それとも」

首相秘書官の方か。それとも官房長官か。

さあ、と風間が答えた。答えの要る問いではなかったのだが、律儀《りちぎ》に返してくれた。川路と風間は顔を見合わせた。

互いにぐったり疲れている。口に出す必要もなかった。これからどうする？　川路は自問した。この若者を無責任に放り出すことだけはできない。そのためには目的が要る。辿り着くべき場所が。

「行こう」

川路はそう言って歩き出した。

風間は一瞬だけ戸惑い、素直についていく。

8

路地を進みながら川路は言った。風間修弥を連れて中野坂上《なかのさかうえ》までやってきた。

「もうすぐ、山本さんの家だ」

「僕の師匠を、紹介するから」

「ありがとうございます」

風間は礼を言った。山本功夫の著書を読んでその気骨に触れ、リスペクトしてくれている様子なのが嬉しかった。師匠はいつだって有形無形に自分を助けてくれる。

もう日暮れ。今日はいろんなことがありすぎた。このまま無事に終わる気がしない。内堀通りと首相官邸周辺で起きた事件はテレビやネットを占拠《せんきょ》している。なにもかもを整理し理解するためには、山本のところへ来て喋るのがいちばんだと思ったのだった。師匠の経験と判断力が必要だ。

だが、不安が治まらない。山本家の門まで来て呼び鈴を押し、その不安が現実になった。

反応がない。住人がいない。

そもそも家の中に明かりが見えない。山本の部屋は奥にあるので断言はできないが、玄関先の明かりも落ちている。事前に連絡を入れても、反応がないところから予感はしていた。今朝電話で話したときから山本は歯切れが悪かった。連絡が取れなくなる予兆はあったのだ。体調を考え、しばらく自宅を出なかった山本がどこかへ行った。どこへ？

「すまん。外出しているらしい」

風間に向かって謝る。

「そうですか」

弟子が師匠の外出先を知らないことが意外な様子だったが、風間は文句を言わなかった。近くの店でメシでも食おう、という提案に乗ってくる。いつの間にやらバディのノリだ。嬉しくないわけではないが、彼が復讐の鬼であることを忘れてはならない。

「腹減った～」

定食屋ののれんをくぐり、メニューをめくりながら素直な声を上げる若者は年相応《そうおう》の、あどけなさの残る青年に過ぎない。互いに同じ魚定食を頼み、風間だけが大盛りを頼んだ。川路は微笑《ほほえ》む。

目の前に定食が並ぶと、二人はものも言わず喰らった。口にしたい言葉も浮かんでくるが、そのまま呑《の》み込む。いまは静かにしていたい。食い終われば、どうせ話すことは尽きないのだ。

最も心に重くのしかかっているのは、環シンパのネットワークのことだった。隼野に早く伝えたい。とりわけ、代表者の長船のことを。彼が環の移送車襲撃に関わっていないとは考えづらい。だが普通に警察に通報したくはない。捜査担当が公安になってしまえば、きっと隠蔽《いんぺい》されて終わり。だから隼野に伝えるのが最善なのだが、いまだにまったく、うんともすんとも反応がないのだった。

かと言って津田淳吾に告げるのは気が引ける。怪我を負い、天埜に去られ、それでなくともつらいところに重荷を背負わせたくない。

定食を食い終わる頃、川路の携帯が受信を知らせた。急いでチェックする。今度こそ隼野の返信ではないか。

ビンゴだ！　ようやく気持ちが通じたと思った。あわててメールの本文を開く。

助けてくれ。拘束されている。場所は八王子市摩久町《まくちょう》３１４７。だれにも言わずに

川路は動揺を顔に出してしまった。

「なんのメールですか」

風間がすかさず訊いてくる。

「隼野さんから……SOSだ」

「ええ？」

「なぜ僕に。警察には……頼れないのか」

警察内で孤立しているのだろう。警察の外に助けを求めるしかない。だが、違和感を覚えた。川路はアドレスを確かめる。たしかに隼野のものだ。本人が送ってきたのだ。

「でも、おかしいですよね」

メールの文面を見せてやると、風間は疑問をぶつけてきた。

「拘束されてるのに、メールを送れるって。まあ、隙《すき》を見て送ったのかも知れないけど……番地まで、丁寧についてる」

「罠《わな》だと思うか？」

うーんと風間は首を捻る。メールアドレスは隼野のものだ。とすると、身の自由を奪われていて、何者かが隼野になりすましてメールを送ってきたことになる。そんなことをしてまで、フリーの報道記者を罠にかける理由があるだろうか？

「隼野さんを、助けに行くんですか」

風間が面白《おもしろ》がって訊いた。

「……様子は見に行く」

「じゃ、俺も行きます」

風間は間髪容《かんはつい》れずに言った。

「一人だと危ないですよ。二人いた方が、なにかと心強いでしょう」

◆讐《アダ》

私が手塩にかけた〝クリーナー〟は背骨を失った。

蜂雀が出奔《しゅっぽん》し、アルテが散った。明白な非常事態だ。一本の柱が立て続けに失われた。

ここまでの急速な崩壊はさすがに予測できなかった。

明日をも知れぬレジスタンス活動だった。腹は括《くく》っていたつもりだ。だが周到な準備のもと、順調に掃除をこなしてここまで来た。王手まであと一歩。

乾坤一擲《けんこんいってき》、官邸に侵入してあわよくば重要閣僚を、とりわけ蘇我金司を討《う》ち取《と》ろうと企《たくら》んでいたが、それにはアルテ――皐月汐里が欠かせなかった。どうしても。だが間に合わなかった。最も必要なタイミングに現場に辿《たど》り着《つ》けなかった。蘇我が機先《きせん》を制した。

将棋に勝ったのだ。ギュンターという〝龍王〟を繰り出してきた。怒髪衝天《どはっしょうてん》。

焦《あせ》った若い蜂たちは、それでも精いっぱい突破を試みたが、あえなく失敗した。お粗《そ》末《まつ》。短い間に名を上げた前代未聞《ぜんだいみもん》のレジスタンス組織がこんなバッドエンドを迎えるとは。一敗塗地《いっぱいとち》。

私は環逸平と取引した。おかげで環奪還計画とタイミングを合わせられたのだ。騒ぎに乗じ、官邸を落とすという計画に落ち度はなかった。驚天動地の歴史的成功を収めるはずだった。エースが欠けなければ……官邸が地下に持つ秘密の逃走ルートまで手に入れていたのに！　アルテと、まだ若いが有望な暗殺者たち。彼らを一人として失うつもりはなかった。地下通路を誘導して救い出し、再会を喜ぶ予定だったのだ。

私は飼っていた蜂をすべて失った。

養蜂《ようほう》には時間がかかる。一朝一夕《いっちょういっせき》に鋭い針は育たない。一からやり直し――

皐月汐里ほどの逸材《いつざい》はしばらくは得られない。

そして、蜂雀は最高の次世代エースだった。

彼女を奪った天埜唯だけは許さない。いずれ必ず始末をつける。

どこだ、天埜と蜂雀は。いま、どんな舞いを踊っている？

◆冥王《めいおう》

　直接話すのは久しぶりだと環逸平は思った。

　直接、と言ってもリアルタイムで、という意味だが。生身で相対《あいたい》して話すわけではない。殿上人《てんじょうびと》は警察や拘置所に顔を出すはずがない。テレビ電話だ。

「お久しぶりです。どうされました」

　環は愛想良《あいそよ》い笑みを浮かべてみせた。相手は恩人。自分に特権を与えた張本人だ。

『どうされました、じゃない』

　相手は言った。顔ははっきり画面に映っているが表情を読みにくい。環がいる麴町署の取調室の方も暗い。容疑者に心理的な圧迫を加えるためだ。この暗さに文句を言う気はない。自分はそもそも地下の住人だ。人間という奇々怪々な生物の中でもとりわけ、精神の地下に深い深いぬかるみを抱えている個体。まさに底なし沼であり、環逸平は自分の沼が最も深いと自認していた。それを誇りにも思っていた。

　ところが、この相手にだけは劣等感《れっとうかん》を覚える。

　画面に映った男は同族。一般的な〝感情〟の持ち合わせがない人間だった。喜怒哀楽《きどあいらく》のうち、怒と楽は比較的はっきりしているものの、喜と哀が不明瞭。そもそも持っていないのかも知れない。私には言われたくないだろうが、と環はまた笑う。

こっちの表情はどう見えているのか。自分とは対照的だと気づいているだろう。同族であっても表情の現れ方は分かれる。環のように表情をうまく操れる俳優タイプがいるかと思えば、感情の欠如《けつじょ》がそのまま表情に反映されるタイプも。画面に映った権力者は、どちらかといえば後者だ。顔の右半分には表情らしきものが兆《きざ》すものの、左半分には〝無〟が宿っている。

さて、と環は首を捻《ひね》ってみせた。

「晴れて、私の死刑が確定しました。手向《たむ》けの言葉でもくださるんでしょうか」

相手の様子は変わらなかった。唇《くちびる》も開かない。不機嫌《ふきげん》にねじ曲がったままだ。

「それとも、公判のやり直しですか？　嬉しいですね」

心にもないことを言ってみせた。環には児戯《じぎ》だった。

「密《ひそ》かに裁判官に命じて、判決を無効とし、私を延命してくださるつもりだ」

自分の寿命《じゆみよう》をも冗談のネタにできる自分に、環は酔った。なんという傑物だろう。この命を惜《お》しいと思わない奴は地獄に落ちるがいい。

『違う』

ドライアイスよりも温度の低い声が返ってきた。

『なんだこの脱獄騒ぎは。恩を仇《あだ》で返しおって！』

なるほど、喜怒哀楽の怒だったか。あまりに予想通りだったので、環は侮蔑《ぶべつ》の気持ちを覚えた。

「謝ればいいのですか？」

環は平然と嘯《うそぶ》いた。

「たしかにあなたは、私を最高裁にまで出廷させてくれた。そこをだれかが狙うリスクなど、先刻承知だったはずではないですか？　シンパたちは懸命《けんめい》だった。精いっぱいの行動だったのです。私にはコントロールできません」

『嘘《うそ》をつけ。お前が主犯だ。裏でシンパに命じたのだ』

蘇我はにべもなかった。どうやら確信を得ている。だからこその〝怒〟だ。

「どうしてそう思うのですか？」

環は際限なく顔を緩《ゆる》めてみせる。〝アンチ環勢力〟には「ヘラヘラ笑い」「庶民《しょみん》を馬鹿にしている」などとさんざんに言われてきた薄笑いを、恩人に向かって惜しげもなく解放した。

『俺は今日、内調を動かしてお前のシンパを洗った。拘置所に通い続けた、あの暇な男がいるだろう。勤勉な割には忠誠心《ちゅうせいしん》はいまいちだな。すぐ吐いたぞ』

むべなるかな。川路弦と風間修弥以外には洩《も》らすなと命じてあったが、耐えきれなかったか。だがそれも織り込み済みだ。いつまでも隠しおおせるものではない。

「蘇我さん。長船を拷問《ごうもん》にかけたんですか？　あんまり可哀想《かわいそう》なことを、してやらないでください。あいつは本当によく働いてくれた」

『馬鹿者。お前の罪は、これだけではない』

だめだ。蘇我の怒りは度を超している。だから顔が硬直しているのか。

『お前は俺に隠れて、ずっと、ろくでもないことをやらかしていたな』

俺なんて一人称を使うなど殿上人らしくないですよと茶々を入れたくなる。還暦前の大人の嗜《たしな》みはどこへ？　環は嬉々とした。相手を激怒させるだけで達成感を覚える。この男を本気で怒らせることのできる人間は少ない。私は自分ならではの仕事をまた一つ、成《な》し遂《と》げた。

『貴様は〝Z〟を使った。俺のリストを盗んで』

さすがだ。究極の背任をも突き止められてしまった。

「だから何ですか？　自分のヒナ型たちを助けるのは、当然じゃないですか」

顔が溶けるほどのへらへら笑いが止まらない。地獄に落ちても続けられる気がする。

「あなたは為政者《いせいしゃ》側だから、不必要なカオスを嫌う。同族を救うという広い視野を持てないのです。それがあなたの限界だ。嘆《なげ》かわしい」

『お前が手をつけたのは……〝Z〟だけではない』

蘇我金司は環を無視し、唸《うな》りを聞かせた。環はぞくりとする。かつてない快感が背中を撫《な》でた。

『どうやってAランクを手なずけた！』

やはり、と環は思った。蘇我を逆上させたのはこれだ。

「ははは。気づきましたか」

快感は極限に達した。皇帝をここまで怒らせることのできる人間は自分だけ。

「やはりAランクに限りますよ。手際《てぎわ》のいい仕事を任せるなら、ね」

環は言ってのけた。環の奪還チームのリーダーは、蘇我が寵愛《ちょうあい》してきたAランクの若者だったのだ。中部地方の高校で生徒会長を務め、全国模試でトップ5に入ったこともある秀才。だれからも愛される人気者であり、その裏で、だれよりも熱心な環逸平の信奉者《しんぽうしゃ》だった。名前は鹿取東市《かとりとういち》。

『貴様……どうやって籠絡《ろうらく》した。お前と、鹿取が会ったのは一度きりのはず。しかも、大勢対、お前一人だった』

そうだ。あのマジックミラーに覆《おお》われた部屋での独演会。将来有望なリーダーの卵たちとのセッション。セッティングしたのは、他ならぬ蘇我だ。愉快《ゆかい》すぎる。

『環。どうやって鹿取と連絡を取った？』

「それは簡単です。彼が連絡をくれた」

『そんなことは無理だ！』

蘇我はどう見ても我を失っていた。

『Aランクは全員、常に行動を監視している。鹿取が拘置所に手紙を送れば、俺に報告が届くはずだ』

「いえいえ。私が長船を通して、まず彼に接触したのです」

環はかつてないほど爽《さわ》やかな笑みを浮かべてみせた。

「すると彼は喜んで、私への強烈な愛情を伝えてくれました。予想通りでした。あの鏡の部屋で対面したとき、彼の目の輝きは群を抜いていましたからね。気づかなかったんですか？　だとしたらあなたの落ち度だ」

『貴様……』

「それからはとんとん拍子《びようし》ですよ。いやあ、Aランクは最高です。彼の能力には惚《ほ》れ惚《ぼ》れしました」

蘇我が完全に絶句し、環のエクスタシーは頂点を突き抜けた。

「一度で充分だったのですよ。彼が、私を理解するためには。いやはや……私は本当に、感謝しています。彼らへのスピーチを許可してくださった、あなたに」

完璧な侮辱《ぶじよく》があるとしたらこれだ。〝芸術〟だと思った。できるなら額に入れて壁に飾りたい。処刑された後は棺桶《かんおけ》に入れて欲しい。

『危険だ……お前は、危険すぎる』

我を失ったことを恥じるように、蘇我は何度も頭《かぶり》を振った。

「教えてください。彼は……鹿取君は、死にましたか」

蘇我は答えない。

「刑事たちは口を噤《つぐ》んで、死んだ者の名前を明かしてくれませんでした。日本警察の銃撃によって殺された若者の名前はなんですか？　あなたが愛するAランクですか？」

『お前を評価していた』

蘇我金司は上擦《うわず》った声で全てを掻《か》き消《け》した。

『だから求められるままに、我《わ》が儘《まま》も聞いてやった。それを……後ろから矢を射《い》かけおって！』

顔を歪《ゆが》めて吐き捨てる。ドス、ドスと音が聞こえる。どうやら地団駄《じだんだ》を踏んでいる。環の快感が再び絶頂を迎える。

『お前がけしかけている、〝Z〟たちの叛乱《はんらん》も潰《つぶ》す。国の秩序《ちつじょ》を壊しおって……政府の落ち度になる！』

「なにを言ってるんですか。散発的な反抗など、可愛《かわい》いものでしょう？　お得意の印象操作で乗り切ればいいではないですか」

『面倒な仕事を増やすな！』

蘇我はふいに身を引いた。おかげで画面に映った顔がぼやける。

『貴様は疫病《えきびょう》だ。生かしておいた自分が信じられん』

「そういう私を、あなたは気に入っていると思っていましたが?」

『黙れ。甘やかしすぎた。お前の野望は潰す』

笑止な話だった。たしかに自分は治安の悪化に貢献《こうけん》した。だがそれは、使った薬が即効性か遅効性かの違い程度。お前も立派にこの国を荒廃《こうはい》させている。私のやり方よりよほど根本的に。

『忌々《いまいま》しい〝クリーナー〟も終わりだ。皐月汐里はギュンターが殺した。左右田一郎は逃走中だが、必ず押さえる』

おお。ついにあの男がクリーナーのオーガナイザーであることが露見《ろけん》した。内調の特命班がやっと真実に辿り着いたか。遅い。まったく見かけ倒しの、鈍い連中だ。

「蜂雀は?」

『見つけ出す。ギュンターが、必ず仕留める。復讐《ふくしゅう》に燃えているからな』

蜘蛛《くも》男ギュンター・グロスマンは、あのしなやかな蜂《はち》にこっぴどくやられたらしい。左右田がいい仕事をした。暗殺者を育てる警察官僚。愉快だ。おかげでドイツ産の戦闘者もすっかりトチ狂っている。願わくは、死力を尽くした対決をこの目で見たいものだ。もはや叶わぬ夢だが。

「意外ですね、蘇我さん」

環は抑揚《よくよう》を変えて、ゆっくり言った。相手にはっきり分かるように。

「これしきのことで、こんなにもお怒りとは。面白がってくださると思っていた。あなたは、怪物を育てるのが得意のはずだ。今後の参考になるはずですよ」

蘇我は不気味に沈黙した。

「どうかもう一度、立ち止まって考えてください。あなたが重宝《ちょうほう》すべきは果たして、Ａランクの子供たちでしょうか？　いいや。Ｚランクにこそ未来がある。実際にあなたは、とびきりのＺランクを一人、身近に飼っている」

『お前は、長く生きすぎた』

返答にはまるで温度がなかった。

『法がお前の死を保証した。ゲームオーバーだ』

その通りだと環は思った。社会から見て、自分は廃棄物《はいきぶつ》となった。

「おっしゃる通りです。家族も面会に来ないから、私が会える人間は弁護士と、刑務官だけになります。シンパにも、ジャーナリストにも金輪際《こんりんざい》会えなくなった。だが蘇我さん。あなたは例外だ！　最高権力者ですから」

本気か冗談か自分でも判然としないまま、問う。

「会いに来てくれませんか？　無理ならせめて、こうやって電話ででも」

『退屈だろう、環。すぐ終わらせてやる』

相手はさらりと言った。

「すぐ？」

さすがの環も呆気《あっけ》にとられる。

『私を馬鹿にした者は許さない』

蘇我は、画面に映る見た目よりも発火しているようだ。環は暗い悦《よろこ》びを覚えるが、それが自分の即死を意味するなら話は別。

「すぐというのは、どれぐらいすぐという意味ですか。死刑執行《しっこう》までは、通常、時間が開くのが普通ですが」

訊いても答えはない。相手は得意になっているふうでも、環の様子を楽しんでいるふうでもない。ただ、昆虫じみた沈黙があった。

「理解しました」

環は結論に達する。

「あなたがすぐ、と言ったらすぐなんだ」

相手は無言のまま。

「これから法務大臣に、ご注進ですか？　執行命令書にサインをしろと？」

相手はますます、感情どころか血の流れさえ失ったように見える。画面に映るのは顔ではなくぼやけた岩。それも少しずつ遠ざかっている。

「はは。歴史的だな。最速の執行か……嬉しいですよ。私にふさわしい」

環逸平は言い放つ。自尊心を見せるならいまのうちだ。

「新しい勲章《くんしょう》をもう一つ、もらったような気がする」

画面の中の蘇我の顔が消えた。椅子《いす》から立ち上がったようだ。環への興味を失った。

これほどの屈辱《くつじょく》はない。

「蘇我さん。最後に、あなたの顔に小便を引っかけられて、痛快だった」

相手に聞こえている間に言いたかった。どうしても。

蘇我の動きが止まった。画面の真ん中に顔が戻ってくる。

『死ね』

それだけ言うと、相手は回線を切った。

環逸平は真っ暗になった画面を眺めた。その先には果てしない虚空《こくう》があった。

これから自分が吸い込まれる虚空だと悟《さと》る。命運は尽きた。

「そうか。思ったより、短い人生だった」

稀代《きだい》のサイコキラーの顔にあるのは満面の笑み。

「国中の子供たちよ。あとは任せる。自分の生を生きろ」

罪人の死で犠牲者《ぎせいしゃ》の死は償《つぐな》えるものなのか。こうした問いに対してわれわれの社会が解答できるのは死刑を廃止することによってのみである。人を殺すことが正義ではありえない。皆さんのお陰《かげ》でフランスでは明日から人を殺すことが正義ではなくなる。夜明け方の刑務所でこっそり処刑するというわれわれの恥もなくなる。

ロベール・バダンテール（フランス法相、一九八一年）

『死刑』森達也（朝日出版社）より

第七章　報罪《ほうざい》

1

目隠しを取られた瞬間、隼野は言った。

「どこだ、ここは」

自分が吐いた台詞《せりふ》によって、どうしようもなく人質《ひとじち》であることを思い知らされる。実際にこんな状況に陥《おちい》ると、テレビドラマと同じような言い回しになってしまうことも。だが、目隠しを取られた人間が最初に口にする言葉が他にあるか？

また拘束されて、あの暗い部屋から連れ出された。今度は歩かされてここまでやってきた。そして椅子《いす》に座らされ、後ろ手に縛られ、足も椅子の脚に固定された。

目が光に慣れ、全体が把握《はあく》できるようになってきた。だだっ広い場所だ……学校の体育館よりも、一回り大きい。屋根や壁があるので建物ではあるが、柱は剝《む》き出しのパイプであり、あくまで仮組みだと分かる。見上げれば、屋根も半透明のプラスチック製だ。雨風をしのげる程度。

隼野が縛りつけられた椅子の周りには建材が積み上げられ、土塊《つちくれ》があちこちに盛り上がっている。工事の途中。なにを作っているのかは分からないが、運動施設かプールかも知れない。

そこまで分かってようやく、立っている男たちに目を据《す》えた。見覚えはない。一人がスーツ、一人がアサルトスーツを着ている。内調の人間だと察しはついた。だが蘇我金司の姿は見えない。どこかもっと快適な場所にいるのだろう。殿上人《てんじょうびと》は、こんな土臭い埃《ほこり》っぽい場所にいたくないに違いない。

「ここに来るのか？　天埜や蜂雀が」

隼野は訊《き》いたが、男たちから答えはない。反応さえしない。一切《いっさい》答えるなと命じられているのか。

「どうやって、あいつらに連絡を？」

誘《おび》き寄せるには、この場所を伝えなくてはならない。だが天埜が蜂雀と共に協倫堂病院から消えて以来、だれも足取りを摑《つか》んでいないはずだ。

「ポリスモードか。それとも、監視カメラをフル稼働したか？　クラウドのハッキングか。スパイ衛星でも使ったか？　いずれにしても、強制的にメッセージを送りつけたってことだな。返事があったのか？」

相変わらず反応なし。だが相手の顔を見て、隼野は間違ってはいないと感じた。この場所は彼女たちに伝わった。

「甘い。なんで俺のために現れると思うんだ？　あいつらは、俺のことなんか気にしちゃいない」

なにを言っても無駄だった。それどころか、男たちがにわかにピリつき出した。スーツの方が携帯機器を取りだし、緊張の面持《おもも》ちで呟《つぶや》く。

「来ました。天埜です」

外にいる仲間から連絡があったようだ。アサルトスーツの方が、

「一人で来たか？」

と問う。こちらの方が位《くらい》が上らしい。

「いえ――蜂雀も一緒のようです」

その報告を、隼野はまず疑った。演技ではないか。俺を動揺させてなにか引き出す気では？　だが、自分の中に大事な情報などないことを改めて確認すると、男たちの会話を本当だと受け止めるしかなくなった。

天埜。なぜ来た？　俺を救うため？　馬鹿な。お前にそんな義理はない。お前は俺に、貸しはあっても借りはないのだ。もう一度俺の命を救う気か？　やめろ。一生頭が上がらなくなる。そんな人生はまっぴらだ。

だが同時に、助けてくれと叫び出しそうな自分がいる。希望はお前だけだ。一人で死に

たくない――この場にギュンターも蘇我もいないことが気に喰わなかった。出てきやがれ。天埜と面と向かえ。貴様らにはその義務がある。

蘇我金司が現れた。ギュンター・グロスマンを従えて。実際に現れると隼野は後悔した。自分の寿命《じゆみよう》がわずかだと悟《さと》ったからだ。高官たちは椅子に縛られた刑事には目もくれない。隼野など舞台装置の一部でしかない。

初めからいた二人の男が恭《うやうや》しく頭《こうべ》を垂れる。王と近衛兵《このえへい》を迎えるように。起伏《きふく》のあるこの空間の中で、比較的平坦《へいたん》な場所に男たちが集う恰好《かつこう》になった。仮組みの屋根の反対側の端にはいくつも土塊が積み上げられている。その間から、ふいに二つの影が現れた。

どちらも小さい。女。少女のような、姉妹のような、いや――

二匹の蜂だ。天埜唯と、蜂雀。

隼野は二人を見て思った。ひどく収まりがいいと。二人は出会うべくして出会った。だがここに来るべきではなかった。待ち構える男たちが非情すぎる。なぜ来た？　本当に俺のためか？　どうして気にかける。いまからでもいい、去れ。好きな土地へ行って自由に舞え。そう言いたかった。だが遠すぎる。

「蜂雀と闘う許可をいただけますか」

黒蜘蛛《くろくも》男が低い声で言った。

血《ち》の気《け》に逸《はや》っている。ついにこの時が来たと燃えている。

「外でやれ」

許可を求められたカイザーは言った。

「こっちは、天埜と話をする」

「了解しました」

丁寧《ていねい》に頭を下げてから、ギュンターは声を張り上げた。

「蜂雀！　お前との決着は外だ」

指を屋外に向けて差す。

蜂雀が微《かす》かに笑ったのが見えた。望むところらしい。

天埜が心配そうに蜂雀を見た。だが蜂雀は軽く頷《うなず》くのみ。

すると天埜は、意外にあっさりと蜂雀を送り出した。なにか策があるのか？

二匹の危険な虫が屋外に消えた。おかげで殺気が幾分《いくぶん》か減った気はしたが、呼吸困難に変わりはない。当然だ、ここにはまともな人間など一人もいない。

蘇我金司が天埜に向かって手招きする。

「こっちへ来い」

天埜は応じた。ところが、遅い。それもそうだ。ひどく足を引きずっている。右手で松葉杖を突いている。右の大腿部《だいたいぶ》に弾丸が直撃してから二日しか経《た》っていない。まだ自分の足で歩くべきではなかった。

だが天埜はここまで歩いてきた。自力で。そして今も立っている。隼野は信じられない。

「元気そうだな」

蘇我金司がかけた言葉も信じられない。

表情がはっきり分かる距離まで来て、隼野は感じた。

決闘が始まる。

2

鮎原からのメッセージに導かれるままに、津田は指定された番地付近までたどり着いた。タクシーの運転手には、二時間後にここに戻ってきてくれ、もし自分が戻ってこなければ警察に連絡してくれと頼んだ。運転手は厄介事《やっかいごと》はごめんだという雰囲気があからさまだったが、拝《おが》み倒して約束させた。一人車を降り、タクシーが去るのを見送る。果たしてあの運転手は約束を果たしてくれるだろうか。

タクシーの中ではずっとネットニュースを追っていた。ついに首相官邸や内閣府にまでテロの手が伸びた……隼野に連絡を繰り返したがまったく反応がない。津田はいても立っ

ても いられず、捜査支援分析センターのセンター長・金子《かねこ》に連絡して、現時点での最新情報を教えてもらった。最も衝撃的なニュースはそこからもたらされた。

『甲斐さんが被弾した。隼野が行方不明《ゆくえ》だ』

同時多発テロを超える衝撃をねじ込まれるとは思いもしなかった。連絡が取れないのも無理はなかった。隼野は新宿御苑で、なんと同じ捜査一課の皐月汐里と撃ち合いを演じ、皐月汐里の死体は御苑内の〝母と子の森〟で惨《むご》たらしい状態で見つかったらしい。だが森の中には目撃者がおらず、皐月汐里を殺害した人間は不明。隼野だったとしたら、同僚を殺して逃亡したことになる。

「それはあり得ません。そんなことをする奴は……」

すぐに頭に浮かぶ、アサルトスーツの集団がある。内閣情報調査室の特命班所属の部隊。だが軽はずみな断定は控えた。

『とにかく、お前は気にするな。療養に専念しろ』

金子は優しい言葉をかけてくれた。津田は思わず頭を下げる。ずっと病院にいると思い込ませているが、実際は都内を西に向かっている。隠し事をしている罪悪感もあって、あまり長く話せず、感謝の念も伝えきれなかった。通話を切ってから後悔する。

まだ処分は下っていないものの、天埜の所属上長が無傷で済むとは思えない。自分も同様で、いずれ懲罰《ちょうばつ》処分となり左遷《させん》される公算が高い。天埜が失踪《しっそう》した責《せき》も問われれば、もっと重い処分もあり得る。

そもそも急造の機動分析3係は、金子にとっては目の上のたんこぶのような部署だったはず。所属するのは刑事らしくない変わり種。それなのに金子は親切に扱ってきてくれた。津田たちからの要請にもできる限り誠実に答えてくれた。いつか恩返ししたい。

だが自分も被弾してしまった。いま、捜査員としての自分のパワーゲージはゼロに近い。伯父《おじ》を助けるので精いっぱいだ。

タクシーが去り、もはや辺りにはまったく人の気配がない。津田は一人、闇の中を慎重に進んだ。やがて、建設途中の施設のシルエットが見えてくる。スポーツ施設か、それとも研究所の類《たぐ》いだろうか。演習場か科学の実験施設かも知れない。

施設を覆《おお》う足場が見える。数え切れないほどの鉄のパイプが縦横《じゅうおう》に張り巡らされている。胸騒ぎしかしない。こんなところに一般人は寄ってこない。中で何が行われようと絶対に分からない。

伯父はどこだ？　どこにも見当たらない。メールにも電話にも反応しない。心構えをしておけ。道中、自分にそう言い聞かせてはいたが、いよいよもって覚悟しなくてはならないようだった。メールを送ってきたのは鮎原ではないと。

手負いの刑事を罠《わな》にかけてだれが得をするのか？　それがまったく分からないから、鮎原の指示と信じたくてここまでやって来た。だが間違いだった、鮎原のマンションに舞い戻るべきだったのだ。あるいは、捜査一課のだれかに頼んで鮎原の所在を確かめてもらうべきだった。

もう遅い。人の気配を感じて、津田は左肩を押さえながら逃げ場を探った。施設の周りに点在している重機の陰《かげ》に身を隠す。施設の内部から人影が出てきた。違う場所から一人ずつ。体格が対照的だった。一人は小柄で、一人は恐ろしく長身。しかも、どちらのシルエットにも見覚えがある。

二人は音も立てずに歩き、広場のようになっている場所まで来て正面から対峙《たいじ》した。端《はた》から見ていても激しい殺気に溢《あふ》れている。決闘。それ以外にふさわしい言葉は浮かばなかった。

黒蜘蛛。そして蜂雀。

台場で見た悪夢の再現だ。

「お前だけは必ず殺す」

夜闇の底に低音《バス》が沈む。これが蜘蛛の声か。台場では語らなかったのに、いまは怨念《おんねん》が口から漏《も》れ出している。ゆっくり広げた長い手足のすべてから殺気が放たれているように見える。対して蜂雀は――笑っている。津田は戦慄《せんりつ》した。それは明らかに、喜悦《きえつ》だ。

「ドク！　これは正当防衛だね？」

この場に天埜唯がいるのかと思った。だが、津田がいくら目を凝《こ》らしても見つけられない。

「僕はこいつを殺すよ！　なぜなら、殺さないと殺されるからだ」

仮想の天埜に問うているらしい。一緒に病院から消えたのだから、きっと近くにいるはず。建物の中か？

二匹の生物がじりじりと立ち位置を変える。戦闘開始だ。

津田は瞬《まばた》きも呼吸も困難に感じた。張り詰めすぎて動けない。空気一つも揺らしたくなかった。蜘蛛と蜂は自然界でも好敵手だろう。だがこれは人間。すでに何人もの人を殺《あや》めている者同士。なぜもう一度見せられる。サイコキラーの究極形のぶつかり合いを。絶対に人が死ぬ場面を。

見ているだけで伝わってくる。この二者の違いが。内閣情報調査室に所属し、どんな武器でも手に入るはずの男が銃器を取り出さない。この黒蜘蛛のファーストチョイスではないのだ。使えないのではなく使わない。ギュンター・グロスマンは相手を苦しめて殺したいのだ。その結果選んだ武器が、いまその手にある異様な金属棒。柄杓《ひしゃく》のような形をしていて、まともにヒットすれば一発で相手を骨折させるだろう。蜂雀の武器である鋭利《えいり》なナイフに対して最も有効、と考えたのかも知れない。相手の強みを消した上で苦痛をもたらせる。長く相手を痛めつけた上でようやく殺す。そうでなくては気が収まらないのだ。

いくら自分に深手《ふかで》を負わせたとは言え、相手は少女。やはりこの男は異常だ。

対して、蜂雀の使う武器はいつも通り。もはや身体の一部に見える、蜂の針のような鋭利な刃物だ。だが、ギュンターの武器に比べればあまりに見劣《みおと》りする。形勢は圧倒的に不利。ここが闘技場で、この決闘が見世物《みせもの》だったたら、蜂雀の勝利に賭《か》ける者はいないだろう。

ギュンター・グロスマンは手負いだ、という予備知識があったとしても賭け率は変わらない。半分ドイツ人のあの男は苦痛を感じていないように見える。目が血走り、顔も妙に火照《ほて》っている。津田は疑った。身体になにか特別な処置を施しているのでは？　自分も薬を打っているから分かる。ただの痛み止めでないのは明らかだ。

この勝負はフェアではない。蜂雀、逃げろと思った。これは絶対に勝ち目のない戦いだ。

だが、蜂雀の身のこなしを見ていると気が変わってくる。素人目《しろうとめ》にも明らかに、格闘技の達人レベルだった。敵と絶妙な距離をとり続けていて、黒蜘蛛を間合いに入らせない。相手の間合いになったらパワーでは敵わないと悟っているからだ。当然、間合いを詰めることを狙うギュンターは蜂雀を追い込むためにステップワークを駆使する。蜘蛛の巣から出てきた異形が獲物の体液を吸うために長い四肢《しし》を駆使している。津田は怖気《おぞけ》を震《ふる》った。動きが妙なのだ。どこがどうとは言いづらい、だが間違いなく、尋常《じんじょう》ではない震えと加速を伴《ともな》っている。ギュンターの体内を流れる異常な薬物の効果に違いなかった。内調であればどんなものでも手に入れられる。国家機密を楯《たて》にしてどんな違法薬物を使用しても咎《とが》められる恐れはない。

これでは間合いは永遠に詰まらない。二人の武器はお互いを捉《とら》えない。そう信じそうになった矢先——蜂雀の手が素早く一閃《いっせん》した。なにか小さい物を放った。

黒蜘蛛の長い脚に火が点《つ》く。物理的な火だ。蜂雀が投げた物が当たった結果だった。

ギュンターは表情一つ変えない。脚を振り、焔《ほのお》を消しただけ。火力は強くない。だがこれは小手調べだ、と蜂雀の目は語っていた。他にもなにか隠している。そうか——と津田は納得した。蜂雀は熾天使《してんし》の技を受け継いでいる。あの火使い少年の作った武器がある。

使える手段はすべて使う気だった。生存本能の命じるままに。

蜂雀が醸《かも》し出す余裕の正体はなんなのだろうと思っていた。一人ではない、という思いだったのか。さっきはドクの名を呼んだ。蜂はそもそも群れをなす生き物。集団的な存在だ。蜂雀は孤独ではなかった。

次の瞬間、津田は総毛立った。

「余計な奴が見物しているな」

——気づかれた。人為的《じんいてき》に感覚を先鋭化しているあの蜘蛛に気づかれないわけがなかった。津田は怪我人だ。興奮や緊張で息が乱れるのは止められない。

「だれだ。出てこい！」

津田は頭を引っ込め、重機の裏側に身を潜《ひそ》めた。絶対に視界に捉《とら》えられたくない。幸い、ギュンターはこっちがだれかを把握していない。そして、蜂雀のおかげでこっちに駆けつけられない。この戦闘の決着がつく前に逃げおおせれば助かる。だが、追いつかれたら確実に終わりだ。

走り出せなかった。姿を見られるのが恐ろしいのもあったが、闘いの結末を知りたい。いや、蜂雀の勝利を見たい。

天埜唯とともに歩む決断をした蜂雀にこそ、俄然《がぜん》肩入れしている自分に気づく。少女の真意は分からない。だが、さっき口にした正当防衛という言葉。強大な敵を前にしても怯《ひる》まぬ佇《たたず》まい。津田は蜂雀の勝利を祈った。

だが、響いてくる音は不穏《ふおん》だった。この鈍《にぶ》い音は――あの金属棒がなにかを叩く音。地面だ、蜂雀の身体ではない。そう祈るしかなかった。ぼうっ、という火が弾《はじ》ける音。蜂雀の応戦だ。だが確信はない。やはり自分の目で確かめないと……

勇気を振り絞り、津田はまた重機の陰から頭を出した。

眩《まぶ》しかった。背中から発火しながらギュンターが棒を振るっていた。今度の火炎弾は強力で、振り払っても容易《ようい》には火が消えないタイプだ。どうにかして背後をとった蜂雀が当てることに成功したようだ。だが蜂雀が代償《だいしょう》を支払ったのも分かった。片脚を引きずっている。打撃を浴びてしまった。

それは、片羽をもがれたに等しかった。一方でギュンターは背中の熱を感じていない。厚いアサルトスーツの力か、異常な薬物の効用か。ともかく形勢が傾いている。蜂から蜘蛛へ。二匹の距離が一気に縮まった。

長い手が一閃する。ギュンターの特殊警棒がしたたかに蜂雀の背中を捉えた。津田は思わず口の端を噛《か》み切りそうになる。あれほど異常な膂力《りよりよく》で少女の真芯に打撃を与えたのだ、蜂雀はもう立てないはず。勝負あった。相手を倒した当人がそう確信していた。だから無造作に、うつぶせに倒れた少女に近づいてとどめを刺そうとした。金属棒を振り上げた瞬間、津田は目を閉じかけた。無残に蜂雀が散る瞬間を見たくない。

だが、閉じかけた目をあわてて見開いた。少女が動いたのだ。恐ろしい速さで、細い腕を横に薙《な》ぎ払った。

その手に握《にぎ》られた刃の切っ先が、確実に蜘蛛の膝《ひざ》横を貫いた。

その過程はスローモーションに見えた。死んだかに思えた蜂が突然羽ばたいて蜘蛛を刺した。確実に急所を。まさに一撃必殺の生き物だ、警戒を怠《おこた》らなかった蜘蛛にもコンマ一秒の隙があった。それを逃さないのが蜂雀。

振り下ろした警棒は大きくそれ、身体《からだ》の軸を失ったギュンターは横倒しになった。対して蜂雀は起き上がる。打撃を受ける前のスピードは失っていたが、それでも自分の足で立っている。死力を込めていまの一撃を繰り出した。ダメージは大きいが、蜂雀は生存本能で蜘蛛から遠く飛びすさった。そこでがくりと膝を突き、息荒く敵を睨《にら》む。

地面に両手をつきながら、無事な片足で地面を搔《か》きながら、ギュンターも恐ろしい顔つきで蜂雀を睨んだ。どちらも動けない時点で、強烈なデジャブが津田を襲った。あの時と同じ匂いがする。台場の闇の中で感じた匂いだ、あのとき蜘蛛は網《あみ》に絡《から》まっていて、蜂は無傷だった。ずいぶん状況が違うのに、津田は同じことが起きると確信した。

一秒後にはそれが実現した。ギュンターが銃を取り出した——この蜘蛛は身も蓋《ふた》もない。美学もダンディズムもうわべだけだ、形勢が不利になったら銃を出す。容赦《ようしゃ》なく撃つ。そして、避けられる距離ではなかった。

爆音とともに少女はのけぞり、地面に這《は》いつくばった。

呆気ない……呆気なさ過ぎる。あれほどの強さが一瞬で地上から消える？　不条理だ。人の死は常に不条理とはいえ、とりわけ不条理だった。

蜘蛛の勝利か。津田は認めたくなかった。こんな腐りきった生き物に栄誉を与えたくない。だが次は自分の番だった。認めようが認めまいが、長い腕は旋回する。そして銃口を、津田のいる方に定めた。少女の次は怪我人を殺す。本当に腐れ切った地獄の虫だな。

そう浴びせかける暇もなかった。爆音が響く。

3

隼野は天埜の顔から目を離せなかった。

病院から姿を消してから、いままでどうしていた。蜂雀とともにいったいどんな時間を過ごしていた。確実なのは、あの少女のためにすべての力を使っていたということ。だが蜂雀は黒蜘蛛とともに外へ出て行ってしまった。いま、天埜は一人ぽつんと、この国の実権を握る男の前に立っている。

「なんで来たんだ」

隼野は声を届けた。こんなに近くまで来たのだから、伝えない方が不自然だった。

「俺のためじゃないだろ？」

天埜は隼野に視線を向けた。だがこの場所はそもそも明るくない。だだっ広いにもかかわらず数カ所に小さなライトが灯《とも》っているのみで、表情を読むのには適していなかった。ゆえに天埜の感情が分からない。

隼野は、情に溢《あふ》れた眼差《まなざ》しを想像した。それが間違っていることも分かっていた。だが想像することで自分を慰《なぐさ》めた。あと何分生きられるか分からないのだ。自分を楽にするためならなんでもする。

ふいに、アサルトスーツの男が動いた。荒事を専門とする男と想像できた。ギュンター直属の部下だろう。インカムをした耳に指を当てながら、蘇我のそばに寄っていって話しかける。

「ギュンターが、仕事を終えたようだ」

報告を受けた蘇我金司は、分かりやすく鼻の穴を広げながら言った。いたく満足そうだ。

「残念だったな、天埜。いや、ドクよ。蜂雀ごとき、しょせん本気のギュンターには敵わない」

決着がついたのか。思ったより早かった――

「ギュンターに火を点けたのが間違いだ。どんな怪我も奴を止められない。どんな屈辱《くつじょく》も、命を懸《か》けて返す男だ。挑《いど》む相手を間違えたな」

容赦なく勝ち誇る。隼野は心底、この男を憎んだ。数々の非人道的な政策を先導してきたことよりも、目の前の女を侮辱《ぶじょく》するその姿にこそ憎しみを覚える。

天埜の表情を食い入るように見た。救うために力を注いできた少女が、あえなく散った。どれほど無念だろう。

だがやはり、天埜には変化が見えない。ただ静かに立っている。松葉杖と共に。

「天埜。生き甲斐を失った気分か？　どうする。これから」

蘇我の口調はいやに気安い。隼野は思わず立ち上がりかけた。むん、と力が椅子に加わったことを男たちは見逃さない。スーツの男が殴りかかる勢いで近寄ってきた。隼野は目を瞑《つむ》る。

「隼野。お前も命乞《いのちご》いをしろ。天埜に」

意味不明な言葉を浴びせかけてくる。

「天埜。少なくともお前は、私に向かって明確に牙を剝いたことがない。私とギュンターの狙いは蜂雀だった。あのうるさい蠅《はえ》が死んだいま、お前の処遇について考えている」

思いもかけない話の成り行きだった。

「お前は、早い段階で鮎原の言うことを聞かなくなった。むろん、左右田に協力もしていない。お前が、叛乱《はんらん》分子ではない、刑事に戻りたい、というのであれば、戻してやらないではないぞ。どうだ」

まさかのチャンスが訪れた。この男は、通常の思考とはまったくかけ離れた発想で動く。なんとドライで、実益《じつえき》を優先する男なのか。だからこその王朝だ。

「お前が願うなら、そこの雑魚《ざこ》も、助けてやってもいい。ただし、刑事はやめてもらうがな」

天埜が首を縦に振るはずがなかった。蜂雀を殺されたのだ。

俺だって同じだと隼野は思った。刑事であろうがなかろうが、これほどのものを見せられて黙っていられない。蘇我の悪行を止めるためならなんだってする。でなければ死んだ方がマシだ。

ゆえに、互いの答えは同じだった。確かめる必要もない。

終わらない沈黙から察した蘇我は、やがて頷いた。

「やはり、そうか。時間を無駄にしたな」

表情一つ変えず、配下の男たちに向かって言う。

「では、始末しろ」

そして踵《きびす》を返した。この場を立ち去る。

「待ちなさい」

初めて天埜が、声を発した。鞭《むち》が唸《うな》るように蘇我の背中を打った。

蘇我は足を止め、再び向き直る。かつてのドクに向かって。

「どうした？　気が変わったのか」

「ここから帰さない」

天埜唯は言い切った。

「あなたは、二度と官邸に帰ることはない」

「面白いことを言うな」

蘇我は笑った。心底楽しんでいるように見えた。

「どうやるんだ。俺を足止めするには」

そのときだ。天埜の耳に、イヤホンが塡《は》まっているのに気づいたのは。

隼野は嬉《うれ》しかった。天埜がここにいる。抜け目のない、切れ者の科学捜査官が。彼女の分析に狂いはない。捜査時の天埜がサイコキラーのときには。

そうか。天埜は、蘇我に勝つ気だ。特に相手が隼野はすんなり呑《の》み込んだ。

「なんだと？」

蘇我が声を上げ、配下の男たちが同時に反応した。自分たちが入ってきた入り口の方を鋭く見る。

ものものしい気配が建設現場の中に入ってきたのだ。複数だった。

「だれだ！」

スーツの側近が上擦《うわず》った声で誰何《すいか》する。入ってくる者たちも同じスーツ姿だ。

「貴様、なにをしている！」

相手がだれかを察した蘇我が声を張り上げた。

4

川路弦は風間修弥を伴い、注意深く徒歩で近づいた。

闇の中に奇妙なドーム型のシルエットが聳《そび》え立っているのが見えてくる。目にした瞬間、川路弦は引き返すべきだと直感した。どうやら大きな施設の建設現場だ。ここに隼野刑事が囚《とら》われている？　本当だとしても、侵入して救い出すなど無理な話だ。自分たちは記者と大学生に過ぎない。いったい隼野は、なにを考えて自分たちに助けを求めたのか？

「やっぱり、これは罠だ」

川路はあえて断言した。伴ってきた大学生に聞かせるために。

「危険すぎる。侵入は諦めよう」

「でも、本当に中に、隼野さんがいたら？」

風間修弥が真剣な顔で訊いた。一度しか会っていないあの刑事が信頼に足る男で、助けを求められたのなら救いたい。そう思っているのは分かる。だが闇雲に突っ込めば命に関わる。

「……警察に知らせよう。それ以外にない」

知らせたところで揉《も》み消される。隼野を窮地《きゅうち》に陥《おとしい》れているのが権力側だとしたら、警察は隼野を守らない。むしろ警察こそが主犯かも知れない。その可能性について考えるだけで暗澹《あんたん》とする。いずれにしても、ここから離脱することが最優先だ。きな臭すぎる。

「見捨てるのは反対です。俺は」

風間らしい無謀《むぼう》さが顔を覗かせた。川路は腰を据えて説得にかかる。

「僕は君に対して責任がある。危険にさらすような真似《まね》はできない」
「俺は平気です。それより、隼野さんの無事だけでも」
そこで気配を感じた。川路はビクリと振り返る。
風間も気づいた。身を縮めて川路の腕を摑んでくる。互いに後悔した。やはり罠だった
……闇の中を、ものも言わずに進んでくる影に気づいて声も出ない。相手が凶器を持って
いたら終わり、という距離まで迫る。川路は前に出た。せめて楯になろうとした。
「逃げろ」
背中に向けて言う。若者だけでも生かしたい。相手は一人のようだ、なんとか時間を稼
ぐ。悲壮な覚悟で闇の中に目を凝らした。そして絶句する。
「あなたは……」

5

「貴様、なにをしている！」
蘇我が叫んだ。隼野もようやく、現れた人物がだれかを視認する。えっ、と思わず声が
洩《も》れた。
「篁……公安部長」

そうだ。一向に連絡の取れなかった篁がいきなり現れた。しかも部下を引き連れて。隼野が新宿や台場で世話になった、伊勢《いせ》と生島《いくしま》だ。

本来公安とは、最も権力と直結する部署。だが権力者の蘇我が意表を突かれている。呼びつけたわけではないのだ。明らかに篁が自分の意志で押し入ってきた。篁の部下たちがしっかり銃を構えていることからもそれが分かる。おかげで内調の連中も下手《へた》に動けない。この乱入をまったく予期していなかったのだ。

「蘇我さん。いったい、ここでなにを？」

近くまで来た篁の問いは、とぼけ過ぎている。蘇我が目を三角にするのも道理だった。

「お前の関与することじゃない」

「そうですか？」

篁はあくまで持ち味を崩さない。

「私は、腐っても公安部長ですよ。頼りになる部下もいる。蘇我さん。なんでもかんでもあなたの思い通りになると思ったら大間違いだ」

完全に喧嘩《けんか》を売った！　隼野は一気に篁に肩入れする。やはりこの男は信頼できる！

「思い通りになるんだよ」

だが蘇我は押《お》し被《かぶ》せた。

「お前など、いつでも飛ばせる。遅くはない、帰れ。ぜんぶ見なかったことにしろ」

「さっそくパワハラですね！　さて、どうしますかねえ」

篁は顎《あご》に手をかけて考えた。視線は、蘇我と対峙《たいじ》している天井へ。隼野へも巡ってくる。それから、あらぬ方向へ目を向けた。だれかを探しているように。隼野は気になった。が、他に人影は見つけられない。

「ところで、蘇我さん。この建設現場の外で、だれか倒れていましたが」

篁は世間話のように言った。

「お知り合いですか？」

「貴様……下手な芝居はよせ」

蘇我がみるみる不機嫌《ふきげん》になっていくのを見るのは壮快だった。だが、篁は死体を見た。蜂雀に違いない。

「テロリストが一人死んだだけだ。若い女だが、仕方ない。放っておけばまた破壊活動をする」

蘇我は吐き捨てた。若いどころではない、蜂雀は十五歳だ。それを問答無用で殺した。あまりの非情さに改めて怒りが燃え立つ。

「いや。死んでるのは、大柄な男でしたよ？」

ところが篁は、飄々《ひょうひょう》と話をひっくり返した。

「どうもあれ、いつもあなたの傍《そば》にいる男に見えましたけど？」

「馬鹿を言え。ギュンターからは、つい今《いま》し方《がた》連絡が」

「あー。では、その直後でしょうね。死んだのは」

「な……」

「脈を確かめましたよ。あの化け物は、たしかに死にました！　残念でしたねえ」

「嘘を言うな！」

蘇我が激昂《げっこう》した。この男も激昂するのだ。篁の陰険《いんけん》な攻めが鮮やかすぎて拍手したくなる。むろん、隼野の手首はきつく締まるだけだった。

「嘘じゃありません。ずいぶん強さを鼻にかけていた男のようですが、死ぬときはまあ、呆気ないもんですねえ」

この軽さが逆に、篁の覚悟を伝えてくる。最高権力者を相手にとことんまでやる気だ。

「貴様らが殺したのか！」

蘇我の剣幕に、配下の男たちの目が怯《おび》えていた。これほど激怒しているところを見たことがないのだろう。権力を自家薬籠中《じかやくろうちゅう》のものにしてきた男は、激怒すること自体必要のない人生を送ってきた。だがいま、カイザーは取り乱している。

「篁。貴様らが蜂雀に加勢したのか？　テロリストに！」

「テロリストは、彼女ばかりじゃない。政府の中にもいる」

篁は言い切った。隼野は、痺《しび》れた。

「あんな危険な男を飼っている人も、尋常《じんじょう》じゃない。そっちの方がよほどテロリストだと、私は思います。国民に対するテロだ」

「やはり……貴様らが」

蘇我が震えている。ギュンターは、それほどに気に入っていた側近だったのだ。

「正当防衛です。やらねばやられていた」

篁は、ついに認めた。

「叛逆だ！」

蘇我は宣告した。朕《ちん》は国家なり、とでも言うように。その傲慢《ごうまん》さが眩暈《めまい》を呼ぶ。

「あなたはどこまで行っても変わらない」

篁はふいに、嘆き節《なげぶし》を聴かせた。

「私の親父も、口を極めて言っていました。あの男だけは放っておいてはならない。国家を蝕《むしば》む最悪の佞臣《ねいしん》だってね。私もまったく同感です」

「篁……正助。ただの馬鹿正直な男だ。あんな好々爺《こうこうや》になにが分かる！」

「たしかに好々爺ですよ」

篁朋人の笑みに怒りが射した。

「舐《な》めてる人も多い。副総監になっても、親父に従わない不良官僚は多くいたようですがね。対してあなたは、非情な采配《さいはい》に徹して内調も公安も意のままに動かしてきた。そのつもりだった。だが、公安の方は無理でしたね。公安の抱えてる泥濘《でいねい》は、また別ですよ。まるごと掌握《しょうあく》できる人間はいません」

「佃さんか……どうせお前は、佃茂正《しげまさ》のスパイだ。そうだろう？」

警察官僚出身の佃首相補佐官の名前を挙げて罵《ののし》ってきた。

「いいえ」

と篁はその説を却下《きゃっか》する。

「私だけは、別の原理で動いていました。ま、独立愚連隊《ぐれんたい》ですね。あるいは、跳ねっ返りとでも言いますか」

「お前のユーモアなど要《い》らない。要点を言え」

「分かりました」

篁は姿勢を正した。

「だれに指示されたわけでも、後ろ楯がいるわけでもない。ただ、これ以上あなたをのさばらせておくわけにはいかない。それだけのことです」

蘇我は一瞬ホッとしたように頬を緩めたが、すぐ探る目つきになる。

「ふん。大きく出たな。後ろにだれかいるくせに」

「いませんよ。本当に」

達観したような、命を捨てたような顔を見て、隼野は篁朋人を信じた。だが蘇我は違う。

「後ろ楯は必ず探り出す。その上で、お前のことは徹底的に潰す。無事で済むと思うな」

「ええ。無事というのは、もはや無理でしょうね。承知の上です」

焦燥《しょうそう》と悲嘆《ひたん》。篁は正直だった。

「貴様……キャリアが惜しくないようだな」

「ええ。私、公安部長はうんざりです」

篁は疲れた笑みを見せる。隼野は同情さえ覚えた。

「米たかなかったですよ、こんなところ。だけど、分かっちゃうんでね。公安部長でいると、汚いことはぜんぶ」

「分かったからなんだ」

蘇我は直進する猪《いのしし》だと隼野は感じた。なんでも蹴散らせると信じている。

「お前らはしょせん兵隊だ。命令に背《そむ》くことはできない」

「あなたに命令されてるわけじゃない。こっちは内調じゃないんでね」

「屁理屈《へりくつ》を言うな。トップは同じだ。総理大臣ただひとりだ」

「そして、あなたは総理の化身。分かりやすいですね」

そこで篁は、ふいに隼野に向かって頷いてみせた。こちらを安心させてくれようとしたのが分かって、思わず頷き返す。

「だが、すべてと引き替えにする覚悟、できてるんですよ。こう見えてもね」

篁朋人は啖呵《たんか》を切った。隼野は、捕縛から抜けようと今一度、ぐっと手を引いてみた。だめだ。手首からは血が滲《にじ》んでいるだろう。それでも自由になれない。頼む篁さん、俺を解き放ってくれ。

「天埜。続きをやれ」

ところが公安部長は意外なことを言った。どういう意味だ？　隼野は驚いて天埜を見た。

天埜は首を振る。

「まだ足りません。約束が違う」

天埜はそう言ったのだった。公安部長に不平を漏らした。

「揃っていないではないですか」

「津田は助けた。あそこにいるよ」

自分たちが入ってきた方を示した。隼野は首を巡らせたがよく見えない。入り口の辺りに、津田淳吾がいるのか？　わざわざ病院から出張してきたらしい。

「けっこう苦労したよ。彼の伯父さんからバトンを受け取って、ここまで誘導するのは」

この気安い口調。天埜と篁は、裏で繋がっていた！　これこそ衝撃だった。そしてなにかを企《たくら》んだ。だからこそ今、蘇我に対して優位に立てているのだ。いつまで優位が続くかは心許《こころもと》ないが。

「いちばん大事な、彼が来ていないではないですか」

天埜はあくまで不満げだった。

「心配するな。まもなく着く」

篁は請《う》け合《あ》った。いちばん大事な彼とはだれを指すのか隼野にはまったく分からない。二人が密接に結びつき、隼野に秘密で策謀を進めていた衝撃が尾を引いていた。だが、落ち着いて考えれば平仄《ひょうそく》が合う。天埜が病院から失踪した時期と、篁と連絡が取れなくなった時期は重なっている。その間、この二人はどこかで会っていた。そして何事か段取っていたのだ。

隼野が必死に考えを巡らせている間に、篁の部下たちは内調の連中を武装解除してどこかに連行していった。若い警察官僚とは思えない手際のよさだ。篁が特別な訓練を施したのだろう。保身のためには当然だ。あの二人は篁朋人の直の後輩ではないか。そこまで気心が知れた仲でないと、本物の試練を前に結束して立ち向かえない。頼もしかった。ギュンターを斃《たお》したというのが本当ならなおさらだ。蜂雀も救われたのだろうか?

思いがけず窮地《きゅうち》に立たされた蘇我金司は、場の流れを読もうとしている。反撃の機会をしぶとく狙っている。その眼差しは死なず、なにも聞き逃すまいと身構えている。

この場には蘇我と天埜、篁、そして隼野の四人だけになった。

いや——別の人間がいる。

この建設現場の反対側。ひときわ大きな土塊の向こう側に、微かに違和感を覚えた。視線をやり、あっと声を出しそうになった。

だれかいる。こっちを見ている！

6

「あなたは……」

川路弦はその先を続けられなかった。

そしていまだに現実感が湧かない。なぜ現れたのか？　ついさっきは死さえ覚悟したのに、あなたは音もなく現れ、こうして自分たちを導いている。ここで会うとは想像もしなかった。

闇から現れた人物は黙々と進んでゆく。川路と風間を率《ひき》いて、建設現場を大きく回り込み、一つの入り口を提示した。川路は風間を伴い、言われるがままに中に入り込む。逆らう理由は一つもなかった。目の前に現れた土塊をおとなしく這い上がる。その向こう側に、何があるのかも知らされぬままに。

初めに頭を出した瞬間は、なにがなんだか分からなかった。この建設現場の、川路たちから反対側に何人かの姿が見える。ライトがいくつか、ステージのようにそこを照らしており、離れていてもだれがだれかは見分けられた。川路は戦慄し、修羅場だとすぐに理解した。

まず、椅子に縛りつけられている様子の隼野に目が行く。ちょうどこちら側に顔が向いているから識別できた。向こうからも見えただろう。

スーツ姿の二人の男が立っているのも見える。動く角度によってようやく、顔に見覚えがあることに気づいた。どちらもただならぬ人物。この国にとって重要人物だ。関係性が良好には見えない。年嵩《としかさ》の男の方は、時折声を張り上げている。

あれは蘇我金司首相秘書官。〝総理の化身〟だ。対しているのは一回りほど若い警察官僚。泣く子も黙る公安部長の篁朋人ではないか。一般人は知らなくても、報道記者は公安部長の顔を知っている。自衛のため。取材先に待ち構えている危険があるからだ。

同じ権力者側の蘇我と篁はいま、なにを理由にぶつかっているのか。

佇んでいる、もう一人の人物に理由があるに違いなかった。

天埜唯。

後ろから風間がついて来ていることを忘れていた。まずい、と思ったときには遅い。

「気をつけて！　頭を出しすぎだ」

声を潜め、鋭く注意して風間を引き戻した。興奮で身を乗り出しそうになっていたからだ。気づかないでくれと願ったが、若者は川路よりずっと目がいい。

「川路さん……俺は、あそこに行きたい」

「だめだ。危険すぎる。絶対に、出て行かないでくれ。命に関わる」

隼野が縛られているのを見て、風間もある程度は納得したようだった。しかし。

「あそこに女が……川路さん。あれはだれだ」

「さあ？　僕は知らない」

「嘘だ。あれがドクだろ」

どうして勘づいた？　だが川路は思い当たる。風間修弥は、ドクの最初の犠牲者《ぎせいしゃ》である風間美帆の弟だ。そして彼は、姉と同じ小学校に通っていたのだ。

学年が三つも違う。幼かったから記憶も曖昧《あいまい》だろう。それでも風間修弥はおそらく、幼い〝ドク〟を見たことがある。面影《おもかげ》を脳裏に留めている。ひょっとすると、改名前の本名さえ覚えているかも知れない。一貫して「ドク」としか呼ばないから定かではないが、川路が思っているよりずっと〝ドク〟本人を特定する手がかりを持っているのだ。

「あそこにいる……姉ちゃんの仇が」

そして確信した。仇敵《きゅうてき》に辿《たど》り着《つ》いたことを。

「だとしても、出て行くな」

川路は一歩だけ譲歩《じょうほ》し、相手の理性に訴えることにした。

「あそこに立ってるのはだれだと思う。首相秘書官と、公安部長だ。隼野刑事のあの、縛られた様子を見ろ。たぶん拷問《ごうもん》にかけている。暴力専門の連中も、そばにたくさん潜んでいる」

「……ってことは？」

「とにかく違法に、後ろ暗いことをやってる最中なんだ。目撃した人間を黙って帰すはずがない」

「その通りだ」

土塊の下の方で、二人をここまで導いて来た人物が言った。

「どうしてお前たちが、ここに呼び寄せられなくてはならなかったか。答えを言おう」

すると下から手が伸びてきた。電子機器だった。

「これを使え。あの様子を撮影しろ」

そう言いながら、自らも上ってきて、慎重に頭を出すとカメラのレンズを向けた。それが愛用の一眼レフであることを川路はよく知っている。

川路も持参したデジタルカメラを向けつつ、風間修弥が渡されたばかりのビデオカメラを指差した。

「それを回して。でも、向こうからはばれないように気をつけて」

風間は納得いかない様子だった。川路は風間の肩を強く摑み、目を覗き込んで告げた。

「なにが証拠になるか分からない。それが、報道記者の心構えなんだ。頼むから、動画を押さえてくれ」

さも重要な取材だという雰囲気を出す。自分たちはチームで、これは大事な共同作業だと。

「風間君」

青年にビデオカメラを渡した男の口調は誠実で、かつ優しかった。

「助けてくれたら、俺も嬉しい」

すると風間は、背筋に芯が入ったように態度を改めた。ビデオカメラを回し出す。相手への尊敬の念が、青年の迷いを打ち破ってくれた。川路は嬉しくなって訊く。

「それにしても、そろそろ教えてくれますよね？　師匠。なぜここで、僕らを待ち伏せていたのか」

「それは後にしよう」

山本功夫は言った。続けざまにシャッターを切りながら。

「いまは目を離すな。これから起きることを、しっかり見るんだ」

弟子は言われた通りにした。隣で黙々とレンズ越しに、あるいは肉眼で仇を見つめている風間修弥の心中を思う。闇雲に出て行くことを思い留まったのは、単純に、あの場に出て行くことに気後《きおく》れしているから。命の危険があると察知したからだろう。

だが、仲間意識が目覚めたのかもしれない。山本をリーダーに、チームとして大事な仕事に取りかかった。この青年がそんな実感を持ってくれたとしたら川路は嬉しい。あとは仕事をどう成《な》し遂《と》げるかだ。

7

隼野はどうにか声を押し殺した。

土塊の向こう側から頭を出した人物に見覚えがある。だが、自分のそばに立つ三人が気づいた様子はない。椅子に縛りつけられ、視野を限られた隼野だからこそかえって気づけた。隼野は注視し、何者であるか悟って頭がくらくらした。いったい、どれほどの因果《いんが》の糸がこの場を渦巻《うずま》き、人々を縛っているか。だれがこんなものをほどける。絡《から》まり合って首を絞め合って、お互いを滅ぼして終わりだ。

こっちにくるな。君はこの場にいてはならない。危険すぎる。

風間修弥が勢い余って上半身を出した瞬間を見てしまった。それを横から押さえつけ、引っ込めさせたのは川路弦に違いない。どうしてここに来られた？　隼野は思わず公安部長を見る。

この篁朋人が仕組んだのか。天埜と裏で手を組んで画策《かくさく》した。そもそも暗躍《あんやく》が専門だ。

だがなぜ公安部長がこんなことを仕組む？　ここに天埜がいることを知って呼んだのなら、なおさら分からない。風間は天埜の命を狙っているのだから。

いや、待て。他にもだれかいる。

風間たちが潜んでいる大きな土塊とは、また別の小さな土塊。その隣には建材が積み上げられている。その隙間に、微かに人の影を見たのだった。だがこれも、隼野以外の三人は気づかない。自分だけが把握している。これをうまく利用できるか？　あるいは単に、新たな脅威《きょうい》が迫っているだけか。

キラリと光の反射が見えた。ライト？　違う。硝子《ガラス》か？――いや。レンズだ。カメラを構えるシルエットが一瞬、隼野の網膜《もうまく》に映り込んだ。間違いない。この場を撮影している。狙いはなんだ？　気づけば、大きな土塊の上からも同じ光が見えた。ここに集まった者たちはカメラ小僧か？　みんなして撮影会だ。この場が作られた舞台なのだと実感した。俺たちは見世物《みせもの》。篁は、天埜は、そのことを知っているのか。承知の上でいま、この恐ろしい男に対峙しているのか。

「篁。私はここから出る。どけ」

痺れを切らした蘇我金司が唸った。これほどにストレスを溜め込んだ権力者を怖がらない官僚はいない。

「無理ですね」

公安部長はニヤニヤしてみせた。たとえポーズであろうと、隼野は感心した。この男には本物のガッツがある。

「あなたは、ここを無事に出ることはないと思いますよ」

「天埜と同じ意見か」

確信したようだ。裏の密約を。自分が塡《は》まった陥穽《かんせい》を。

「貴様。目を覚ませ。親父さんが泣くぞ」

蘇我は分かりやすく脅《おど》した。

「言っても分からん奴じゃないはずだが？　何年公安にいる。俺をこんな目に遭《あ》わせて、無事では済まないと分かるはずだ」

その卑怯《ひきょう》さに眩暈《めまい》がした。家族を巻き込むと言っているのだ。だが篁はとぼけてみせた。

「はあ。そうですねえ」

「いまなら間に合うぞ。俺を無事にここから出せば、お前の不祥事は大目に見る」

「不祥事とは？」

「国家反逆罪だ」

「俺はあなたには叛逆したかも知れないが、国家に叛逆した覚えはない」

ぴしゃりと返した。しかも、主語が俺。相手に敬意がないことを隠すつもりもない。

「叛逆者はあんたでしょう」

「……後悔するなよ」

「もう後悔していますよ」

疲れたように言い、

「天埜。あとは任せた」

あっさりと踵《きびす》を返した。隼野は心底驚く。この場に女を一人残すのか？　松葉杖を使い、足を引きずってようやく歩いているのに？　しかも、篁は何度か視線をくれただけで、終始隼野がこの場にいないかのように振る舞った。俺はもう死人なのか？

またたくまに篁は退場した。扉を閉める音さえ聞こえた。

「……いったい、なんの悪だくみだ。これは」

蘇我はむしろ警戒していた。この場に非力な人間しか残されていないことで安心したりしない。なにかが始まる、と察知している。

すっ、と息を吸う動作でそれは始まった。

「蘇我。お前の野望はここで潰《つい》える」

女の声には揺るぎない確信がある。隼野は凝視《ぎょうし》した。杖を使い、一歩前に出た天埜の表情が見える。なにかが憑《つ》いたように頰《ほお》が攣《つ》っている。

「何もかも自分のため。お前が築き上げてきたサイコパス帝国は、崩れ去る運命にある」

違和感が隼野の視界をますます惑乱《わくらん》させた。なんと厳《いか》めしい言い回しだ。

「お前のような人間は――生きていてはならない」

天埜唯は決め台詞と分かる言葉を吐き、左腕を上げ、蘇我に人差し指を突きつけた。

「吊《つ》るされろ」

隼野は気に入らなかった。これは芝居の筋書き。天埜は、与えられた台本を読んでいるだけだ。

「全ての人民から憎しみを受け、ボロ布のように引き裂かれろ」

それでも、隼野は胸打たれるものを感じていた。天埜は、〝感情の迸《ほとばし》り〟を表現しようとしていた。最も苦手なことに挑んでいるのだ。

「お前もしょせん、クリーナーの一派だったか」

言われた当人は吐き捨てた。あわてた様子を見せない。天埜の不自然さに気づいているのか。

「テロリストに堕《だ》したな。詮《せん》もない」

だが、口調の冷静さに反して、蘇我の顔面に汗が浮いているのに気づいた。

この強大な権力者が、生命の危機を感じている。蘇我の本能は正しいと隼野も思った。

この男の命は不確かに揺らめいている。天埜がおもむろに、懐《ふところ》から取り出したもののせいで。

刃だった。

毒々しいぐらいに刃だった。

隼野にはすぐ分かった。ゆるやかな弧を描くそのフォルム。蜂雀が使う、切っ先の鋭いフィレナイフだ。蜂雀から譲り受けたに違いなかった。しかも、磨き抜かれているのか新品なのか、照り返す光が強烈。

ああドクが帰ってきた完全に、と血の気が引く。蜂雀とともに失踪したのは、蜂雀を救うためではない。天埜がドクに還《かえ》るためだったのか？　馬鹿な——蘇我は死ぬべきだと隼野も思っている。自分で殺そうと思い詰める瞬間すらあった。なのに隼野は天埜に失望した。天埜唯が完全にドクを捨てたと信じていたからだった。二度と殺人を自分に許さない。サイコキラーを放っておかない。そう決意したと思っていた。それは、俺の願望に過ぎなかった——

ひゅっ、と左手に握った刃が宙を切る。久しぶりの感触を確かめるように。素振《すぶ》りとは思えない殺気と手際。脚に大怪我をしていることも感じさせない。ああ、ドクはやはりドクだった。肌で感じる透徹《とうてつ》した異常さ。通常の人間とはまったくちがう生き物が目の前で営みを行う。かつて慣れ親しんだ所業を。

殺人を。

隼野は知っていた。本人から直《じか》に聞いたのだ、相手が悲鳴を上げようと苦痛に身をよじろうとまったく手を止めないドクの本性を。相手の苦痛は自分とはまったく無関係。それがサイコパスだ。その中でも抜きん出た存在、サイコキラーは人間とはまったく異なった生き物。情のない国で生まれた。虫の国を住《す》み処《か》にしているのだ。

蘇我もさすがにビクリとした。身を引き、できるかぎり天埜から距離を取る。相手の怪我も計算に入れている。刃の切っ先が届かない距離で身構えた。ふだんからトレーニングしているのか、身のこなしは五十代に見えない。

すると、天埜が刃に続いて取り出したものがある。角張ったハンディタイプの機械だった。真っ黒で、先端にクリップのような銀色の突起《とっき》が二つある。スタンガンだ。

隼野はヒヤリとした。なにか天埜にはそぐわない。ひどく邪《よこしま》な道具に見えた。

8

「川路さん。ドクは、あいつを殺すぞ」

風間が完全に血の気に逸《はや》っている。刃物の存在を視認してから火が点《つ》いたようだった。

「だめだ。俺はあいつを止める！」

「待て」

川路は、飛び出しかけた風間の腕を押さえた。川路とて正解は分からない。目の前でむざむざ殺人を許すべきなのか。たとえ腐りきった権力者とはいえ、女が手を下すのを見過ごしていいのか。

だがここからは距離がある。正義を振りかざして飛び込んでいったところで、新たにどんな危険が生じるか。かえって天埜を追いつめて、殺人を加速させるかも知れないのだ。

「危険すぎる。行くな」

「じゃあどうしたらいいんだ！」

助けを求めて横を見た。山本功夫は、まったく動じない様子でそこにいた。

風間修弥も山本を睨む。納得いかなければ飛び出していくと身構えている。

「風間君」

川路の師匠の声はひどく落ち着いている。

「黙って見ていろ。いま、真実が明らかになる」

9

「殺すな」

小さい呟きが聞こえた。

自分の声だった。

隼野の気持ちの天秤《てんびん》がどんどん傾いていく。止められない。蘇我への憎しみは人一倍強いつもりだった。だが殺すことには抵抗がある。目の前で殺されることを受け入れられない。俺が間違っているのか？　惰弱《だじゃく》なせいで、殺人現場に耐えられないだけで、人々を救う千載一遇《せんざいいちぐう》のチャンスを逃《のが》そうとしているのか。

この呟きは天埜の耳に入っていない。杖を使い、片足を引きずりながら前に進んでゆく。左手に刃を、右手にスタンガンを持ちながら蘇我に迫る。

「やめろ！」

叫んだ。叫んでしまった。隼野は後悔する。それをきっかけに天埜は止まったのに。望み通りに蘇我は刃を喰らっていない。顔は土気色《つちけいろ》で、すっかり生彩を欠いているが、それでも五体満足。血一滴流していない。

やはり殺すべきか？　心が分裂してまとまらない。この男がすべての悪業を媒介《ばいかい》する蝿の王だ。蘇我金司さえいなくなれば権力者は参謀を失い、悪知恵と非情な決断力を失う。そうすれば内閣にいくばくかの人間性を持ち込むことになる。情というものが少しは通い始めるだろう。結果、権力者に仕《つか》える者たちに人間的な振る舞いが戻り、悪政が鈍《にぶ》るかも知れない。命令違反や内部告発が増え、隠蔽《いんぺい》されてきた罪業《ざいごう》が次々に露見する。ついには、腐りきった内閣の瓦解《がかい》に繋がる。結果、もっと人間的な連中が権力を握れるようになる。世の中が少しはマシになるのかも知れない。弱き人々が救われるかも知れない。

だから蘇我の死は善なのだ。論理的には。

だが俺はやはり、背中を押せない。

「お前はもう、ドクじゃない。殺すな」

自分の声とは思えなかった。隼野は威厳を感じた。正しさを感じた。

すると、信じがたいことが実現した。隼野の声に応《こた》えるように、天埜の手の中にある刃が——地面に放り投げられた。

蘇我の目の前に転がった。

思いが通じたとは思わなかった。ただ恐ろしかった。また隼野の理解を絶したことが起ころうとしている。

「それを使って、死ね」

天埜唯は冷酷に告げた。

蘇我が凝固《ぎょうこ》する。自分を襲う生き物のように転がった刃を見つめている。

隼野も地面を見た。改めて、なんという凶悪な閃《ひらめ》きだ。どんな生き物も一瞬で切り裂ける。

「天埜、お前なにを……」

なぜ相手に凶器を差し出すような真似を？　蘇我には恰好の武器だ。これを手に襲いかかられたら、脚を負傷している天埜はひとたまりもない。スタンガンは手にしているが、そんなものでは心許《こころもと》ない。

「……回収しろ。相手に渡すな」

椅子を揺らしながら隼野は警告した。だが天埜は聞かない。イヤホンを差し込んだ耳に指を当てる。隼野の声を遮断《しゃだん》するように。

隼野にはどうすることもできない。蘇我も警戒して動かない。三竦《さんすく》みだ——これは天埜の罠。ふいに悟る。蘇我がこれで自害するなら良し。しないで襲いかかってきたら、正当防衛で相手を殺す。そうだそうに違いない、と隼野は光を感じた。天埜は完全犯罪を狙っている！

蘇我に襲われて反撃したのなら殺人ではない。天埜にとっては刑事罰に問われるかどうかではない、自分で自分を許せるかどうかが問題なのだ。殺人ではない方法で相手に制裁を加えるためには、こうして刃を投げ渡し、加害者にするしかない。天埜の思考を隼野は数秒で辿った。正解である保証はどこにもないのにそれが真実だと確信した。

虚《きょ》が破られる。蘇我がいきなり地面のナイフに手を伸ばした。放つ光の凶暴さに負けたのだろう。孤立無援の状態がそうさせた。身を守るものがどうしても欲しかった。

その手でしっかり握る。天埜を睨んでナイフを構えた。

蘇我はおそらく人を殺したことがない。その手では。だが、と隼野は思う。

直接殺したことはなくとも、殺せないわけではない。自らの手を汚す必要がなかっただけだ。自らが操る権力者たちにどんな酷薄な政策でも取らせてきた。弱者から搾取《さくしゅ》し、権力者とその仲間だけが繁栄《はんえい》できる社会を作り上げた。利益になるなら原発だろうが非人道兵器だろうが平然と扱う。情を知り、人道を尊《とうと》ぶ者には無理だ。

サイコパスは太古《たいこ》から脈々と存在してきたのだろう。人類に何パーセントか必ず生まれるサイコパスが歴史を支配し、あらゆる不幸を生み出し、人をむざむざ死なせてきた。あらゆる罪を振りまく存在。なぜ人類はそんな宿命を抱えているのだろう。

だが程度はある。ほとんど人を傷つけずに済ますサイコパスもいるだろう。この男は違う。蜂でも蜘蛛でもない。ウイルスだ。死ぬ人間の数の単位が違う。

滅びろ、と隼野は思った。いまここで。

だが、こういう男が自らを殺すか？　否《いな》。

まず確実に天埜に襲いかかる。つまり――天埜が死ぬ。

それは駄目だ。隼野は叫んだ。

「天埜。この縄を解《ほど》け！」

天埜は動かない。

10

「師匠。放っておいていいんですか？」

川路は焦《あせ》って訊いた。目の前で繰り広げられているのは明らかに命のやり取り。鋭い刃が蘇我金司の前に投げ出された。

「動くな。撮影し続けろ」

山本功夫の指示は変わらなかった。身体の具合を心配する弟子の視線に気づいたのか、さっき山本は、言い訳のようにこう言った。

「最近は、だいぶ回復しているんだ。すまんな。お前を騙《だま》していた」

ショックは受けたが、やはり嬉しかった。弟子には隠してだれかと連絡を取り、謎《なぞ》の計画を実行するほど元気になった。ただし、まだ説明不足だ。

「あの男は……ドクを刺しますよ！」

風間修弥がパニック寸前になっている。いまにもビデオカメラを放り出して走って行きたそうだ。

「風間君。君の気持ちは察するが、軽挙妄動《けいきょもうどう》はいかん」

山本は風間の肩に手をかけて言った。

「いま、この場で行われていることには深い意味がある。決して君にも、悪いようにはしない。いまはおとなしく成り行きを見守ってくれ」

その説得力に、風間は少し落ち着いた。代わりに弟子が苦言を呈《てい》す。

「でも、このままだと……確実に死人が出る」

だが師匠は揺らがなかった。

「それはどうかな」

山本功夫は腕を組み、笑みを浮かべてみせた。川路は勢い込んで訊く。

「最終目的はなんですか？　それが僕には分からない」

「追って話す」

師匠は弟子をなだめ、そっと指差した。

「いま、企みが結実する。よく見ておけ」

11

なぜ俺はこんな役割を与えられたのだろう。腹の底から噴き上がる疑問。この場に縛りつけられ、否応無《いやおうな》く目撃させられている。このカタストロフを。この場にいる人間のあらゆる感情を。秘めた決意と因果の行く末を。

隼野には蘇我の恐れが見えた。憎しみも。

その両目には天埜への殺意が漲《みなぎ》っている。だが飛び込むことを躊躇《ためら》っていた。天埜の逆襲が怖いのだ。

隼野は蘇我を侮蔑《ぶべつ》する気持ちでいっぱいだった。冷酷無比なくせに、罠が怖くて手負いの女一人殺せないのか。まるで小悪党だな。凶器を与えたぐらいで天埜が死ぬ危険性はなさそうだ。そう安心した。ただし、自殺に走る可能性もない。蘇我にとって自分ほど可愛いものはない。

すると、天埜が動いた。

手首だけを動かした。ふっと、上から下へスナップを利かせた。

次の瞬間、蘇我の背後で光が弾けた。

隼野は必死に瞼《まぶた》を閉じる。火だ——熾天使《してんし》が舞い戻ったことを知った。

セラフ譲りの火の装置を天埜は隠し持っていた。いまそれを、蘇我に向かって投げたのだ。身体には当たらず、蘇我の背後の地面にぶつかって火を発した。火自体は大きなものではないが、燃え方が激しい。熱気がむわっと隼野の顔にも押し寄せた。ああ、犬塚脩二の怒りがまた弾けたと思った。あの少年は火ですべてを覆い尽くしたがっていた。どんな罪も焼き払って浄化したかった。摂理《せつり》だ、救いだ、正義だ、慰《なぐさ》めだ。いま強く感じた。罪業《ざいごう》をも燃やして消滅させたかったのだと。すべての醜い罪を、恥知らずたちを焼き尽くしたかった。お前の気持ちが分かる。そしていま、天埜がお前の代わりに火を放っている。最も燃やすべきものに向かって。また一つ、小さな球を放った。

「天埜！」

俺は叫ばなければならない。それが務めだ。

「殺すな」

いや、俺は間違っている。天埜に殺す意図はない。放つ火は一つも蘇我に当たっていない。その熱は脅威だが、相手を殺すには至らない。

火を背後にした蘇我の顔が、隼野からはますます歪んで見える。

天埜がまた、球状の特製火炎瓶を放った。それはやはり蘇我を直撃せず、背後の空間で弾けて退路を塞《ふさ》ぐのだった。容赦ない、と感じた。徹底的に痛めつけ、侮辱しようとしている。蘇我を自分の元へ誘《おび》き寄せようとしている。是《ぜ》が非《ひ》でも。

「なぜ、俺の方が行く」

意味不明な言葉が聞こえた。

「お前の方が来い。殺したいなら」

本質を突く言葉だと思った。蘇我は天埜の意図を読んでいる。操りたい。操られたくない。その意志のせめぎ合いだ。

火に炙《あぶ》られても俺は動かない。殺したいなら来い。むろん自殺などしない、という宣言。これが皇帝か。この国の支配者の立ち振る舞いか。どんな叛逆にも動じない。またも隼野の中に殺意が湧いた。捕縛されていなければ自分が襲っている。やはり殺すしかないこの男は。

天埜がじりり、と一歩前に踏み出した。このままでは埒《らち》があかないと考えたか。隼野と同じ憎しみに動かされたか。投げた火の勢いも弱まっている。弾切れか。

決着の時が来る。

また一歩、皇帝との距離が詰まる。

12

いま視界の先に広がっているのは、映画で見たことのある夜戦の光景だ。いくつもの爆弾が地上を燃やし、そこにいる人々を燻《いぶ》り殺す。実際にそこまでのスケールでないことは分かっている。それでも、命のやり取りが行われていることに変わりはない。

「ああ、だめだ」

若者から嘆《なげ》きの声が上がる。川路は心底からの憐憫《れんびん》を覚えた。

人生を懸けてきた。彼にとってほとんど唯一《ゆいいつ》の生き甲斐が、視線の先にいる小さな女だった。だがいまやその命は風前の灯火であり、一瞬で掻き消えそうに見える。

「お前を殺すために生きてきた」

そう呟くが最後、風間修弥は身を躍《おど》らせた。潜んでいた巨大な土塊を乗り越えた。ついに一目散《いちもくさん》に駆け出す。仇に向かって。

「風間君！」

叫んでも無駄だった。記者師弟をもってしても復讐者の魂を変えられなかった。いかに道理を説《と》いても、盛《さか》る憎しみの焔は消えなかった。目の前に滅ぼすべき相手が現れれば道理は消え去る。情は消し飛ぶ。川路は切なかった。自分の言葉の力なさが。自分の仕事の報《むく》われなさが。

「急げ、天埜」

山本功夫の厳しい声が聞こえた。弟子は師匠の顔を食い入るように見る。この人だけが知っている真実。おそらくは、周到に企まれた計画が成就《じょうじゅ》すると信じている。それは本当に完遂《かんすい》されるのか？　風間の闖入《ちんにゅう》で壊れてしまわないか。

行く末を見つめるしかない。川路は急いで目を戻した。

火に照り映えた天埜が杖を動かし、歩を進めている。刃を手にした皇帝に向かって。

場違いにうっとりした。天埜は美しい。悲壮だった。勇猛だった。

予想される結末は悲劇しかない。そう見えた。

その、何人《なんぴと》も触れ得ないと見える対決に向かって若者が駆けてゆく。建材の障害を避け、新たな土の起伏をも乗り越えて、十年来の怨念《おんねん》を果たすべく。

これが決着の数秒前と知った。まもなくだ――川路の思いは、全てを間近で見届けさせられている隼野一成に飛んだ。まもなく彼の苦痛も終わる。行って縛《いまし》めを解いてやろう。川路も土に足をかけ、乗り越えた。あの修羅場に身を投じる覚悟ができた。手にはカメラ。自分は骨の髄《ずい》まで報道者だ。師匠に言われるまでもなく全てを記録しよう。真実を人々に伝えよう。

師匠は止めなかった。それどころか、弟子についてくる気配がした。

13

視界に人の姿が増えた。にわかに賑やかになった。

土塊の向こうからやってくる者たち。だが間に合うのか？　結末は近い。隼野は瞬きを繰り返した。これが悪夢でないことを確かめるために。悪夢には違いないが、同時に現実であり、決着は摂理に思えた。暴君とドクが距離を詰めている。火に炙られようとも自らは動かない皇帝が、自らを嬲《なぶ》る罪深い女を呼び寄せている。我が命はここにありと。滅《めっ》するを望むなら自ら手を下せと。

その瞬間が来る。

隼野はもはや瞼のありかが分からなかった。ただ視覚を曝している。すべての瞬間を焼きつける。網膜よりも脳に直接。

蘇我金司の目と鼻の先に立った天埜唯が言った。

「蘇我。あなたは生まれてくるべきではなかった」

真心が発した言葉だと隼野は感じた。

「お前が言うのか？」

蘇我は醜い笑みで返した。汚れた飛沫《しぶき》が飛び散るような醜さだった。

天埜ははっきり頷く。その躊躇いのなさに痺れる。

「あなたは私より殺している。圧倒的に、殺している」

確信を込めた言葉は、蘇我の手にある刃より鋭かった。それは憎しみではなかった。怒りでさえない。人類の範疇《はんちゅう》に入らない生き物に向けられる感情だった。隼野は完璧な侮蔑に全身を打擲《ちょうちゃく》された。トラックに衝突されるようなダメージであると同時に、魂が抜けるような快感と無痛感だった。結果として催眠《さいみん》効果が起きた。俺は落ちる。消し飛ぶ。

このまま魂だけが家に帰れそうだ――

言葉が耳に届く。夢幻《むげん》の中の戯言《ざれごと》のように。

「だからなんだ？　死んでもいい有象無象《うぞうむぞう》が死んでいるだけだ」

「あなたに区別する能力はない。あなたこそ有象無象以下。いや虫以下。ハエやゴキブリの方がずっと価値がある」

子供の口喧嘩《くちげんか》だと思った。だがこんなこと、以前の天埜にはできなかった。感情的になっている。それは天埜にとって一番難しいことなのだ。

その甲斐はあった。天埜の努力は報《むく》われた。

蘇我金司が、手に持った刃を突き出した。

動かない山がついに動いた瞬間が、光と影の電気信号として隼野の網膜を突き抜け脳に焼きついた。それは同時に破局だった。憎しみの成就だった。いったいだれが望んだのかは忘れた。刃が二人を繋いでいる。蘇我が突き出した手、握られた刃は真《ま》っ直《す》ぐに女の胸に向かった。深々と刺さった。まるで初めからそこに生えていたように。殺意が光速で首相秘書官を支配した証《あかし》だった。下賤《げせん》からの侮蔑が皇帝を動かした、天埜の勝利だ！　だが、引き替えになった女の命はどうなる。そばに行って確かめなくては。俺はなぜ動けないのか。腕よ抜けろ。手首に激痛があるが構わない。俺は天埜の息と目の光を確かめなくては。もがく。もがき続ける。

いきなり視界が遮られた。

「落ち着け、隼野」

突如《とつじょ》目の前に現れた姿を幻だと確信した。なぜならそれは最も敬愛する姿で、いま最もそばにいてほしい人だったからだ。ゆえに幻。俺の頭はついに限界を迎えたらしい。

「計画通りだ。天埜は大丈夫だ。あのナイフは本物じゃない」

隼野は一瞬で、その言葉を信じた。その姿以外が発した言葉なら信じなかった。全ては天埜が仕掛けた罠で、胸部に刺さったと見える刃には生き物の命を奪う力がないのだ。

「蘇我は殺すことを選んだ。つまり、蘇我は終わりだ」

それこそ真実。津嘉山忍が明言するならそうなのだ。首相秘書官であろうとならず者であろうと平等な瞬間がある。その手で人を殺せば終わり。それが法廷で証明されれば娑婆《しゃば》には出られない。そのためには映像が要る。

駆け寄ってくる者たちが全員カメラを携《たずさ》えていることにも納得がいった。おそらく、他にも多くの電子機器がこの仮設の建物の中には設置されている。これが周到な計画だとするなら。

つまり、引導《いんどう》は渡されたのだ。

隼野は再び、立ち尽くす二人の方を見た。震える手が刃物を放すのが見える。女の黒い衣服が血で染まってゆくのも見える。だが天埜は立っているし、津嘉山の声は言うのだ、

「大丈夫。ぜんぶ計画通りだ」

と。ならば俺は信じる。津嘉山が隼野の背後に回り、腕と足を縛る縄に手をかけた。解こうとしている。隼野は、この場に集まってくる者たちを親愛を込めて眺めた。もう安心だと思った。成就した。

「天埜」

だが、導く声に懸念《けねん》が混じる。

隼野は振り返った。津嘉山忍が顔を強張《こわば》らせている。かつての部下を縛る縄を解く手が、止まっている。

「ドク！」

続いて悲鳴が耳に届いた。それを隼野は一瞬、天井を破って落ちてきた隕石《いんせき》と錯覚《さっかく》した。それぐらい唐突《とうとつ》に、風間修弥の顔が近くにあった。目が血走り口は開いている。天埜唯の目の前に立っている。念願の復讐を果たすために。

解け。この縄を。隼野の祈りは通じた。ゆるんだ縄から、隼野は突如解放された。津嘉山に感謝を言うことは思いつかなかった。目の前の二人しか見えない。

「ドク——姉ちゃんの仇」

青年の声は、自らに言い聞かせるように響いた。

14

「ドク——姉ちゃんの仇」

川路の耳に届いたのは、自分の居場所を確かめるような言葉だった。

大丈夫だ。奇妙な確信が湧いた。風間は軽はずみな真似はしない。共に過ごした時間はこの青年に影響を与えている。もうただの復讐鬼ではない。ただし、この場で起こっていることは何一つまともではない。悲しいほどに青年の心をかき乱している。

仇の胸に刃が刺さっている。そう見える。

いや、天埜唯は自分の足で立っているではないか。やはり師匠が教えてくれた通りだ、仕組まれた罠だ。天埜は死なない。

それを証明するのが天埜の顔だ、と川路は思った。平静を保ち、新たに現れた若い男をしっかりその目に捉《とら》えている。相手がだれかも理解していた。瞳には何の感情も読み取れない。わずかに眉《まゆ》の辺りを顰《ひそ》めさせているが、それだけ。ふだんの天埜唯だ。

この刃は本物ではない。天埜を傷つけていない！

であれば、風間修弥はどうする？

「お前は俺が殺す」

言った。川路はそれを信じそうになった。だがすぐに、自分に言い聞かせるために放った言葉だと悟った。

風間は天埜に近づくために、自分の障害となっている男を押しのけた。相手がだれだか知っていたらできないはずだ。戦後最大の権力を持った首相秘書官は若者に蹴たぐられて地面に伸びた。そんなものは眼中にない、風間は天埜の胸にある刃に手を伸ばした。本物か偽物か確かめるためだ。偽物なら俺が殺し直さねばならない。若者はまだそう思っている。その強迫観念を実行する恐れがあるなら、止める。川路は身を乗り出し風間の両手を押さえにかかった。

風間修弥がつかんだ刃が抜けた。天埜の身体から、離れた。

おい――という声がすぐ近くで響く。隼野だった。立ち上がっている。ついに捕縛から逃れたがその声は虚ろだった。隼野のそばに立っている男は見たことがないが、縄を解いてやったようだ。手を貸してくれ、と川路は願った。このまま風間を抑え込む。万が一にも天埜唯を殺させないように。復讐を遂げさせてはならない。この刃は偽物だから問題ないにしてもこの場には他に凶器になりそうなものがある、建材はそこら中にあるし、その気になれば絞め殺せる。頼む早く加勢してくれ。

隼野たちはそれ以上近づいてこなかった。ちらと目をやると凍りついている。視線は、いま川路が必死に押さえている風間の手に集中していた。血がついている。鮮やかな赤はフェイクに違いない、本物ならば山本はあんなことを言うはずがないし、自分が率先《そっせん》してここへ来て殺人を防ごうとしたはずだ。だが――

「本物だ」

風間は言った。赤く染まった自らの手を見つめている。

川路は首を傾《かし》げた。風間は間違っている。山本功夫は真実を報じるためだけに生きてきた。こんな大事な場面で嘘を言うはずがない。病身に鞭打《むちう》ち、師匠は土塊を越えていまもこっちに向かっている。彼に問《と》い質《ただ》す必要はない。

だが川路は、隼野の目を見た瞬間に悟ってしまった。この男も風間に同意している。天埜の身体から抜けたように見えるナイフは本当に抜けた。つまり、刺さっていた。

ドサリという音がそれを裏づける。天埜唯が倒れた。俯《うつぶ》せに。

少し遅れて、松葉杖がパタリと地面を打った。

女の顔が見えない。目が開いているのか閉じているのかも分からない。

「天埜」

隼野が呼んだ。

「ドク！」

風間が絶叫《ぜっきょう》した。

15

隼野は解き放たれた手足を動かした。やがて這いつくばり、地面に顔を近づける。天埜の顔を覗き込んだ。

「おい……しっかりしろ」

天埜の目は開いていた。ものを映す力がある。隼野の顔を認めると、微かに瞬《まばた》きした。唇《くちびる》が動く。

「私は、長く生きすぎました」

意外に力強い声だった。

「喋るな」

隼野は天埜の身体に手をかけ、力を込めて裏返した。仰向《あおむ》けになる。

胸から血が溢れ出している。止血が難しい。強く手を当てるぐらいしかできなかった。

自分がこの女を生かしたいと思っていることに気づいた。これは続くべき命だ。俺はそう感じている。強く。

気配を感じて目を上げた。風間修弥が立ち尽くしている。生まれて初めて見た生き物を見る目で。その手には、仇を殺した刃が握られたまま。

地面を這うように蘇我金司が動いているのも見えた。鎮火《ちんか》した火焔《かえん》装置を乗り越えて逃走しようとしている。危機感を覚えたが、ここにいるのは自分たちだけではない。

「津嘉山さん。蘇我が逃げようとしています」

隼野は声だけを放った。しっかり答えが返ってくる。頼もしい声が。

「大丈夫だ。外には篁朋人君もいる」

だが目を上げて、隼野は津嘉山の顔にとてつもない悲嘆を見つけた。明らかに予定外のことが起こったのだ。他の顔を見ても大差ない。全員が集まってくる。消えかかる命を確かめるために。

「私は――」

すべての中心にいる女が言った。

「あなたのお姉さんを、殺した」

風間修弥の方に目を向けながら。

風間の手から刃がすり抜けた。地面に落ちる。

青年は、自分が殺したような顔をしている。

「無実の人を、何人も殺した」

天埜が続けて言った。

隼野が見ると、天埜の瞼がふわりと閉じるところだった。

その口もとから血が零《こぼ》れる。

「だがお前は、人を助けた」

押《お》し被《かぶ》せるように言った。

天埜の頬が、ほんの微かに上がったように、隼野には見えた。

頭の下に腕を差し入れる。自分の体温を伝えたかった。だれかに触れられている、という感触がこの女を慰めるだろうか。生きる力になるか。まったく無意味だろう。隼野は天埜唯の頭の小ささが、軽さが、いとおしかった。硬さが、冷たさが胸を裂いた。死なないでくれ。息をしてくれ。

「お前は刑事だ」

届け、と思った。手遅れにならないうちに。

「お前は——人間だ」

感じたままを口にした。実際にそう見えたからだ。だれよりも人間だった。

瞼は閉じられたまま。口元から溢れる血の量は尋常《じんじょう》ではない。

「なんでお前が生まれた」

答えが欲しいあまり、隼野は問いを投げていた。この場のだれ一人として答えられない問いを。

「なぜ現れた。なぜ」

もう届かない。それが、腕から伝わる感触で分かった。

天埜唯は事切れた。

16

蘇我は自らの手で女刑事を刺した。かつての連続殺人者を、現在の大量殺人者が、目に見える形で殺そうとした。これは歴史か？　なにもかもを象徴している。破格の決闘が時空に刻み込まれ、主客逆転しかつてない破局が訪れたと川路は感じた。実際に崩れる音が聞こえる。なにかと思ってみると、さっきまで自分たちがいた土塊のそばにある柱が傾いていた。天井の一部が破れて空の闇が見えた。やはりそうだ、外の世界は明けない夜。極夜《きょくや》だ。太陽は二度と現れないだろう。いつの間にか全員で地獄に来た。殺し合い血を流し、それが永遠に続く。そんな悪夢を川路弦は立ちながら五秒ほど見た。永遠に感じられた。

異様な瞬間はやがて消え去った。瞬きを繰り返し、立ち尽くす青年を目《ま》の当たりにする。

風間修弥は立ったまま気絶しているように見える。川路は、痛みを感じた。それから、地面にいる二人の刑事を見る。

片方は死んだ。たったいま。

それだけではない。同じチームに属するもう一人が姿を現した。川路もよく知る、奇特な科学捜査官。津田淳吾がふらふらと入場してくる。悲劇の輪に加わる。ひどく消耗《しょうもう》している様子なのは、肩を厳重に固めているせいではない。精神的なものだ。

長く法務教官として、治療と更生に携わってきた女性が横たわっている。どう見ても、もう立ち上がりそうにない。長く天埜唯とコンビを組んでいた男には、言うまでもなく最《さい》期《ご》を看取《みと》る資格がある。わずかに間に合わなかったことが、川路の胸をなおさら痛めた。かけるべき言葉など見つからない。

この場にできた輪を見回す。師匠の山本が、川路と面識のない年配の男性と頷きあうのを確かめる。隼野の縛めを解いたこの人物はだれなのか。

「段取りが違うぞ、唯」

男性は呟いた。隼野が抱えたままの小柄な女性を見つめている。

「俺を、騙したな。お前は」

それは怒りか？　川路は男性の顔を見て察した。違う、男性は泣いていた。

「津嘉山さん」

隼野が反応した。津嘉山、と呼んだ男を見上げる。

「隼野。唯は、死ぬはずではなかった」

唯という呼び方。そして目から止めどなく溢れる涙を見て、隼野は心底衝撃を受けている。

「ナイフには仕組みが……刺しても、相手に刺さらないようになっていた。だが唯は、直前ですり替えたらしい」

津嘉山という男の説明をしっかり理解できたわけではない。川路はただ、唯、と呼ぶ声に籠《こ》もる愛情に打たれていた。この男はずっと前から天埜唯を知っている。詳しいことを知りたかった。だがこの場で聞くことは憚《はばか》られた。事態はまだ収束していない。

川路ももちろん気づいていた。蘇我金司が抜け目なく距離を開けている。天埜唯を中心とした輪からジリジリと離れていた。今や殺人犯となった蘇我は強力な護衛を失い、無力な中年男に成り下がっていた。だがどこに逃げるというのか？

蘇我の行く手には、いつの間にか丸顔の警察官僚が立ちはだかっていた。

「蘇我さん。どこへ行くんですか？」

公安部長が気楽な調子で訊いた。

目を剝いた蘇我は中腰で、

「俺は帰る」

と唸る。

「どこへですか。官邸ですか？　無理ですね」

篁朋人は、それとはっきり分かるようにせせら笑った。

「あなたは二度と戻れない。思った通りになった」

勝ち誇る公安部長に、首相秘書官は唸り声を浴びせるのみだった。

「なぜだ、と訊きたそうですね。もちろん私が、あなたを現行犯逮捕するからです」

「正当防衛だ！」

蘇我金司は、ここぞとばかりに声を張り上げた。

「ぜんぶ見ていただろう。俺は、かつてのドクに、殺されかけた！　明らかに異常な状況だ。俺の正当防衛は認められる」

「この建設現場は、内閣府の御用達《ごようたし》だから、あなたは安心しきっていたでしょうがね」

篁朋人は噛《か》んで含めるように説明した。

「我々は密かに、ここ一帯に複数台のカメラを設置し、あなたの行動と言動を逐一《ちくいち》記録しています。ここに集まった人たちも、それぞれに撮影していた」

蘇我は振り返り、人の輪をじろりと睨《ね》めつけた。再び篁を見る。

「どうですか？　あなたは言い抜けできると？　本当に、無罪になるとお考えですか？」

蘇我はふてぶてしく頷いた。篁は侮蔑《ぶべつ》するように顎を上げる。

「いいでしょう。あなたが首相に泣きつき、検察に圧力をかけて不起訴にしたとします。だが、ネットに溢れるあなたの殺人行為は到底消せない」

「だから……正当防衛だ！」

蘇我は往生際《おうじょうぎわ》悪く繰り返した。

「それに、俺が殺したのは……ドクだ！　人殺しだ！」

「いいえ。刑事です」

篁はピシャリと遮った。

「好きなだけ喚《わめ》けばいい。たとえあなたを有罪にできなくとも、いいのです。私を更迭《こうてつ》したければどうぞおやりなさい。そんなことはどうでもいい。あなたの公人としての生命を絶つこと以上に大事なことはなにもない」

篁は一歩足を踏み出した。分かりやすく威圧《いあつ》する。

「だから私は、天埜の作戦に乗った。あなたの殺意を証明できればいいのだから、だれも死ぬ必要はない。ナイフはしっかり細工《さいく》してあった。私は自分の目と手でそれを確認しています。まさか天埜が、そっくりのナイフをもう一本用意していたとは」

感激に似たなにかが、川路の身体の中を滝のように流れ落ちていった。

「蘇我さん。あんたも私も、してやられたんですよ。天埜に」

気づくと風間修弥が、公安部長に近づいて問《と》い質《ただ》そうとしていた。まるで絞め殺すかのように両腕を伸ばしたが、いきなり膝を折る。すべてを理解したらしい。天埜が命と引き替えに、だれを斃《たお》そうとしていたかを。

「津嘉山さん。山本さん」

篁は青年を同情の目で見下ろし、それから、年配の男たちに向けて口調を改めた。

「我々は、まとめて騙されましたね。天埜は偽物のナイフを使う気がなかった。私は、見抜けませんでした」

男たちが頭《こうべ》を垂れる。この計画に参加した者たちは、全員が裏をかかれたことになる。非難したくても当人はもういない。

「天埜は死んだ。あなたは生き残った。だが」

篁は蘇我に向き直った。優先順位を思い出したように。

「権力を失ったあなたなど、だれも怖くないんですよ。むしろあなたが、復讐に気をつけるべきですね。すべての政敵と、あなたが虐《しいた》げてきた人民からの復讐にね」

「お前ら……俺を殺さないのか」

蘇我は呆然とした。

「殺しませんよ、馬鹿馬鹿しい！　天埜でさえあなたを殺さなかったのに、なんで手を汚さなくちゃならないんだ？　もうあなたには、そんな価値もないんですよ。早くわきまえなさい」

小気味よかった。川路は、天埜の作戦が成就したことを痛感した。

「天埜は自分を殺した！」

風間が叫んだ。そこに込められた感情は種類が膨大《ぼうだい》すぎて解読できない。風間の親にも無理だろう。風間本人にも不可能かもしれない。

「俺の目の前で……畜生《ちくしょう》」

新しい無念が風間修弥を席巻《せっけん》している。同情しかない。整理がつくはずがない。

川路はその瞬間、答えを知ったように思った。

風間修弥よ。天埜唯は、君の前で死ぬ必要があると考えたんだ。だから僕らはこの場に召喚《しょうかん》された。それしか正解はないと川路は思った。地面に突《つ》っ伏《ぷ》した風間は、思い至っているだろうか。すぐには無理かもしれない。確実なのは目の前で仇敵が死んだということ。復讐は果たされたのか？　そうは言えないだろう。風間は自分の手で命を奪いたかった。だがともかく、目の前で死んだ。確実に。

それが彼にもたらしたものを見よ。得たものは達成感でも爽快感でもない。心から血が流れるだけだった。苦痛が地面に零れ落ちるだけ。どこまでも沈み込むような空虚がすべての人間を呑み込んでいる。悲嘆そのものが、限られた空間に重く滞留《たいりゅう》するばかりだった。

「天埜」

まだ、愛《いと》しい人のように天埜を抱えている隼野一成が呟いた。風間修弥が突っ伏した様子を見て、心震わせているのが分かる。それから、腕の中の天埜の顔を覗き込んだ。天埜の意図を理解している。その上で震えている。

「津嘉山さん」

津田淳吾の声が聞こえた。

「天埜は……成し遂げました」

完全に涙声だった。この男こそ、心身ともに傷だらけだ。天埜と最も長く過ごした男の言葉には、耳を傾ける価値がある。川路は敬意を払いたかった。

「たとえ、そのやり方が、万全ではなくとも……間違っていたとしても……彼女は、精いっぱいやったんです」

全身全霊を上げた訴えだと、聞いているだれもが理解した。言葉を返せる者はいない。

「無念です。文句も言いたい。だけど、彼女は、自分の命で……成し遂げたかった。僕は」

それ以上は言えなかった。

静かなむせび泣きが、空洞の中にいつまでも響き渡る。

終章　薄明《はくめい》

二月二日（日）

その年の冬、二人の連続殺人者が世を去った。

一人は死刑を執行《しっこう》されて。

一人は殺されて。

言葉にすると、あまりに単純になってしまう。川路弦は悲しみを覚えた。真実を伝えるのは、なんと難しいことなのか。

「川路さん。僕はこう思うんです」

生き残った者たちで、語らう以外になかった。互いの痛みを少しでも和《やわ》らげるために。

「あの夜、あの場で起きたことは、宿命でした」

そう言葉を振り絞る津田淳吾は、生き残った。この病院の個室の中で、いまだに肩の盛り上がりが痛々しい。

「天埜にとってだけでなく、関わった人間すべてにとって。僕にはそう思えてならないんです」

この津田は、ギュンター・グロスマンと蜂雀の壮絶な決闘の目撃者だ。命を削り合う死闘に立ち会った。目の前で勝負がついたという。

「蜂雀の負けだ。僕も殺される。そう確信しました。そこに篁さんたちが駆けつけてくれた。すんでのところで助けてもらいました。ギュンターは明らかに、異常な薬物で自分を強化していた。でも、蜂雀が片足を潰《つぶ》していたおかげで動きが遅くなっていた。それで公安刑事たちも撃ち殺すことができたんです。ギュンターに撃たれた蜂雀は即死。我々はそう思い込んだまま、建設現場の内部に急ぎました。でも……戻ってみたら、蜂雀の姿だけが見当たらない。息を吹き返して逃走したんです」

川路は頷《うなず》いた。

「篁さんも行方《ゆくえ》を知らないと言ってたから、そうなんでしょう」

信じがたいことだ。蜂雀が生きて去ったこともそうだが、ジャーナリストとして現役の警視庁公安部長に話を聞けたのも。実に希少な体験だった。むろん非公式だ。彼のコメントのほぼ全てを文字にすることができない。

「篁さんが裏でみんなをつなぐ役割を果たしていた。彼がいてくれて、本当に良かったですね」

川路の素直な感想に、津田も大いに頷く。

篁朋人は、左右田一郎の不穏《ふおん》な動きに気づいていた。だが鮎原康三の命が危険だと察知したときには遅く、すんでのところで救うことはできなかった。天埜唯の求めに応じて津田を建設現場に導かなくてはならなかった篁は、殺害された鮎原の端末を使い、心を痛めながら津田にメールを送ったと明かした。対決の時間が迫っていた。場を整えることを優先し、鮎原の死を伝えることができなかった。すまない、と津田に頭を下げてきた。

津田は文句を言わなかった。あの夜の立役者は明らかに篁朋人であり、彼なしに天埜の本懐は遂《と》げられなかった。鮎原の死を知っていたら津田は建設現場に向かわなかった。つまり、天埜の最期《さいご》にも立ち会えなかったことになる。

篁はまた、隼野のふりをして川路と風間を同じ場所におびき寄せた。公安の技術をもってすれば児戯《じぎ》だった。山本と津嘉山も待機させることで万全を期した。師匠が弟子を待ち受ける形だ。

もちろん、ギュンター・グロスマンを討《う》ち取《と》った功績も篁に帰す。

「彼が、このタイミングで公安部長だったというのも運命です」

津田はそれをこそ強調したかった。

「公安部は魍魎《もうりよう》の巣で、公安部長はむしろ不安定なポストです。ノンキャリアの公安刑事たちにそっぽを向かれたら、官僚はおとなしく部を去るしかない。だが篁さんは巧《たく》みに公安刑事たちを御《ぎよ》しつつ、信頼できる人間だけで身の回りを固めた。お父さん譲りの人徳がものを言ったんだと思います」

「彼の父親は、人格者で有名な警察ＯＢでしたね」

川路は大いに頷いた。

「それで今回、息子の朋人さんと、天埜と津嘉山さんを繋《つな》げる役割を果たせた」

「その通りです」

津田は感慨深げな表情を見せた。

「医療施設を出たばかりの者には、社会復帰の第一段階として、市井《しせい》からホストファミリーを選び、生活を共にし、社会生活に戻る準備をさせます。もちろんホストファミリーは全ての事情を知り、その上で手助けをするのです」

法務教官時代の顔が覗《のぞ》く。津田の原点に触れ、川路は改めて好感を持った。本来は血《ち》腥《なまぐさ》い事件を追うような人間ではないのだ。

「天埜を、どのホストファミリーに預けるべきか。津嘉山さんしかいない。そうアドバイスをくれたのが、篁正助さんだった。僕は本当にお世話になりました」

天埜の社会復帰の詳細な手順を聞いて、川路は感心するばかりだった。

「完全に社会に戻すまでには、どうしても移行期間が必要なんですね……精神的な自立を助けるのは簡単ではない。経験豊富な警察ＯＢであれば、適任でしょう。しかも、その津嘉山さんは、隼野さんが最も慕《した》う人でもあったと。偶然でしょうか？」

「偶然なのか、必然なのか」

川路の問いに、津田は穏《おだ》やかな笑みで応じた。

「人格者は少ない。本当に頼るべき人間は、限られる。それが警察の現実だとしたら、いささか淋《さび》しい話です」

その笑顔は一見明るい。だが乾いている、と川路は感じた。もしかすると、津田を裏切る形で生き甲斐《いがい》にしていた存在が散ったのだ。

「津嘉山さんに、詳しく事情を訊《き》きたい気持ちはあります」

津田が訴え、川路は胸の痛みを覚える。

「僕だって、天埜のために力を尽くしたという自負はある。津嘉山さんほどではなくとも、ある程度の信頼は得ていたと思う。でも、彼女が最後に頼ったのは津嘉山さんだったわけです」

「あなたは、怪我《けが》をしていたから」

いや、と津田は頭《かぶり》を振り、少し考えてから言った。

「いったい天埜が、正確にはなにを考え、どうやって自分の最期を選んだのか……結局は自分一人で決めたのでしょう。最終的には、津嘉山さんをも騙《だま》した。あんな死に方を、津嘉山さんが許すはずないからです」

川路も頷いてみせた。津田の言い分は正しい。

天埜はこの地上で最も孤独な女だった。自分の死に方を自分で選んだことに疑いはない。

「しかし、天埜の遺児、と呼べる存在がまだ生きている。蜂雀——彼女はいま、どこでなにを感じているでしょう」

蜂雀はあの夜、天埜唯の死を知ったか。だからあの場を去ったのか。それとも、ただ生存本能の赴《おもむ》くままに逃げたのか。分からない。

「正直、心配です。彼女はまた、だれかを殺すかも知れない」

「いえ」

津田は首を振った。

「彼女は天埜に出会って以降、人を殺《あや》めていません」

「でも、ギュンターは？　決闘したんでしょう」

「彼だけです。あれは、正当防衛だ。本人がその場で、自分にそう確認していました」

ふーむ、と川路は返した。頷くことはできない。津田の言う通りであって欲しかった。だが本当に天埜の教えを守り続けられるか？

「天埜さんが、昔の自分に似た女の子を、変えたいと思った。その気持ちは分かります。でもそれは、簡単ではないですよね」

津田は否定しなかった。否定できないのではない。否定する必要がない、という顔に見えた。ふいに笑みを漏《も》らす。

「彼女は、一人称がずっと〝僕〟だったようです」

津田の指摘に、川路はまた不安を掻《か》き立てられた。

「ただの癖《くせ》かもしれない。女の子には稀《まれ》に、そういうキャラクターもいますからね。でも、もしかすると、トランスジェンダーの可能性もある」

「では、もしかすると……天埜に恋をしていた？」

川路の問いに、津田はさっぱりした反応をした。

「そうとは限りません。そもそも、彼女は人とはまったく異質な精神構造をしている」

「だからこそ、不安を拭《ぬぐ》えないんです。彼女は、天埜を殺した人間を、許さないのでは？」

「蘇我ですか」

呪わしいその名を反芻《はんすう》した。だが津田は穏やかさを保つ。

「もともと、クリーナーの最終標的でもありましたが……蜂雀がこれから、一人で蘇我を狙うというのは考えづらい。と僕は思います」

「どうしてですか？　彼は、逮捕も起訴もされていない。公式発表では、自宅療養中ということになっています」

川路の指摘にも津田は取り乱さなかった。

「しかし、権力者たちは蘇我から手を引き始めています。これだけ多くの情報がネットに出回れば……」

そうですね、と川路は複雑な思いで同意した。

「もちろん奴のことだから、油断できない。いつ、権力者たちに強権を使わせて、カムバックを図《はか》るか分かりません。しかしさすがに、首相秘書官には返り咲けない。それが常識的な見方だとは思います」

津田は希望を唄《うた》った。

川路も頷く。そうであってほしい。

篁朋人が内調の手法を模倣《もほう》した。おかげでいま、蘇我が松葉杖を突いた女に刃を突き立てる瞬間の動画はネットに溢《あふ》れている。天埜の顔こそモザイクで隠されてはいるが、蘇我の醜悪《しゅうあく》さはこれでもかというほど克明《こくめい》に捉《とら》えられている。あの顔には情というものがかけらもない。刃物を突き出す瞬間には一切《いっさい》の躊躇《ためら》いがない。命に価値を置かない殺戮者《さつりくしゃ》の目つき。その絵力こそが最大の説得力だと思った。

明確な証拠映像があるのだから、検察も起訴せざるを得ないだろう。いずれ蘇我は収監される。裁判で、たとえ正当防衛が認められ、法的には無罪になっても、蘇我がひと一人殺した事実は変わらない。さすがに権力者も側近として起用できなくなる。

そこまで見越していたとしたら……天埜の計画は秀逸《しゅういつ》だったのかも知れない。

「ぼくらジャーナリストの役割は、あの映像にふんだんに、傍証《ぼうしょう》を与えることだと思います。どれほど非道な人間が権力を握《にぎ》っていたのか。日々、罪深い政策に血道《ちみち》を上げていたか。裏でどれほどの犯罪を行っていたかを、一つ一つ、人々に知らしめることです」

川路の言葉に、津田は何度も頷いた。

「それこそ、川路さんや山本さんや、心あるジャーナリストにしかできない仕事だ。本当に期待しています！」

津田の前向きな激励《げきれい》は嬉《うれ》しい。だが川路は「期待してください」とは返せなかった。どれほど真実を報じても、相変わらず大衆は鈍《にぶ》いままかも知れない。みんな権力者の悪行から目を逸《そ》らすのに慣れすぎている。民《たみ》が覚醒《かくせい》するかどうかは予断を許さない。

「これで変わらなかったら。これほどの非道にノーと言わず、まだ目を逸らし続けるなら……」

川路は諦念《ていねん》の中から、秘めた怒りを吐き出した。

「国民全員が、サイコパスなのだと思います」

「一億総サイコパスですか！」

津田は陽気に乗っかってくれた。あえてそうしたのだ。やけっぱちのユーモアが通じるのは、いまお互いしかいない。孤独と仲間意識が、泣き顔のような笑顔を弾《はじ》けさせた。

他の仲間に思いを馳《は》せる。救いは彼らの存在だ。最も闇の深い時代にこそ、本物の志士は現れる。それが歴史の真実だとするなら、彼らこそがそうだと川路は思った。津田に向かって確かめる。

「いま隼野さんは、津嘉山さんのところに？」

「はい。あの夜以来、初めてゆっくり話せる機会です」

津田は優しい目つきになった。

「本当は僕も行きたい。津嘉山さんとしっかり話せていないんです。天埜のこと、いくらでも話したいんだけど」

そして川路を、感慨を込めた目で見る。

「津嘉山さんだけじゃない。あなたの師匠の山本功夫さんも、極秘のチームに加わってくれた」

川路も感慨を嚙み締める。山本は、以前から津嘉山を知っていたのだ。二十年近く前、刑事が家族を殺した疑いをかけられた事件があった。取材に駆け回っていた山本に対してつれない刑事ばかりだった中で、誠実《せいじつ》に協力してくれたのが津嘉山。組織を守ることばかり考えて口を閉ざす刑事たちの中で唯一、筋を通す男だったという。

以後は極秘に連絡を取り合う仲になった。貴重な情報提供者として、山本は津嘉山刑事を大事にした。津嘉山も山本を尊敬していた。だがお互いの関係性はだれにも知られないように気をつけた。

どんな時代にあっても、義を重んじる者同士は惹《ひ》きつけ合う。天埜が津嘉山に助けを求めたとき、津嘉山が山本功夫を頼りにしたのは当然の成り行きだった。情報拡散が大事になるからだ。蘇我の正体を世間に知らせる際、最も信頼するジャーナリストにすべてを委ねたいと考えた。

「だが、危険すぎる計画だ。お前を巻き込みたくない。だから一人で動いた」

山本は川路にそう打ち明けた。優しさが身に沁《し》みた。

「風間君のことは、単独で呼び寄せるつもりだった。理由は明かされなかったが、風間は現場にどうしても必要。あの場の全てを見てもらうことが、天埜の望みだ。津嘉山さんからはそう説明されたからな……いまとなっては、その意味がよく分かる」

互いに言葉を失う。天埜は死に方を選んだ。その生き様と死に様が、あの場にいた全員の心に突き刺さったままだ。

「……ところが、風間君とお前が、仲良くなってしまった。だから二人して、巻き込むことになった。許せよ。どうしようもなかったのだ」

「いえ。それも運命です」

川路はごく素直に、そう言えたのだった。

「僕は、あの場にいられてよかった。風間修弥と接触していなかったら、ここまで深く関われなかったかも知れない。師匠、それよりも、僕は……自分の不明を恥じているんです」

山本はなにかを察したらしく、手を頭に当てた。自分を押さえつけるようなその仕草。

「違う。俺こそ、恥ずかしさを感じていた。怒りが俺を狂わせた」

「狂わせた？　そんなことはないでしょう」

「俺は蘇我金司を許せなかった。だから天埜の計画に乗った。記者の法《のり》を超えたんだ。その上、目の前でむざむざ、天埜を死なせてしまった」

「違います。天埜が死んだのはただの結果です」

弟子は必死に喋《しゃべ》った。師匠はどうしても自分を責《せ》めたいらしい。言いっ放しにさせるわけにはいかなかった。

「あなたは職業意識より、人間であることを選んだだけだ」

川路は、正しい言葉を引き出せたと思った。

「あなたを誇りに思っています。最高の師匠です」

返ってきたのは、苦い笑みだけだった。

「師匠はとうに自分の限界を超えて頑張《がんば》っていた。隼野さんもそうです。むろん天埜唯も。鮎原総括審議官や、左右田管理官のような、クリーナーを組織した警察官僚でさえ、そうだと僕は思う。なんとかしなくてはならないと思った。みんな、自分の職責を超えてできることをしようとした。たとえそれが、行き過ぎだったたり、間違ったやり方だとしても」

そして川路は、師匠の真似《まね》をするように頭《こうべ》を垂れた。

「僕にはできなかった……ジャーナリストの枠を出られませんでした。それは、人として の選択ではなかった」

「いや。それでいいのだ」

「でも、中立、という聞こえのいい場所に逃げ込んでいました」

「ただの記者が、風間修弥の相手をできるか？　普通なら放り出してるよ。それでこそ、お前だ」

その言葉は嬉しかった。だが、土の上に突《つ》っ伏《ぷ》した風間を思い出すたびに胸が切られる。自分にはなにもできなかった。いったいどんな結末が相応《ふさわ》しかったというのだろう。

「川路さん。環逸平の死刑執行についても、思うところは多いでしょう」

目の前の津田の肉声が、川路を現実に引き戻した。いま自分がいるのは協倫堂病院の一室。山本功夫の家ではない。

「本当に、驚きです。まさか……確定死刑囚となった明くる日に執行されるとは」

津田がこちらを気遣《きづか》っているのが分かる。川路と環の深い縁に敬意を払ってくれていた。

「史上最速の執行です」

川路は声から感情を消す。

「蘇我はいち早く、首相を通して、死刑執行の命令書に署名することを法務大臣に促《うなが》していたようです。蘇我が官邸に戻ってこなくても、だれも撤回《てっかい》しなかった」

あの脱獄騒ぎが大きかった。シンパが移送車を襲わなければ、蘇我もここまで激昂《げっこう》しなかっただろう。それが即日の執行につながった。

「これほど政治的な死刑執行はなかった。権力の恣意的《しいてき》な面を、よく示す事例になりましたね……環ほどの非道な犯歴であれば、世論の反発もないだろうという計算です」

「山本さんは、なんとおっしゃっていましたか」

津田の問いに、川路は首を傾《かし》げた。改めて山本の反応を思う。感慨が深すぎて言葉が少なかった。山本の人生を大きく変えたあの稀代《きだい》のシリアルキラーは、あまりに唐突《とうとつ》な形で去って行った。解放されたという思いもあるだろう。虚《むな》しさ。底なしの徒労感。わずかに淋しさも感じている。弟子として、環に関わるすべてを引き継いだ川路だから分かる。いずれは訪れた死だ。

だが、本人が死んでも、彼の残した悪意と闘っていかねばならない。

「僕も、谷一課長を通じて、警察が対処するように頼んではおきましたが……」

川路は頭を下げる。

「ありがとうございます。津田さんが働きかけてくれなかったら、実現しない動きでした」

まだ入院中にもかかわらず、津田はできることをしてくれた。谷捜査一課長の訴えは実り、警察庁生活安全局が全国の警察の生活安全部、少年係などに、凶悪少年犯罪の本格的な調査命令を出したのだ。ある地方ではすでに、シンパネットワークの代表・長船との繋がりが明らかになったという。

「規模がどこまで解明されるか。時間はかかるでしょう。僕も、取材を通して全容を明らかにしたいと思います」

津田は頷き、躊躇いながら言った。

「川路さん。それにしても、僕には解《げ》せないんです。環逸平がどうしてここまで崇拝《すうはい》されるのか」

素朴《そぼく》だが、根本的な問いだ。それだけに答えが難しい。川路は首を捻《ひね》りつつ答えを絞り出す。

「……純度の高いサイコパスたちが、彼に惹かれる理由は、分かる気がします」

「というのは？」

「究極のロールモデルなんです。教師であり、反面教師。死刑囚でありながら自分を貫き、似た者たちに希望を与えてくれた。彼は、偶像だった。救いでもあったのです」

「………………」

「含蓄《がんちく》ある言葉も、惹きつける理由です。同じ資質を持つ者たちは常に悩んでいる。自分をどう社会に適合させればいいか。死刑にならずに済むにはどうしたらいいか。大げさに言えば、彼らは生まれ落ちた瞬間から死刑になる運命です。この国では」

津田には返す言葉がないようだった。天埜のことを思い出しているのか。

「生まれつき命の価値が分からない者は、殺人を犯す危険性が、通常の人間の何百倍も高い。しかしそれが、生来の性質だとしたら……個性だとしたら……本人に罪はあるのか？　死刑にしなくてはならないほどの罪を、問えるのか？　そういう疑問を、僕らに突きつけているんじゃないでしょうか」

「川路さんの結論は？　出ているんですか？」

川路は静かに首を振る。それから控えめに、津田に目を当てた。

「天埜さんの例がある。彼女のように、自分を変える努力をする者もいた。ごく稀なケースだとは思いますが」

「……そうですね」

今度は、津田がしばし黙った。やがて苦しげに言葉を重ねる。

「風間修弥君みたいに、家族を殺されるのも、その犯人が目の前で刺されて死ぬのも、最悪の体験です。彼は、どこまでも被害者だ……どうやったら、救われるんでしょう」

「でも、風間修弥が、自分の手で復讐《ふくしゅう》しなくてよかった。僕はそう思います」

「同感です。それだけは、間違いない」

川路の答えに、津田は更《さら》なる熱意を乗っけてきた。

「殺すことは間違っている。どんな場合でも、例外はない。それに気づいた人間なら、だれが言ってもいいんだと思います。天埜でも僕でも、川路さんでも。なぜって、それがただ一つの正解だから」

川路は嬉しかった。やはり津田はただの刑事ではなかった。ただの法務教官でもなかった。

「殺すことは間違っている。それは、だれの専売特許でもないし、発明でも、突飛《とっぴ》な妄想でもない。みんなに平等に、目の前にある真実だってだけです」

「津田さん。僕もまったく、同じ思いです」

川路は声に万感を込めた。互いに頷き合う。

ふと、川路は風を感じた。窓から入る光で病室内は明るい。空は晴れているのだ。まだ二月。冬は続く。それでも、厳冬の時期は過ぎたのだという気がした。津田の肩の傷も、いずれは癒《い》える。春には元気に走り回れるだろう。訊いてみた。

「あなたは、これからどうするんですか？」

天埜唯はいない。警察に留まる理由はなくなったのではないか。法務教官に戻る？　それとも、まったく新しい道に向かうのか。

「まだなにも決めていません」

津田はさっぱりした顔で笑った。

「あまりに多くのものが、僕のもとを去ってしまったので……天埜。伯父」

彼は、伯父である鮎原康三総括審議官も亡くした。部下の暴走を止めようとした結果だ。左右田一郎らしき男の姿は、鮎原の住むマンションの防犯カメラに捉えられていた。だが殺害者の行方は杳《よう》として知れない。

「左右田の件が残っています。だから刑事を続けるかも知れませんが、たぶん、長くは続けません。いつか、ゼロから出直すと思います」

川路は頷いた。この男の再出発を祝福したい。

「津田さん。また来ます。よかったらこれからも、連絡を取り合いましょう」

「喜んで」

津田は本当に嬉しそうにした。

「退院したらまず、山本功夫さんと、ゆっくりお話しさせてください」

ぜひ、と川路は頷く。山本も喜んで話をしてくれるはずだ。津田という特異な男に興味を持つ。

「山本さんは死刑廃止論者でもありますよね。僕もそうです。そのことについても意見を聞きたい」

川路は病院から帰る道すがら、津田の言葉の残響を追っていた。昨日師匠と交わした会話がオーバーラップする。

「どんな理由があっても、人殺しはいけない。俺は偉そうに、お前に対して繰り返してきた。だが俺の方が道を踏み外した。正義のためではない。怒りのために、計画に荷担《かたん》した」

山本はどうしても自分を断罪したいらしかった。

「だが綱渡《つなわた》りの計画だった。天埜を一人、あんな場所に放り出した……俺の中に、彼女を罰していいという思いがあったんだ。危険に曝《さら》しても構わない。心の底で、そう思っていた」

「天埜は、自分を許せなかったから、あそこに自分を投げ出したんです」

川路はどうしても山本の目の前で。山本の自責の念を覆《くつがえ》したい。

「しかも、風間修弥の目の前で。彼女は風間を呼ぶことを条件にしていたんでしょう？自分が死ぬところを確実に、風間に見せたかったということです」

「それは……」

「風間の復讐を終わらせるためだ」

川路は断言した。

「天埜は決意していた。風間の中に燃える憎しみを終わらせるには、目の前で死ぬしかないと」

師匠は黙った。

「天埜が選んだ贖罪《しょくざい》のやり方が正解だと、僕は言いません。現に風間は、ますます苦しんでいるように見える。それでも……時間が解決する。そんな希望も、持たないわけじゃないんです」

師匠が微《かす》かに頷き、弟子は勇気づけられた。

「風間の復讐の相手は、もうこの世にいないんですから。新たな希望を見つけて、生きていくしかない」

「できることがあるか？　俺たちが、彼に対して」

はい、と川路は即答した。

「もし気が向いたらでいい。それに、いつでもいい。僕らの仕事を手伝ってみないか？　彼にそう言ってみました。反応はありませんでしたが」

「そうか」

山本の顔がようやくほころぶ。川路は居住まいを正して言った。

「蘇我のこと。政府のこと。行方の分からない蜂雀や左右田一郎のこと。それからもちろん、環逸平のこと。追うべきことはいくらでもあります」

「俺も、できるだけやるよ。前のようなペースには戻れないかも知れないが」

「無理しないでください」

弟子の気遣いに、師匠は滲《にじ》むような笑みで応じる。

「川路。お前は、一生、良い記者でいろよ。俺のように道を踏み外すな」

「山本さん」

川路は言葉に詰まり、それから、力を込めて言った。

「僕は師匠のように、道を踏み外すべきときに、踏み外す記者になります」

笑い声が起きた。仲の良い親子の団欒《だんらん》のような笑いだった。

＊

いつになく人が多い、と隼野は感じた。ベンチに座る老夫妻。ベビーカーを押す母親。駆けっこをする小学生たち。活気がある。まだ寒いのに、陽射《ひざ》しがあるだけでこんなに人が集まってくる。この公園がいつもとは違って見える。今日が日曜でよかった。

隅のベンチに腰掛けながら、隼野はほっと息をつく。隣に座っている人の言葉を、いつまでも待てる気がする。

「唯は、私の娘のようなものだ」

やがて声が聞こえた。

唯。娘。単語が隼野の頭の中をぐるぐる回る。

「津嘉山さん。あなたは……」

どうにか問いを投げた。

「俺は一年間、天埜の親代わりだった」

津嘉山忍は告白した。

「医療施設を出て、社会復帰する第一歩が、俺の家で一緒に暮らすことだったんだ」

ブラックボックスの中に光が差し込む。隼野は頷いた。

「天埜の……ホストファミリー、ですか」

「ああ。子供はとうに独り立ちして、女房も亡くなっていた。一人暮らしだ。俺は、喜んで引き受けたよ」

「だれに頼まれたんですか」

「篁正助さんだ」

やはり。天埜に戸籍がないという情報も、かつての警視庁副総監によってもたらされた。

「津嘉山さん。俺を、誘導しようとしましたね」

隼野は改めて記憶を辿《たど》った。その上で言葉を選ぶ。

「天埜の素性《すじょう》に注意を向けるように。暗に、天埜から離れろという警告もくださった。あれは、どういうおつもりだったんですか？」

「さあな」

苦い笑いが津嘉山の顔を覆う。この滋味《じみ》のある顔が、隔絶された医療施設から出たばかりの天埜の心を柔らかくしたことを、隼野は疑わない。

「関わらせたくなかった。だが、すべてを打ち明けたい気持ちもあった……いざ真実を知ったら、やっぱりお前は、前に進んだな。さらに奥へと突っ込んでいった」

「いや、そんなことは……」

隼野は頭《かぶり》を振った。一度は天埜から逃げ出した。存在に向き合えさえしなかった。

「いまになって思います。あいつに出会えてよかったと」

隼野は言った。まるで落ちた容疑者のようだと自分で思った。

「本当です。いまになってようやく、ですけど」

「そうか」

それは、ほとんど溜息《ためいき》だった。津嘉山が天埜に注いだ愛情の深さを表している。隼野はそう感じた。

「だが俺は、見殺しにしてしまった。唯を」

津嘉山は自分を責め続けている。

「それは違う」

だから支えたかった。隼野は本心から言った。

「あなたは、天埜のためを思って、天埜の望みを叶えただけだ。そうでしょう？」

「口幅《くちはば》ったいが、国のためでもあった」

津嘉山が口にし、隼野は大いに頷く。

「蘇我が再起不能になること。自分が風間修弥の前で死ぬこと。その二つが、どうしても天埜には必要だった。だから、津嘉山さんの反対を押し切っても、風間をあの場に呼ぶことを譲らなかったんですね」

夢中で言った。すると津嘉山は、ますます縮んだように見えた。

「俺は、感じるべきだった……風間の前で死にたがっていることを」

「たくさんの目的が、重なっていた。あいつの心をすべて読める人間なんて、この世にいませんよ」

正しいことを言いたかった。真実で津嘉山を癒やしたかった。

「蜂雀を救うことも、大きな目的の一つだった。そして蜂雀は生きています。つまり天埜は、夢をぜんぶ達成した！　津嘉山さんがいたから、実現したんです」

「お前のおかげでもある」

津嘉山はすかさず言った。

「天埜はお前を基準にしていた。刑事としての規範を、お前に見ていたんだ。そして、自分の行動に反映した」

「そんな……そんなことは、思ってもみませんでした」

　不意打ち過ぎた。思いがけなさすぎて震えが走るほどだった。

「そうだよ。俺はそう思う。だからいつもお前を見ていた。お前の怒りを。お前の行動を。お前の選択を」

　隼野は口を閉じる。違う、と否定したい。だが震えを抑《おさ》えるしかできない。

「お前は最期に、唯を突き放さなかった。ずっと触れていてくれた」

あの瞬間を隼野は思い返す。手の中で命が消えていくのを感じていた。

愛情、としか言いようのないものが自分の中に生じた。

「ありがとう」

　津嘉山は礼を言った。実の親のように。

「きっとあいつは、嬉しかったはずだ」

「……やめてください、どうか」

　隼野はあわてた。泣いてしまいそうだ。

「俺は、本当は、殴りたかったです。あいつを」

　とっさに吐いたこの言葉を、真っ当な怒りだと思った。夢中で続ける。

「あいつは、人を殺さないと誓ったはずです。なのに……自分を殺した」

それは、津嘉山の傷をもしたたかに抉《えぐ》ったことに、隼野は気づいた。だが一度吐いた言葉は取り戻せない。

「まんまと騙されたな。俺たちは。してやられた」

無力な老人のような声。津嘉山は、娘に裏切られた。

「死ぬ必要があったんでしょうか？」

隼野は首を振り、問い直した。

「あいつは、死ぬべきだったんでしょうか？」

答えが遠ざかった気がした。

「分からない」

そう答える津嘉山の目の前を、元気な子供たちが走り抜けてゆく。

「それに答えられる人間が、どこかにいるだろうか」

その声は、とてつもなく穏やかだった。

隼野は自分を恥じた。この人は家族を亡くしたばかり。遺族だ。最も天埜を案じていた。目の前でその死を見届けた。

「俺は、唯が死んで、悲しい。それだけだ」

俺もです。隼野は言葉にはせず、ただうつむいた。

しばらく、慈悲深《じひぶか》い沈黙があった。冬の終わりを思わせる優しい光が公園全体に降り注いでいる。希望の訪れと捉えるのは早すぎる。それでも、最も厳しい時期は過ぎた。

「津田と話しましたよ。まさか津嘉山さんが、あいつと旧知の仲だったなんて」

　隼野はできる限り気安い調子を出す。津嘉山は懐《なつ》かしそうにした。

「初めて会ったとき、彼は熱心な法務教官だった」

「ただの変人としか思ってませんでしたが、いまは、立派な奴だと思ってます。変人は変人だけど」

　思い切り軽口を叩くと、津嘉山は笑ってくれた。

「あいつは俺に謝りました。極秘事項なので、あなたが天埜のホストファミリーだったことは言えなかったと」

「その通りです」

　声が割り込んできて隼野は飛び上がった。振り返って、見慣れた珍妙な顔に出会い脱力する。

「脅《おど》かすな！」

　遠慮なく怒鳴りつけた。まさか話題にしていた当人がタイミングよく割り込んでくるとは。津嘉山も目をまるくしている。

「すみません。そんなつもりじゃなかったんですが」

　怒鳴られても津田淳吾は嬉しそうだ。盛り上がった左肩を振りながら、ちゃっかりベンチの隣に座る。それでなくともアンバランスな顔にアンバランスな身体《からだ》がくっついてきて、津嘉山も思わず笑っている。それを見て隼野も嬉しい。

「津嘉山さん。その節はどうも」

津田がとぼけた挨拶《あいさつ》をした。

「出歩いて大丈夫なのか？」

津嘉山は真っ先に体調の心配をする。

「怪我人のくせにちょこまか動きやがって。迷惑だ」

隼野はあくまで手荒く歓迎する。これは歓迎だと伝わるはずだ。

「隼野さん。改めて、謝ります」

津田は相変わらず面倒くさい男だった。

「だれにも言えませんでした。天埜が津嘉山さんにお世話になっていたことは。もちろん津嘉山さんも、隼野さんはおろか、知り合いにだれ一人として、洩《も》らしていません」

大先輩の代弁を勝手にする男に、隼野は憎まれ口を叩く。

「分かってる。こんなに口が堅《かた》い人はいない。逆に、よくぞこの人をホストファミリーに選んだと思う」

「はい。でも当然でした。津嘉山さんは、警察人脈の中で最も評価の高いＯＢでしたから。もちろん決め手は、篁正助さんの推薦《すいせん》でした」

隼野は満足して頷き、津嘉山に向き直った。

「天埜が警察入りしたときは、驚いたでしょう。その上、俺とチームを組むなんて聞かされて……どんなお気持ちだったか」

「そうだな。ちょっとあわてた」

津嘉山はあっさり認めた。それから、地面を見て笑う。

「お前にどんな顔をして会えばいいか、悩みのタネになった。天埜があの計画を持ちかけてきてからは、特にな。悪かった。あのドイツ人に捕まったとき、お前は生きた心地《ここち》もしなかっただろう。だがすぐには救えなかった。蘇我を引っかけなくてはならなかったから」

「分かっています」

と隼野は強く頷き、話題を変えるために津田に頼った。

「オイ、お前がいったい何年、天埜の世話をしたか知らないが……天埜がいちばん助けを求めたいのは、この人だったんだ！」

津田が目に見えてしゅんとした。

「そうじゃない」

刑事の大先輩が手を振って否定した。

「津田君の怪我を心配しただけだ」

「いえ。僕は、病院から失踪《しっそう》したあとの彼女の行方も知らなかった。今回の計画も、知らなかったんです」

「唯は、だれよりも君のことを信頼していた」

津嘉山の声はどこまでも温かい。隼野までが楽になった。

「……本当ですか？」

「ああ。君に反対されるのは目に見えていた。だから伏せたんだ。君を気遣うあまり」

「でも彼女は、津嘉山さんには、すべてを委《ゆだ》ねた」

「泣き言はやめろ」

乱暴に遮《さえぎ》る。隼野は怒りを、死者に向けた。

「津嘉山さんだって、騙されたんだ。天井に！　津嘉山さんは死ぬふりをするだけだと思っていた。それが、ナイフを入れ替えて……ほんとに死ぬなんて非道《ひど》すぎるだろ。え？」

はい、と津田に頷かせたことに罪悪感が湧《わ》く。だが、この二人が追及できないからこそ自分がやる。あえて無神経に。

「あれは、自殺だ。そうだろ？」

津田は口を結ぶ。答えたくないのだ。

「俺は、納得がいかない」

自分が意固地《いこじ》になっているのは感じた。だが止められない。

「あいつは最後に、また殺人を犯した。自分自身を殺したんだ。そうじゃないか？」

津田が完全に黙った。

隼野は津嘉山の顔を見て、傷口に塩を擦《す》りつけたと実感する。

「自分に、生きる資格はない。天埜は……そう判定を下していたのでしょう」

長い沈黙のあと、津田淳吾が言葉を絞り出した。

「僕も、すべてが終わってから気づきました。彼女は、そこまで、人間になっていた。ということだと思います」

「どういう意味だ？」

「……自殺もまた、殺人だと知っていた」

「本当か？　ならどうして」

「だから、自分の命を懸《か》けるに足る仕事を、探していた」

ふいに津田は声を張った。これだけは譲れないとでもいうように。

「その仕事で、命が散ったとしても本望だった。無駄に命を散らすことを目的としていたのではありません。僕は、そう信じます」

「いや……風間の前で死にたかったんだ。やっぱりあれは、自殺だよ」

衝動のままに言うと、津田はまた黙った。隼野は激しい後悔を感じる。

「彼女が辿《たど》り着《つ》いた、精いっぱいの贖罪です」

やがて津田は言った。

「正しいか、間違ってるかなんて、僕は言えない」

うつむき、顔を顰《しか》め、頭を何度か振ったあと、津田はへこたれずに言葉を紡《つむ》いだ。

「たぶん、正解じゃないんでしょう。それでも……彼女が、考えに考え抜いた……人生の最期が、あれだったんです」

津嘉山がごく微かに頷いたのを、隼野は見た。

「だが……」

と言いかけた言葉を呑《の》み込む。風間修弥の求める復讐は、そこにあったか？

「風間は、元気なのか。……元気なわけないな」

隼野は問いに逃げた。そして、自分の問いを笑った。風間は地面に崩れ落ちていた。彼の苦しみを理解できるなんて言う奴がいたら、大ボラ吹きだ。

「馬鹿野郎」

だれに向けられた罵《ののし》りか隼野自身にも分からない。

「あいつは……生き通したか」

それは認めてもいい。〝ドク〟は、天埜唯という新たな自分になってからは、殺人者が生まれるのを防ごうとしたように見える。それは信じてもいい。

一方で、自分は風間修弥に殺されるべきではないか？　とも考えていた。だがそれが実現すると、新たな殺人者が生まれることになる。

「そうか。だから……」

この国で、最も罪深い人間に殺されることを望んだ。

「贅沢《ぜいたく》な奴だ……自分にとっての満点を出そうとしたな。俺は気に喰わん」

全ては天埜の計画通りになった。一人でも多くの人間を救えるように、あの女なりに考え尽くした。それは認める。だが隼野は、握《にぎ》った拳《こぶし》の解《ほど》き方が分からなかった。

公園を駆け回る子供たちの歓声が沈黙を埋めてくれる。

「それにしても、君の伯父さんは、残念だった」

津嘉山がさり気なく話題を変えた。津田に向かって言う。

「伯父は……左右田に裏切られた。人命を損なうつもりはなかったんです」

津田の声が熱を帯びた。

「少なくとも、当初は。それを、伯父は、自分の口で語ってくれました。死ぬ前に」

「過激な殺人組織に変えたのは、左右田の方なんだろ。だったら鮎原さんは、たとえ書類送検されたとしても、限定的な罪状に留まるはずだ」

死後にまで冤罪《えんざい》を被《かぶ》せられることは、遺族としてはやりきれないだろう。隼野は、一度喋っただけの鮎原康三という人間を思い出す。天埜唯の容態《ようだい》を心配していた。彼もまた、天埜の親の一人ではあったのだ。

権力の階梯《かいてい》の先に蘇我という男を見つけなければ、彼もテロ組織を結成しようとは思わなかった。普通に警察官僚としての人生を全《まっと》うしたはずだ。

「おい。木幡の様子に変わりないな？」

隼野は急いで津田に訊いた。

「今朝も、元気だったろ？」

「はい。回復しています。医師も、状態が安定してきたと言ってました」

津田はニコニコした。隼野は胸の底から息を吐く。一時は容態が悪化したから心配したが、もう大丈夫だ。木幡にまで去られたら正気を維持できる自信がない。

あまりに大勢が傷つけられ、命を落とした。腐った権力者たちに人生を狂わされた。

それでも生き残れた。ここに集《つど》った者たちは、どうにか。

ならば生きるのが務めだ。死んだ者たちのためにも。

その思いを、口にはしない。隼野はただ陽射しを浴びながら、仲間と同じ場所にいられることに満足した。語るべきことはすべて語った気がした。言葉にできない思いも含めて共有できた。

「お前はこれから、どうする」

津嘉山が訊いてくる。

警察官として。いや、隼野一成として、今後の人生をどう生きるのか。

「そうですね……お前は？」

隼野は自分から話題を逸らす。津田は目をまるくし、やがて俯《うつむ》いた。

「分かりません。天埜が去ったいま、僕も居場所を失った思いです」

「じゃ、仲良く辞表を持ってくか？」

「えっ。いや、それは……」

「冗談だ。まだ、左右田も逃げてるしな」

「そうなんです。やり残したことがある」

津田と気持ちが一致したことが照れくさい。だが、津嘉山の慈《いつく》しむような笑み。この顔を見れば、自分たちは大きく間違ったりはしていない。そう思える。

ふいに津田がブルッと震えた。二月の風はまだ冷たい。怪我人には堪《こた》えるだろう。律儀《りちぎ》に出てきたこの男をねぎらいたい。だが、優しい接し方が分からない。

隼野は空を見上げた。雲がないことが嬉しい。日に日に昼間が長くなっている。終わらないと思っていた夜が、少しずつ短くなる。春が来ることはまだ信じられない。それでも、いつかは健《すこ》やかな風に包まれる。そう信じたい。

隼野のポケットのスマホが震えた。表示名を確認して腕が固まる。

「……篁公安部長」

呟《つぶや》いて知らせた。津嘉山がじっと隼野を見る。津田淳吾もスッと背筋を伸ばした。警察族の本能だ。

隼野は震える指で通話を繫げた。

「はい……こちら隼野」

『左右田一郎と思われる者が、羽田《はねだ》空港で目撃された』

相手はいきなり言った。

「えっ、ほんとですか……左右田が、羽田に？」

全員に聞こえるように言う。えっ、と津田が腰を浮かせる。伯父《おじ》の仇《かたき》だ。

「それは、いつの話ですか」

『通報は十分前。国外脱出を危惧《きぐ》して、全国の空港にかけていた手配に引っかかった。ただし、空港職員がヘマをしたらしい。マークに気づかれて、いまは姿を見失っている』

「そんな……」

悔しい話だ。やっと足取りが摑《つか》めたのに、また逃《のが》すのか。

『空港警察署と、近隣の署に動員をかけた。空港を包囲して、不審人物を逃さない態勢を取る。お前も来い』

「俺も？」

『お前は、左右田の顔を知ってる。変装も見破れるだろう』

言われるとその通りだ。

「分かりました。すぐ向かいます」

『ちょっと待て』

駆け出そうとしたのに止められた。いったいなんだ？

『いまそこに、津嘉山さんがいるだろう。よろしく伝えておいてくれ』

ばれている。

「分かりました。津田もいますが、そっちは大丈夫ですか？」

名前を出された津田は目をまるくしている。

『津田か。おとなしく寝てろ、と伝えてくれ』

「了解です」

そして警部補は、電話越しに警視監と笑い合った。古くからのバディのように。こんな光景、捜一の同僚が見たら腰を抜かすだろうなと思った。

だが、腰を抜かすのは隼野の方だった。

『それとな。蜂雀の居場所が分かった』

「……ほんとですか」

いきなり喉《のど》が詰まったようになる。

『ああ』

「蜂雀は、いま、どこにいるんですか」

耳を寄せる刑事と元刑事に聞こえるように、隼野は訊いた。

『……まずは、羽田まで来い。蜂雀の件は、絶対にお前の力が必要だからな』

「なんでですか。俺は……蜂雀の専門家じゃありませんよ」

だが相手は自信ありげだった。

『天埜がいないいま、蜂雀と最もツーカーなのはお前だ』

「な、なにを言ってるんですか！」

全霊を込めて抗議する。

「俺は、あいつとは……ろくに喋ったこともない」

『だが、顔なじみだろ』

抵抗する刑事に、公安部長は気を悪くするどころか面白《おもしろ》がっていた。

『お前の言うことなら聞くかも知れん』

「俺は……そうは思いません」

『とにかく来い。話はそれからだ』

「どうしても、俺は、蜂雀の担当ですか？」

『当たり前だ。四の五の抜かすな』

その声の調子に、隼野は感じるものがあった。思い切って言う。

「篁さんは、公安部長を続けるわけですか？　あんなに嫌っていたのに」

『……ふん。当面はな』

初めて、相手の声に弱さを感じた。

「とにかく、そっちに向かいます。ただ、蜂雀との接触を引き受けるかどうか……正式な答えは、そこで」

『なんだと？』

罵倒《ばとう》される前に通話を断った。

それから、その場にいる男たちを見回す。ばつが悪そうな表情を作って。

二人とも驚き、目を瞠《みは》っている。だが顔には笑みが混じっていた。

隼野は小さく頷く。

篁朋人の観測は甘すぎる。蜂雀は隼野の言うことなど聞かない。会いたいとは思う。最期まで、天埜が大切に扱っていたあの少女に。

もし本当に、二度と人に針を突き立てないのだとしたら――お前はただの、自由に舞う生き物だ。飛べ。捕まるな。そんな、刑事にあるまじきことを思ってしまう。

俺も飛ぶ。刑事としてか、そうでないかはまだ分からない。どこへ飛んでいくのかも皆《かい》目見当《もくけんとう》がつかない。それでも前に進む。死んだ者たちの面影《おもかげ》を胸に。罪人たちの魂《たましい》を自分に刻み込んで。

仲間たちに頷きかける。そして隼野は歩き出した。

-Yui's Playlist-

"How To Disappear Completely"　Radiohead
"Always Returning (II)"　Brian Eno
"Upon This Earth"　David Sylvian
"Gigantes"　Tortoise
"Glósóli"　Sigur Rós
"Nostalgia"　Yellow Magic Orchestra
"Owari No Kisetsu"　Rei Harakami
"プリオシン海岸"　細野晴臣
"Strawberry Fields Forever"　The Beatles
"Sound Of Sounds"　Gomez
"Wise Up"　Amiee Mann
"Driftwood"　Travis
"Mercy Street"　Peter Gabriel
"Holes"　Mercury Rev
"風の道"　大貫妙子&坂本龍一
"Videotape"　Radiohead
"2 Rights Make 1 Wrong"　Mogwai
"Seneca"　Tortoise
"Requiem, Op.48"　5. Agnus Dei　7.In Paradisum
Gabriel Fauré

主要参考文献

『良心をもたない人たち』マーサ・スタウト　木村博江訳（草思社文庫）
『サイコパス』中野信子（文春新書）
『他人を傷つけても平気な人たち―サイコパシーは、あなたのすぐ近くにいる』杉浦義典（河出書房新社）
『サイコパス・インサイド―ある神経科学者の脳の謎への旅』ジェームス・ファロン　影山任佐訳（金剛出版）
『サイコパス―秘められた能力』ケヴィン・ダットン　小林由香利訳（NHK出版）
『死と生きる―獄中哲学対話』池田晶子　陸田真志（新潮社）
『魂の叫び―11歳の殺人者、メアリー・ベルの告白』ジッタ・セレニー　古屋美登里訳（清流出版）
『「少年A」14歳の肖像』高山文彦（新潮文庫）
『少年A 矯正2500日全記録』草薙厚子（文春文庫）
『「少年A」この子を生んで……父と母 悔恨の手記』「少年A」の父母（文春文庫）
『死刑でいいです―孤立が生んだ二つの殺人』池谷孝司（新潮文庫）
『死刑―人は人を殺せる。でも人は、人を救いたいとも思う』森達也（朝日出版社）

『内閣情報調査室―公安警察、公安調査庁との三つ巴の闘い』今井良（幻冬舎新書）
『元刑務官が明かす東京拘置所のすべて―取り調べ、衣食住、死刑囚の処遇…知られざる拘置所暮らしの全貌』坂本敏夫（日本文芸社）
『平成監獄面会記―重大殺人犯7人と1人のリアル』片岡健（笠倉出版社）
『放火犯が笑ってる―放火の手口と消防・警察の終わりなき戦い』木下慎次（イカロス出版）
『SUPERサイエンス　火災と消防の科学』齋藤勝裕（シーアンドアール研究所）
『貧困クライシス―国民総「最底辺」社会』藤田孝典（毎日新聞出版）
『子どもの貧困―未来へつなぐためにできること』渡辺由美子（水曜社）
『貧困を救えない国日本』阿部彩　鈴木大介（PHP新書）
『子どもと貧困』朝日新聞取材班（朝日新聞出版）
『子どもの最貧国・日本―学力・心身・社会におよぶ諸影響』山野良一（光文社新書）
『誰も置き去りにしない社会へ―貧困・格差の現場から』平松知子　鳫咲子　岩重佳治　小野川文子　吉田千亜　上間陽子　飯島裕子　山野良一　荻野悦子　中嶋哲彦（新日本出版社）
『これからの日本、これからの教育』前川喜平　寺脇研（ちくま新書）
『危ない「道徳教科書」』寺脇研（宝島社）
『こんな道徳教育では国際社会から孤立するだけ―徹底批判!!「私たちの道徳」』半沢英一（合同出版）

『ナショナリズムの正体』半藤一利　保阪正康（文春文庫）
『報道事変―なぜこの国では自由に質問できなくなったか』南彰（朝日新書）
『同調圧力』望月衣塑子　前川喜平　マーティン・ファクラー（角川新書）
『追及力―権力の暴走を食い止める』望月衣塑子　森ゆうこ（光文社新書）
『新聞記者』望月衣塑子（角川新書）
『Black Box』伊藤詩織（文藝春秋）
『官邸官僚―安倍一強を支えた側近政治の罪』森功（文藝春秋）
『日本会議の正体』青木理（平凡社新書）
『安倍政治と言論統制―テレビ現場からの告発！』「週刊金曜日」編（金曜日）
『責任と判断』ハンナ・アレント著　ジェローム・コーン編　中山元訳（ちくま学芸文庫）
『ハンナ・アーレント―「戦争の世紀」を生きた政治哲学者』矢野久美子（中公新書）
『兵器を買わされる日本』東京新聞社会部（文春新書）
『アベノミクスによろしく』明石順平（インターナショナル新書）
『国家の統計破壊』明石順平（インターナショナル新書）
『人間使い捨て国家』明石順平（角川新書）

解説——サイコキラー・リデンプション・ゲーム

文芸評論家　野崎六助《のざきろくすけ》

心なしか、「新しい中世の闇」を感じさせるような小説が増えている。

現代が対面する「中世」は、歴史に記される中世よりずっと不透明だろう。耐えられるかどうかも未知だ。「明けない夜はない」とか、「闇の深さが夜明けの明るさを約束する」とか、かつて語られた時代がある。今は懐かしいかぎりだ。書物は歴史の逆流を教えてくれない。近代・現代の発展として、明るい未来図を掲《かか》げてくれるにすぎない。だが、昨今のわれわれは、社会の退化・劣化《れっか》が避けられず、われわれの足元を切り崩しつつあることを実感して久しいのではなかったか。

疫病《えきびょう》・大災害・戦争。中世の三点セットは、現代にも充分にあふれかえっている。そして、現代日本に蔓延《まんえん》するもっと別の毒素は、腐敗に寄生した長期政権に居すわりつづける腐った政治屋たちだ。「疫病」の言葉を使うことは、この解説文を書いている現在（二〇二〇年の三月なかばだ）、言葉のみにすまない不安をともなってくる。——拡大する新型コロナウイルスにたいし、WHOはパンデミック宣言を発表し、収束の見とおしはまったく立っていない。危機管理よりも自《みず》らの保身を政策上位におく政府首脳は、例によって「様子見」を決めこんでいるが、国家事業のオリンピックの延期（あるいは、中止？）可能性は、もはやネット放言のレベルにとどまらず、マスメディアにまで報道される段階まできている……。原発複合災害時の民主党政権の「迷走」を嘲笑《あざわら》ってきた（そのことで点数をかせぐ姑息《こそく》さ）首相は、今回は、彼らより優位な対応能力を示しうるのだろうか。不安が、早朝からトイレットペーパー、防菌マスク販売の長蛇《ちょうだ》の列にならぶ人びとの表情を醜《みにく》くこわばらせている。——話が逸《そ》れた。

さて、本シリーズ『極夜《きょくや》』三部作は、夜の闇がずっと常態になった時代の暗黒ロマンだ。闇を切りひらいても、また闇。新しい中世の闇が漆黒《しっこく》にひろがっている。

『極夜1　シャドウファイア』は、警察小説としての定型をふまえながら、謎《なぞ》めいたニューヒロインの紹介篇となっている。寡黙《かもく》で有能……。いや、ページがすすむにつれ、読者は、この異能の女刑事が、他者との最低限のコミュニケーションをかわす能力すら身につけていない、という事実に驚くことになる。ハンデキャップ・ヒロイン。心に欠損と空洞をかかえた主人公だ。彼女が内部に隠した「人間的欠陥《けっかん》」——それが逆作用して、世間を騒がす難事件の捜査と解決に益《えき》する、という設定だ。これも、じつは、警察小説ではよく使われるパターン。とはいえ『極夜』のヒロイン天埜唯《あまのゆい》（AMANO YUI）は、そのパターンを打ち破るべく登場している。明けることのない極夜のように、彼女の「人間らしさ」も、絶対的に閉ざされたままだ、とすら思わせる。

『シャドウファイア』の底に流れるもう一つの旋律は、日本社会がいつのまにか警察国家に変じてしまった、という苦い認識だ。もちろん、警察小説は多彩であっても「国民のための警察」というイメージには背叛《はいはん》しないものが多数を占める。なかには、公安警察の統治意識をそのまま露出させたような一節をふくむ作品すらあって、畏《おそ》れ入ることもあるが……。本書は、そうした全般的傾向とは対極に位置するだろう。体制批判の言葉は、かなりストレートに発されてくる。「夜警《やけい》国家」の語も出てくるが、「新しい中世」という背景からすれば、当然の用語だといえる。

『シャドウファイア』の冒頭に起こるのは、繁華街の雑居ビルでの放火事件。現実にあった事件をフィクションに取り入れたかたちだが、ここで強調されるのは、無差別テロと未成年犯罪という要素だ。つまり——夜警国家の圧制をうわまわる凶悪犯罪が頻発《ひんぱつ》する、という話なのだ。現実の事件では、障碍者《しょうがいしゃ》施設の入居者を「負の社会的要素である」と独断して大量に殺害した「サイコキラー」に死刑判決がくだされた。この種の自己正当化された殺人（テロリズム？）もまた、中世を思わせる。そして『シャドウファイア』は、日本社会に独自の歪《ゆが》みをもったテロの専任捜査官といったヒロイン刑事像を強烈に発信した。

彼女は、いったい何者、なのか。

『極夜2　カタストロフィスト』は、一歩ふみこんで、その正体を一部明かすところで終わっていた。天埜唯が現われるところ、正義と悪との激突する闇の結界が切りひらかれる。『極夜1』では保たれていた警察小説としての定型は背景にしりぞく。代わりに前面に出るのは、ゲーム小説に近い感覚だ。ヒロインは警察組織の一つのコマであり、犯罪捜査機関の一刑事にすぎない。彼女の前歴、彼女の卓越した能力（人間的欠損と裏表に在《あ》る特殊な才能）を必要とする秘密部門に属している。そこで育てられ、そこにのみ忠誠《ちゆうせい》を捧《ささ》げる一個人なのだ。

本書『極夜3　リデンプション』は、その謎解きの最終篇となる。天埜唯のリデンプション・ゲームが最終局面をむかえる。ヒロインは自らの来歴を、自分の言葉で思うさまに雄弁に語る。あれほど頑《かたく》なに自分の感情をみせなかった（表わすことが出来なかった）女が語るのだ。リデンプション・ゲームは彼女の贖罪《しよくざい》であり、同時に救済でもあった。彼女自身にしか出来ない破滅的な自己救済であった。

ここに描かれるサイコパス育成プロジェクトといったものは、作者の想像によるものだろうが、「新しい中世の闇」がそうした想像力を培養《ばいよう》してくることは否定できない。この三部作のヒロイン像は、北欧サスペンスの大ヒット作『ミレニアム』三部作（別の作者が続篇を三作も書いたので、合計すると六作）の系列にあるものだ。『ミレニアム』では、負の要素が集合してリスベットという破格の主人公を形成した。だが、さすがに第六部ともなると、あまりのスーパー・ヒロインぶりに話がいくらか空転することも致し方なかった。その点、天埜唯は三作できっちりと燃え尽きていった。

時代の暗闇の暗部が、そこにしか棲息《せいそく》できないアンチ・ヒーロー、アンチ・ヒロインを生み出し、彼らにふさわしい闇の伝説を語らせる、といったことはますます増えてくるだろう。読みたいのは、そういう小説だ。凶悪な連続殺人鬼が獄中で「名探偵」を演じるというトマス・ハリスの独創は、広範な影響をひろげ、本シリーズにも一定のヒントを与えている。また、主人公が運命づけられるトラウマ（かなり重篤《じゅうとく》な精神疾患）を刑事として利用するタイプの物語が、カリン・スローターのアトランタ警察小説シリーズによって実現している。さらには、イタリア作家サンドローネ・ダツィエーリも、監禁虐待《ぎゃくたい》の体験を活《い》かす捜査官（重度の閉所恐怖症）のシリーズを書きついでいる。

闇がいつ晴れるのか、あるいは、この冥《くら》さに慣らされてしまうのか。先のことはわからない。いずれにせよ、「闇が冥いのは当たり前さ（国民のみなさんと共にこの闇を乗り越えていきましょう、とか）」などといった説教もどきの小説を読むのは御免だ。必要なのは、想像力のはばたきではないか。闇の冥さそのものに喰らいついていく作品が求められるのだ。本シリーズが朴訥《ぼくとつ》に示しているように——。

一〇〇字書評

切り取り線

購買動機（新聞、雑誌名を記入するか、あるいは○をつけてください）

□（　　　　　　　　　　　　　　　　）の広告を見て
□（　　　　　　　　　　　　　　　　）の書評を見て
□ 知人のすすめで　　　　　　□ タイトルに惹かれて
□ カバーが良かったから　　　□ 内容が面白そうだから
□ 好きな作家だから　　　　　□ 好きな分野の本だから

・最近、最も感銘を受けた作品名をお書き下さい

・あなたのお好きな作家名をお書き下さい

・その他、ご要望がありましたらお書き下さい

住所	〒				
氏名		職業		年齢	
Eメール	※携帯には配信できません	新刊情報等のメール配信を 希望する・しない			

この本の感想を、編集部までお寄せいただけたらありがたく存じます。今後の企画の参考にさせていただきます。Eメールでも結構です。

いただいた「一〇〇字書評」は、新聞・雑誌等に紹介させていただくことがあります。その場合はお礼として特製図書カードを差し上げます。

前ページの原稿用紙に書評をお書きの上、切り取り、左記までお送り下さい。宛先の住所は不要です。

なお、ご記入いただいたお名前、ご住所等は、書評紹介の事前了解、謝礼のお届けのためだけに利用し、そのほかの目的のために利用することはありません。

〒一〇一－八七〇一
祥伝社文庫編集長　坂口芳和
電話　〇三（三二六五）二〇八〇

祥伝社ホームページの「ブックレビュー」からも、書き込めます。
www.shodensha.co.jp/
bookreview

祥伝社文庫

極《きょく》夜《や》3　リデンプション　警視庁《けいしちょう》機動分析捜査官《きどうぶんせきそうさかん》・天埜唯《あまのゆい》

令和 2 年 4 月 20 日　初版第 1 刷発行

著　者　沢村《さわむら》鐵《てつ》
発行者　辻　浩明
発行所　祥伝社《しょうでんしゃ》
東京都千代田区神田神保町 3-3
〒 101-8701
電話　03（3265）2081（販売部）
電話　03（3265）2080（編集部）
電話　03（3265）3622（業務部）
www.shodensha.co.jp
印刷所　萩原印刷
製本所　ナショナル製本
カバーフォーマットデザイン　芥 陽子

Printed in Japan ©2020, Tetsu Sawamura　ISBN978-4-396-34608-9 C0193